KB260293

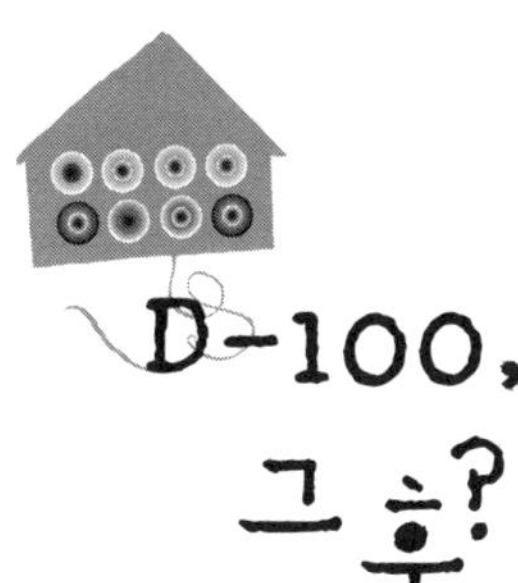
D-100,
그 후?

D-100, 그 후?

초판 1쇄 찍은 날 § 2007년 9월 7일
초판 1쇄 펴낸 날 § 2007년 9월 17일

지은이 § 박미연
펴낸이 § 서경석

편집장 § 문혜영
편집책임 § 이종민
편집 § 한지윤

펴낸곳 § 도서출판 청어람
등록번호 § 제1081-1-89호
등록일자 § 1999. 5. 31
어람번호 § 제5-0161호

주소 § 경기도 부천시 원미구 심곡1동 350-1 남성B/D 3F (우) 420-011
전화 § 032-656-4452 팩스 § 032-656-4453
http://www.chungeoram.com
E-mail § eoram99@chollian.net

ⓒ 박미연, 2007

ISBN 978-89-251-0903-9 03810

D-100, 그 후?

박미연 지음

도서출판 청어람

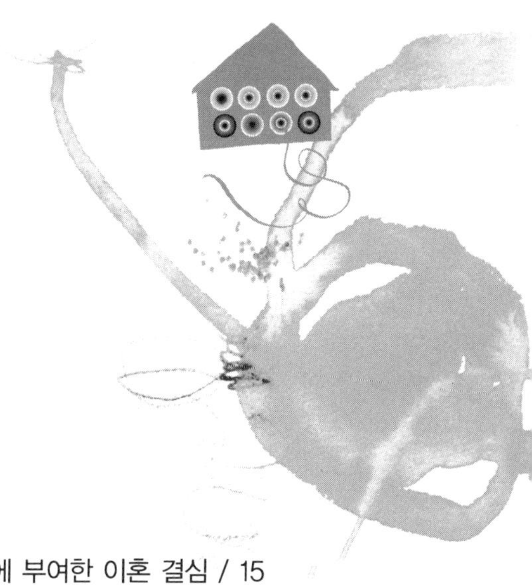

프롤로그 / 7

1-1 특별한 숫자 100에 부여한 이혼 결심 / 15

2-1 이정철, 강경희의 변화를 느끼다 / 63

1-2 멈추지 않는 뺄셈 / 69

1-3 줄어드는 숫자만큼 에는 반비례 / 133

2-2 이정철, 강경희에게 지난날을 고해성사하다 / 207

1-4 숫자의 원점, 0 / 227

1-5 뺄셈보다 어려운 덧셈 / 315

에필로그 / 374

작가후기 / 394

프롤로그

나, 강경희. 집안일이라면 이골이 난 이 년차 주부이다. 가끔은 모든 걸 내팽개치고 싶은데 오늘이 딱 그런 날이다.

남편은 진즉에 출근했고 쌓인 설거지며 어수선한 집 안을 치워야 하는데 이유없이 축 처져 아무것도 하기 싫다. 만날 하던 대로 후딱 해치우고 늘어지면 될 것을 왜 이리 하기 싫은지 그냥 철퍼덕 소파에 누워 나 몰라라 하고 있다. 소파에 늘어지게 누워선 무료한 대신 이런저런 엄한 상상을 한다. 거의 남편에 관한 상상들뿐이지만 내 마음대로 쥐락펴락하니 이리 좋을 수가 없다. 이것은 그동안 은근 쌓였던 불만의 표출이다! 반성해라, 남편아!

깔끔한 남편이 엉망이 된 집을 보고 숨넘어가는 걸 떠올리며 혼자 깔깔대다가 괜히 찔려 청소하려고 일어났다. 난 왜 저지르지도 못할 상상을 하고, 또 왜 찔려하는지. 애고, 이 새가슴아!

사실 오늘 아침, 남편을 배웅하고 돌아서는 내 모습에 또다시 그런 생각이 들었다. 사랑하는 남편과 안정된 내 결혼 생활, 간이 딱 맞는 찌개지만 끝맛이 부족한 느낌이다. 그리고 애써 외면하려 해도 부족한 부분은 점차 내 눈에 띄기 시작했다.

내키지 않는 청소를 억지로 하곤 찬 바닥에 누워 느긋하게 쉬고 있는데, 현관문을 두드리는 소리가 난다.

"새댁, 집에 있어?"

앗, 반가운 앞집 할머니다. 벨을 누르라고 누차 말씀드려도 할머니는 만날 문을 두드리신다. 처음엔 철문 두드리는 거친 소리에 깜짝깜짝 놀리기도 했지만 노인 특유의 고집에 밀려 이젠 말리지도 않는다. 어차피 하루 이틀 보는 사이도 아니니 어르신 편한 대로 맞춰 드리는 게 내게도 한결 편하다.

"할머니, 문 열렸어요. 들어오세요."

"우리 손녀 좀 봐줘. 말일이라 나 요 앞 은행 가야 하는데 애를 데려가기가 뭐해서."

할머니 품에 안겨 있는 두 살배기 옆집 아이, 현진인 날 자주 보아선지 눈이 마주치자마자 방긋 웃으며 내게 손을 뻗는다. 저버둥거리는 아이의 포동포동하고 뽀얀 팔다리를 붙잡아 잇자국 앙 나게 깨물고 싶다. 애들은 왜 이리 하나같이 보들보들한 게 탐나도록 귀여운지 손이 아니 갈 수가 없다. 이 이모를 몸서리 치게 유혹하는구나!

"저야 현진이랑 있으면 좋죠. 현진아, 예쁜 이모한테 올 거지?"

할머니로부터 덥석 받아 안아 들자 현진인 까르르 웃으며 내게 착 안긴다. 축 처졌던 기분은 현진이 웃음 하나로 어느새 상큼해졌다. 아, 이 풋풋하고 달콤하게 맴도는 아기 냄새 너무 좋다.

"새댁, 매번 고마워."

"고맙긴요. 천천히 볼일 보고 오세요."

어차피 할머니는 한번 나가셨다 하면 반나절은 족히 걸리니 나만 현진이랑 실컷 놀게 생겼다.

아직 걷지 못해 기어만 다니는 현진일 품에 안고 있으니 말랑거리는 따뜻함에 마음까지 일렁거린다. 현진인 잔뜩 침 묻힌 자그마한 손으로 내 볼을 만지작거린다. 그러곤 서 있겠다며 바둥거려 내려놓으니 내 손을 꼭 잡고 부들거린다. 그런 사소한 행동에도 눈을 떼지 못하는 나, 완전 병이다.

"예쁜 현진이, 이모가 사준 옷 입고 왔네?"

얼마 전 백화점에 갔다가 눈길을 사로잡아 사게 된, 보라색 꽃이 수놓아져 있는 하얀 원피스가 현진이에게 너무 잘 어울린

다. 현진이가 말귀를 알아듣는지 옷자락을 잡고 펄럭거린다. 확
깨물어 버리고 싶어서 꽉 안아 들고 깡충깡충 집 안을 뛰어다녔
다.

"현진이 엄마는 뭔 복이 많아 이렇게 예쁜 현진일 낳았을까?
현진인 이모 좋아?"

현진인 관심없다는 듯 내 품에서 바동거리며 빠져나가 거실
을 졸래졸래 기어다닌다. 그런 현진일 보는 내 가슴 한구석은
뻐근하게 싸해진다. 나도 남편을 닮은 예쁜 딸 하나만 있으면
소원이 없겠다. 그렇다면 남편도 날 좀 봐줄 것 같고, 더 이상
아이 가진 여자들을 부러워하지 않아도 될 것 같다. 아니, 생기
지 않아 애타게 하는 아이를 억지로 포기한 지금은 남편의 관심
이 더 필요하다. 아이로 인해 내게 관심을 보이면 일석이조일
텐데 공연한 한숨만 나온다.

욕심인 줄 알지만 요새 들어 부쩍 드는 생각이, 이젠 일방통
행이 아니고 싶다. 나도 양껏 사랑받고 싶다. 그저 옆에 서 있기
만 하는 남편이 아니라 나를 봐주는 그런 남편을 원한다. 내 욕
심이 큰 걸까?

"현진아, 거긴 안 돼."

남편 서재 앞에 앉아서 문을 밀고 있는 현진일 안아 들자 바
락바락 울기 시작한다. 조그만 게 목소리가 얼마나 큰지 귀청
떨어지겠다. 하필 현진이 눈에 들어서는 이 사단을 내는지 저
서재가 문제다. 발버둥 치는 현진일 안고 집 안을 돌아다니며

얼러보지만 소용없다. 계집애, 고집도 세지.

"현진아, 거기 들어가면 아저씨가 막 화낼 거야. 이모 한 번만 봐주라. 응?"

그러나 내 말엔 아랑곳하지 않고 악을 쓰며 눈물 뚝뚝 흘리는 와중에도 현진인 손가락으로 서재 문을 연신 가리키니 어쩔 도리가 없다. 아무리 남편의 금기인 서재라지만 요 조그마한 아이를 이렇게 힘들게 할 수는 없다. 나는야, 무지 착한 이모!

"그럼 현진아, 들어갔다가 금방 나오자. 그리고 우리가 들어갔던 거 아저씨가 알면 혼나니까 이것저것 만지면 안 돼."

내 말을 이해는 했는지, 서재에 내려놓자 현진인 신나게 기어다닌다. 가끔 남편이 있을 때만 청소하려고 들어오던 곳이라 어색하지만 이 기회에 세세히 살펴보기로 마음먹었다. 어차피 난 남편이 하지 말라고 하면 절대 하지 않으니 또다시 들어올 일도 없다. 그래, 들키지만 않으면 상관없으니 겁먹을 거 없다.

"현진아, 거기서 잠깐 혼자 놀아."

묵직한 남편의 서궤에 잠겨 있는 서랍을 보니 괜한 호기심이 든다. 머리에 꽂은 두꺼운 실핀을 빼 구멍에 넣고 예전 솜씨를 발휘해 깔짝거렸다. 내 솜씨는 터울 큰 오빠들 책상 서랍을 뒤져 엄마한테 치부를 일러 용돈 타내는 부업에서 다져졌다. 하도 안 한 지 오래돼서 그런지 한참 실핀을 이리저리 움직이며 위로 한번 살짝 들어 올리니 딸각 소리가 나며 움직인다. 오호, 나 아직 녹슬지 않았어.

서랍을 열고 안에 있는 것들을 조심히 꺼내 책상 위에 순서대로 올려놓았다. 잔뜩 쌓인 노트와 서류들, 그리고 사진첩. 별것도 없으면서 쓸데없이 잠가놓아 호기심을 자극하고 난리다. 다시 고스란히 넣으려다가 날 만나기 전의 남편이 궁금해 몇 개 집히는 대로 찬찬히 들춰보았다. 그리고 하나하나 내 눈에 보이는 것들은 날 놀라게 한다. 아니, 이건 이루 말할 수 없는 경악이다.

내 손에 들린 서류와 사진들이 정말 남편 게 맞는지 믿을 수 없어 손이 바들바들 떨린다. 글자 하나하나 놓치지 않으려 눈을 부릅뜨고 살펴보며 눈에 띄는 사진 몇 장을 구겨지지 않게 꺼냈다. 그러나 난 이내 꺼내놓은 것들을 모두 보지 못했다. 더는 겁이 나서, 그리고 믿고 싶지 않아 시선을 돌려 버렸다. 머릿속에 차 있던 뇌가 빠져나가고 그 빈 공간을 공기가 가득 채워 터질 듯 벙찐다. 가쁜 숨을 몰아쉬며 눈을 감고 진정하려고 부단히 노력하지만 쉽지 않다.

가슴을 진정시키며 어지러운 날 조금 내버려 두다가 손 대기 전처럼 돌려 넣고 서랍을 닫았다.

"현진아, 이모 이 방 너무 싫다. 나가자."

나가지 않으려 버티는 현진일 품에 꼭 안아 데리고 나와선 방문을 거세게 닫았다. 아이의 부드러운 볼이 내 볼에 닿는다. 그냥 툭 떨어지는 내 눈물이 아이의 볼을 적신다. 현진인 그런 날 이상하게 보지만 눈물을 훔쳐 낼 기운도 없다. 왜 이리도 허망

한 것인지……. 지금까지 알던 것과 달리 이상야릇, 알듯 말듯,
별나고 괴이한, 내 남편을 모르겠다. 지금부터 난 내 남편을 미
스터리라고 명한다.

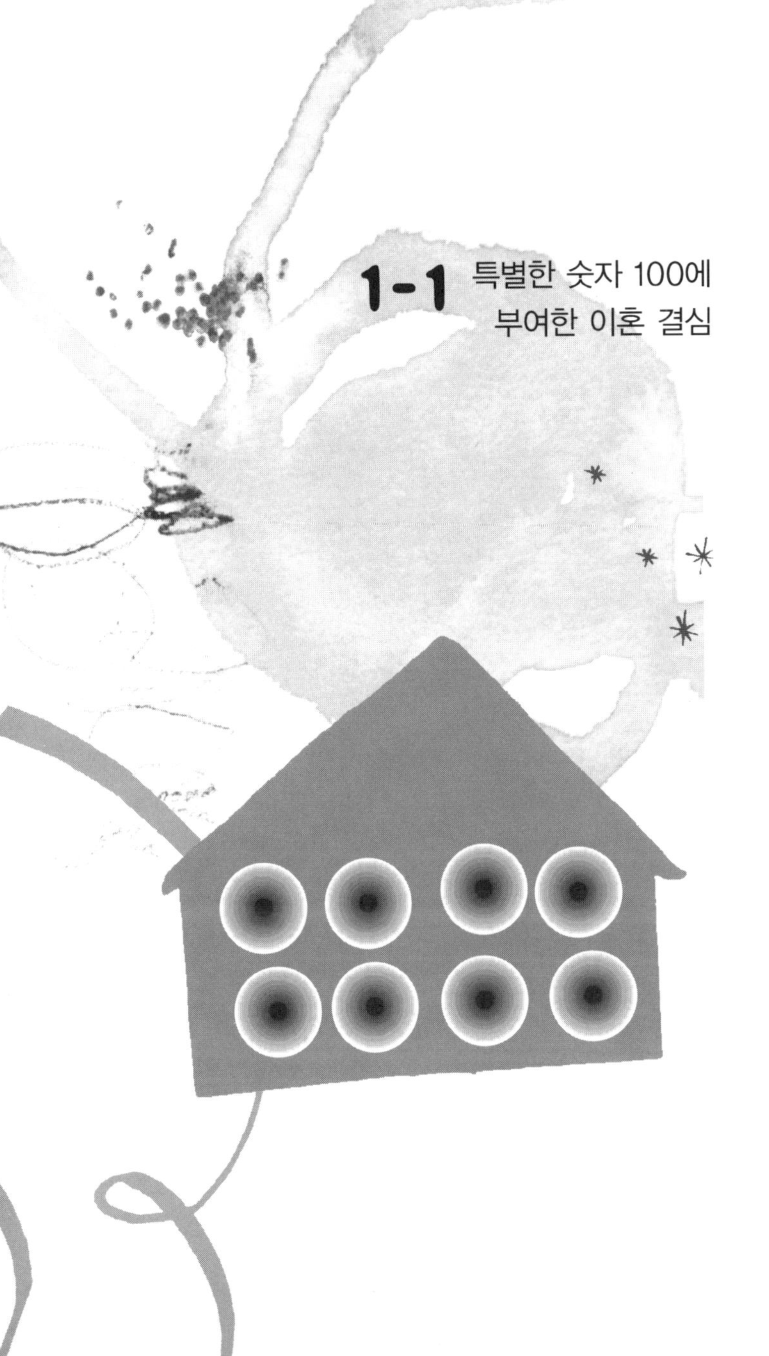

1-1 특별한 숫자 100에
부여한 이혼 결심

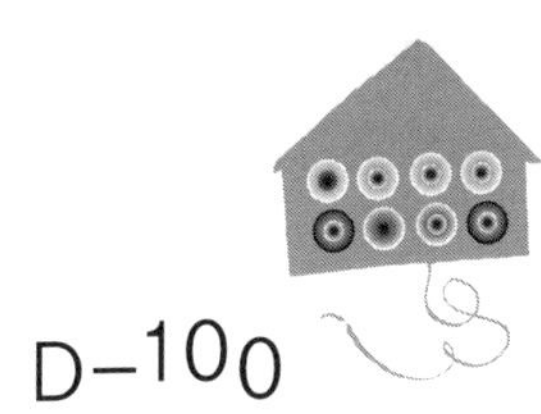

D-100

지긋지긋한 인간! 내 결혼 생활을 돌려내라고 악을 쓰며 실컷 두들겨 패고 싶지만 나, 강경희 고상하게 백일 동안 괴롭혀 주곤 이혼서류 내밀어 당신의 뒤통수를 쳐주겠다.

이 년 동안 내가 얼마나 헌신을 다해 내조를 했는데, 막돼먹은 놈. 이정철아, 너 그러는 거 아냐! 이 억울하고 분통 터지는 내 심정을 누가 알아주겠어.

내가 무슨 연유로 이러느냐고? 글쎄, 이 썩을 놈의 남편이라는 작자가 감히 날 사랑은커녕 좋아하지도 않는단다!

얼마 전까지 충격을 받은 탓에 남편을 대하기가 편치 않았지만 남편을 잃고 싶지 않아 묻어두기로 했었다. 그래서 평상시 나대로 우리 결혼 이 주년 기념일을 알리려고 아침에 미역국을 끓였더니 남편은 부러 그러는지 의아해했다. 흥, 모르면 그냥 맛나게 먹을 것이지 웬 미역국이냐고 타박까지 해 내 기분을 망쳐 놓았다.

하여간 그래서 외식이라도 하려고 퇴근 시간 맞춰 남편 회사로 갔더니 만날 있던 이기적인 외모의 여비서도 안 보였다. 은근 나에게 질투를 뿜어대는 여비서를 보지 않아도 돼 기분 좋아진 난 비서 책상을 한번 째려봐 주고 사장실 문을 빠끔히 열었다. 그런데 내 남편이라는 놈은 꽃다발도 선물도 아닌 술을 처먹고 있는 게 아닌가. 것도 자기 친구이자 내 친오빠와 같이 마시고 있다. 휴, 내 팔자야.

내 인생에 획을 그은 이 거룩한 기념일에 이룰 순 없는 거야! 를 외치며 확 문을 열어젖히고 싶었으나 대화가 너무 진지해 보였다. 항상 진지한 남편이지만 그 분위기를 깨기엔 눈치가 보이는 그런 분위기였다. 그래서 난 문 앞에서 둘을 좀 지켜보기로 했다. 사실 엿보기이지 뭐.

"경희는 잘 지내?"

감히 이 년 전 내 성대한 결혼식을 피가 섞인 오빠마저 잊고 남편과 노닥거리고 있다니, 나 잘 못 지내고 있다!

"잘 지내겠지."

말 꼬락서니들 하고는, 쯧쯧. 내가 저 남편을 맞이하여 겪은 고통을 오빠가 알면 저 술병으로 남편의 머리통을 깨지 않을까 하는 괜한 상상으로 흐흐거렸다. 두 사람은 한참을 알아듣지 못하는 사업 이야기만 나누는가 싶더니 이상한 방향으로 대화가 흘렀다.

"왜 결혼한 거야? 것도 젖비린내 나는 애랑. 난 아무리 생각해 봐도 아직까지 네 의중을 모르겠어."

헉, 이것이 친오빠의 발언이 맞는 건가. 내 상상 속에서 정열적으로 동생을 보호해 주던 오빠는 사라지고 현실엔 저런 극악무도한 발언을 하는 오빠만 있다.

여보, 말해. 나를 사랑한다고! 내 친오빠지만 이런 달콤한 충격을 준다면 난 행복할 거야. 어서.

"그냥 그땐 결혼이 필요했어. 너도 내 상황 알았잖아."

헉, 헉! 이 연타발언은 뭐야. 순간 내 귀를 의심했다. 결혼이 필요했다니, 내가 아닌 결혼이. 믿을 수 없다.

"그랬나? 살아보니 어때?"

"귀찮아."

아, 그랬구나. 문손잡이를 꽉 붙들던 손에 힘이 스르르 빠졌다. 그동안 나에겐 결혼 생활은 즐거웠고 행복했는데, 남편은 아니었다니. 내 몸에 있는 기운이란 기운은 정수리부터 타고 내려와 발가락 사이로 다 빠져나가는 기분이다.

"야, 그래도 내 동생이거든! 귀찮다가 뭐냐. 살다 보면 좋아지고 사랑하게 되고 그러는 거 아냐? 어째 그리 섭섭하게 말해."

그래, 잘한다. 역시 친오빠밖에 없구나. 그래도 이 허전한 기분은 어찌할 수 없다. 문틈 사이론 오빠의 붉은 얼굴과 남편의 넓은 등밖에 보이지 않는다. 그걸 뭐 좋다고 무릎 꿇고 앉아 초라하게 훔쳐보고 있는지 내 무릎에게 미안해진다.

"사랑? ……결혼해서 좋은 건 이 회사뿐이야. 경희 덕에 장인어른이 투자하셔서 이만큼 큰 거 생각하면 고맙지."

남편의 목소리가 낮아져 중간 내용을 들을 수 없었다. 자리에서 일어나 들키지 않게 슬그머니 문을 닫았다. 그래, 그랬구나. 나만 모르던 현실을 마주한 기분이다. 성 속에서 행복한 공주로 이 세상은 다 아름답다고 호호 웃다가, 열린 성문 밖으로 가난에 찌든 병자들 가득 본 그 당황스럽고 찔린 기분. 괜히 내가 요란스럽게 기념일을 챙기려던 게 후회됐다.

"경희가 모른다는 게 다행이긴 해. 행복해하며 같이 사는 건 나쁘지 않잖아."

문을 닫으며 들은 남편의 말이 가슴에 더욱 비수를 꽂았다. 이런 상놈의 남편, 이제 알았다. 어쩔 거냐! 그러나 난 내가 모든 걸 들었다고 나서지 못한다. 그러면 아마 남편은 남의 말을 왜 엿들었냐며 오히려 날 비난할 거다. 이정철, 안 봐도 뻔하다.

회사를 나와 택시를 잡아타곤 공부를 열심히 했다면 이런 대접 안 받을 텐데 때늦은 후회가 들었다. 위로 네 명의 오빠들은 뭘 먹여 키웠는지 다들 교수, 의사, 변호사, 재경부 관리라는 화려한 직업을 갖고 있다. 딸을 간절히 원해 억지로 네 명의 아들을 낳은 부모님의 희망인 난 공부에 별 흥미가 없었다. 그냥 골치 아프지 않고 내 뱃속 편한 게 제일 좋았다. 그래서 노력조차 별로 하지 않았는데, 그땐 깨닫지 못하고 이제야 후회를 하니 나도 참 웃기다.

화려한 아들들에게 기죽는 딸을 위해 억지로 과외를 시키던 부모님. 성적표가 나오면 적어도 이틀 동안은 집에 안 들어가던 날 만날 찾아다니던 화려한 성적을 가진 오빠들. 그저 장사나 시켜달라고 그렇게 졸랐건만 나를 왜 꼭 대학 보내겠다고 결심했는지 부모님이 이해가 안 된다. 그래서 대학 졸업하자마자 할 게 없어 시집을 와버렸다.

사실 온실 안의 화초마냥 고생 하나 모르던 내가 백수로 친구들 앞에 기죽는 게 너무 싫은 나머지 대어를 낚았다는 뻐기기라도 하고 싶었다. 그 객기에 결혼을 서둘렀지만, 사실 정철 오빠가 좋았다. 아니, 동경했다.

항상 반듯한 옷매무새에 옅은 미소를 짓고 있는 잘생긴 오빠를 볼 때면 집 안에 꽁꽁 묶어두고 싶었다. 보고 또 봐도 질리지 않는 데다가 사람 마음을 묘하게 흔드는 매력이 있는 사람이었다. 아, 남편에 대한 내 찬사는 끊이질 않는구나.

이 년 동안 잦은 야근과 출장에 집에 오면 반가운 마음에 눈앞에서 조잘거려도 듣기는커녕 책만 보던 남편, 기념일조차 모르고 술 마시며 노닥거리던 남편!

결혼, 필요한 결혼, 난 그럼 거기에 딸린 증정품이냐? 에이
씨!
이건 내 인생에 대한 모독이었다. 두고 봐라. 눈에는 눈 이에
는 이, 이정철의 인생도 모독해 줄 것이다.

D-90

남편은 아직 내 변화를 못 느끼는지 도통 반응이 없다. 혹 사무실에 왔다 간 걸 알고 내 동향을 살피는 게 아닐까 싶다가도 원래 별 신경 쓰지 않는 걸 내가 더 잘 알기에 턱없는 소리다. 인정하기 싫지만 남편은 그냥 모르는 거다.

혼자 장 보기 싫다고 일부러 며칠째 징징대자 남편은 그런 내 모습에 질렸는지 같이 장을 봐주겠다며 집을 나섰다. 결혼한 이후로 처음 있는 일이었다. 흐흐, 근데 같이 장 보러 나오니까 무지 좋다. 어째 난 남편하고 붙어만 있으면 흐물흐물한 해파리가 되어버리는지. 혹 이 남자가 나한테 무슨 약이라도 먹인 게 아닐까 의심이 될 정도이다.

"여보, 카트 가져와야지."

남편이 뭣 모르고 마트 입구로 들어가는 걸 붙잡아 카트 가져오라고 시켰다. 그동안 내가 잘난 남편이라고 얼마나 떠받들고 살았는지 물 한 잔 얻어먹지 못했는데. 흥, 나도 이제 당당하게 굴 거다.

주말이라 어찌나 사람들이 많은지 남편을 기다리는 입구에 서선 이리저리 치인다. 이 사람이 카트 가지러 가서 만들어오나, 감감무소식에 답답해 남편이 뭐 하나 살펴보았다.

저 남자 제대로 하는 거라고는 자기 일밖에 없는지 멀뚱히 카트만 쳐다보고 있다. 젠장, 내가 친히 납시어줘야겠다.

"여보, 여기다 동전을 넣어야 카트를 사용할 수 있는 거야."

동그란 홈에 백 원짜리 하나 올려놓고 밀어넣으니 철컥 소리가 나며 카트와 카트를 연결하던 체인이 빠졌다. 내가 이 남자보다 잘하는 게 있다니. 아, 뿌듯하다. 봐라, 나도 괜찮은 여자란 말이다.

"그랬구나. 왜?"

"왜라니, 마트 마음이지."

그러고 보니 궁금하긴 하다. 그깟 백 원 때문에 카트 훔쳐 갈 사람이 마음 바꿀 것도 아닌데 왜일지 나까지 궁금하게 만든다. 하긴 세상만사 다 알면 당신 마음도 알겠다.

큰 카트를 밀고 가려는 내 옆으로 남편이 서더니 자기가 밀고 간다. 주변에 다 남자들이 밀고 가니 남편도 위기의식을 느낀

거라 내 맘대로 생각하곤 이곳저곳 마구 끌고 돌아다녔다.

"여보, 이거 스위스제라네."

내가 시리얼을 손가락으로 가리키며 씩 웃자 남편은 고개를 젓는다. 죽어도 한식 아니면 목구멍에 햄 쪼가리조차 안 넣겠다는 남편. 나 시리얼 무지 좋아하는데 그동안 참았었다. 이젠 내 입맛대로 다 살 거다.

"스위스제 시리얼 먹으면 알프스 기운이 막 솟아날 것 같아. 사줘, 응?"

내 필살애교에 당황한 남편 표정이 왜 이리 좋은지 모르겠다. 내가 손이 닿지 않는 높은 곳에 놓인 시리얼을 집으려 까치발을 들자 남편은 하나 집어 카트에 넣는다. 남편은 키가 185cm, 난 154cm. 내 저주받은 키로 남편을 올려보다가 혹시 모를 목 디스크까지 감안하고 한 결혼이다. 그런데 이게 뭐야. 젠장, 왜 또 지난 생각이 나고 난리라니. 지금은 우선 장을 봐서 저녁 차리는 게 더 중요하다. 머리를 세차게 흔들며 밀려오는 잡생각을 떨치려 하자 남편의 큰 손이 내 머리통을 덥석 잡았다.

"머리를 왜 그리 흔들어. 좋지 않은 버릇이야. 하지 마."

어라, 남편도 은근 나를 눈여겨보고 있었구나. 그래도 그렇지 애도 아닌데 머리를 덥석 잡으니 좀 당황스럽다.

"그래? 그럼 안 흔들게. 여보, 뭐 먹고 싶은 거 없어? 내가 같이 마트 나온 기념으로 다 해줄게."

"네 요리 실력에? 장모님이 주신 고등어조림이나 데워 먹고 여기선 생필품이나 사가."

또 내 요리 실력을 흠잡는데, 당신도 그러는 거 아냐. 내가 대학 졸업하고 바로 결혼해서 밥이라도 하면 다행 아닌가. 요샌 다들 자기 딸을 옆에 두고 가르치지도 않고, 형제가 많아 손이 필요해 습득하는 것도 아니다. 오냐오냐 공주님처럼 커온 내가 그래도 끼니때마다 굶기지 않고 밥상을 대령하면 고마워해야지 투정하는 게 옳은 일이야? 이천만 주부에게 돌 맞을 내 남편. 어휴, 내가 참아야지. 이럴 땐 성격 좋은 것도 죄라니까. 정말!

"그럼 저쪽으로 가. 저쪽이 생필품 팔아."

음식 코너를 지나야 생필품이 보이는 마트 구조를 빠삭하게 외우는 난 남편에게 손가락으로 방향을 지시했다. 키가 크면 다리도 길다지만 내가 세 걸음 걸어야 겨우 남편의 한 걸음을 쫓아간다. 저 배려없는 인간하고 다니면 다이어트가 절로 될 수밖에 없다.

"오징어가 두 마리에 천 원, 주말 특가세일입니다. 오세요. 싸고 싱싱한 오징어~"

오징어! 오늘 저녁은 오징어볶음이다. 난 뒤도 안 돌아보고 오징어 파는 곳으로 뛰어갔다. 이미 잔뜩 몰려든 사람들 사이를 뚫어 겨우 손을 내밀었지만 오징어 봉지는 내 짧은 손에 잡히지 않는다. 키 작은 것도 서러운데 사람들은 왜 이리 겹겹이 층을 만들어 나를 방해하는지 은근 성질난다.

앞에 있는 내 나이 또래 여자의 손은 또래의 남자 손에 잡혀 있다. 순간 나도 질투가 샘솟았다. 난 남편과 손을 잡고 마트에서 세일 품목을 사기 위해 이렇게 기다려 본 적이 없었다. 엄한데 화풀이한다는 걸 알지만 그 둘이 맞잡은 손 사이로 몸을 던져 갈라놓곤 앞을 헤치고 가 오징어 두 봉지를 집어 들었다. 성공, 그러나 쓸쓸하다. 어디에서나 볼 수 있는 흔한 장면이지만 그동안 왜 부러워한 적이 없었는지 조금 속상해졌다.

오징어 봉지 들고 또 그 틈을 겨우 빠져나오니 남편이 보이질 않는다. 이정철, 이 인간 지금 튄 거야?

남편은 키가 커 보통 사람들 사이에서도 쉽게 찾을 수 있었는데 생필품 코너를 아무리 돌아다녀도 보이지 않는다. 사람들의 평균 신장이 그 짧은 사이에 훌쩍 높아졌는지 다들 키가 커 남편이 파묻힌 것 같다. 휴대전화를 찾으려 추리닝 바지 주머니에 손을 넣었지만 그곳엔 아무것도 없다. 지갑도 없고 주머니에는 먼지뿐 텅텅 비었다. 아까 카트 위에 가방을 올려놓은 게 생각났다. 이런, 이 넓은 곳에서 어떻게 남편을 찾아야 하나. 무작정 마트 구석구석을 헤매고 다녔다. 일층부터 삼층까지 되는 대로 쏘다녔더니 다리가 아프다. 집에 갈 차비도 없는데 괜한 오기로 먼 곳까지 끌고 나온 게 후회된다.

─일층 맥도날드 옆, 미아보호소에서 알려 드립니다. 푸른색 상의와 검은 반바지를 입고 있는 강우민 어린이가 아버님 강시원 씨를 애나게 찾습니다. 미아보호소에서 강우민 어린이를 보호하고 있으니 찾아오시기 바랍니다.

오호라! 그렇지. 나도 방송을 하면 되겠구나. 역시 하늘은 날 버리지 않았어. 오징어 봉지를 들고 아픈 다리로 주뼛거리며 미아보호소를 찾아갔다. 내 어설픈 등장에 아이와 직원의 눈이 일제히 나에게 쏠린다.

"아이 찾으러 오셨나요?"

흠, 뭐라고 해야 하지. 순간 만 가지 생각이 내 머릿속을 스쳐 간다.

"남편을 찾고 싶은데, 방송해 주실 수 있나요?"

남자 직원은 아직 내 말을 이해 못하는지 고개를 갸웃거리며 나를 쳐다본다. 나 이 자리에서 정신 말짱한 여자라는 걸 증명해야 하는 사명감이 든다.

"휴대전화랑 지갑이 든 가방을 카트에 넣어놨는데 남편이랑 잠깐 길이 어긋나면서 도저히 찾을 수가 없어요. 도와주실 수 있죠?"

내 최대 무기인 동안과 더불어 남들보다 큰 눈을 촉촉하게 반짝이며 애원조로 말했다. 남자 직원은 아이들이 앉는 의자를 주며 내게 앉으라고 권한다. 잘생긴 놈이 매너도 좋지. 내가 결혼만 안 했어도 어찌……. 나 또 엉뚱한 방향으로 생각이 가지 치네.

"남편 분 성함이 어떻게 되세요?"

"저기, 이렇게 방송해 주실 수 있나요?"

난 직원이 들고 있는 메모지와 펜을 뺏어 헤매던 내내 생각한 내용을 적어주었다. 이정철, 나를 버렸다면 그 대가를 톡톡히 치르게 할 거야.

—일층 맥도날드 옆, 미아보호소에서 알려 드립니다. IT업계의 선두주자 취공테크 CEO 이정철 사장님의 어여쁜 어린 아내를 미아보호소에서 보호하고 있습니다. 강경희 씨께서 애타게 기다리고 있으니 이정철 사장님은 급히 미아보호소로 오시기 바랍니다. 다시 한 번 알려 드립니다. 이정철 사장님은 즉시 미아보호소로 강경희 씨를 데리러 와주시기 바랍니다.

남자 직원은 내가 적어준 대로 방송해 줬다. 남자는 잘생긴 값을 한다더니 역시 흐뭇하다. 말 잘 듣고, 잘생기고, 의자도 선뜻 내주는 저런 남자를 데려가는 여자는 전생에 뭔 복을 쌓았을까. 따지고 보면 남편과 함께 있는 날 보고 내 친구들도 그런 말을 하곤 했었다. 복 없이도 가능하긴 하지.

"감사합니다. 근데 저 아이가 먹는 아이스크림은 사 먹는 건가요?"

미아보호소에서 혼자 앉아 있는 아이 손에 들린 아이스크림에 자꾸 눈이 간다. 한참 돌아다니며 신경 썼더니 앞이 어지럽다. 요 며칠 남편 때문에 속 썩어 잠도 못 자고 제대로 먹지 못했더니 단것이 필요한 것 같다.

"아뇨. 무료인데 하나 드릴까요?"

"총각이 참 싹싹하기도 해요."

흑, 내 입에서 총각이라니. 나이도 비슷해 보이는데 정말 나도 가지가지 한다.

"사모님도 젊어 보이는데요. 몇 살인지 물으면 실례겠죠."

남편에겐 못 미치지만 잘생긴 남자의 미소가 오랜만에 마음을 들썩거리게 한다. 남편도 결혼 전엔 나한테 저렇게 제법 잘 웃어주었는데 결혼하면 저 남자도 아내에겐 변하려나.

"스물다섯이요."

"벌써 결혼하셨어요? 그냥 동안이라고만 생각했는데 한참 어리군요."

"네. 난 비슷할 줄 알았는데 그쪽이 동안인가 봐요."

"저요? 서른셋인데 동안이긴 하죠."

"제 남편이랑 동갑이네요. 근데 정말 무지 젊어 보여요."

"타고난걸요."

내 남편을 포함해 원래 잘생긴 놈들이 약간 싸가지없는 왕자다. 그동안 충분히 경험해 온 난 저 직원 이해할 수 있다. 직원이 뿌듯한 어깻짓을 하며 건네주는 소프트아이스크림을 난 활짝 웃으며 받아 들었다. 나도 참 살다 살다 미아보호소까지 와 아이스크림까지 얻어먹으니 나중에 인생역전 같은 프로그램에 나가면 시청률 50%는 넘지 않을까.

혼자 있는 아이에게 다가가 보려고 친한 눈짓을 보내보았지만 아이는 날 매몰차게 외면한다. 괜히 민망해 또 아이스크림을 하나 더 받아먹었다. 잘생긴 직원이 날 보며 킥킥대는 게 아무래도 나잇살깨나 처먹은 여자가 이러고 있는 게 불쌍한가 보다.

어유, 이정철! 멀쩡한 마누라 이상한 여자로 만들고. 나타나기만 해봐라.

"남편 분이 안 오시네요."

혼자 인생역전 시나리오 만들며 아이스크림 세 개를 다 먹을 때까지 남편은 나타나지 않았다. 내가 안 보이니 찾기 귀찮아 집에 간 건지, 아니면 날 찾아 헤매느냐고 방송을 못 들은 건지 남편의 행적이 아리송하다. 아, 진짜 여기 앉아 있기 쪽팔리다.

"방송 다시 해주세요."

난 메모지에 또다시 멘트를 적었다. 쳇, 나는 남편의 눈 안에 있지 못하고 어째 밖으로만 맴도는 걸까.

―고객님들께 양해 구합니다. 약 이십 분 전에 방송했던 이정철 사장님의 아내 강경희 씨가 아직 미아보호소에서 기다리고 계십니다. 이정철 사장님께서는 이 어린 아내 분을 버리신 건 아니겠죠? 혼자 벌써 아이스크림을 세 개나 드셨습니다. 강경희 씨는 미아보호소에서 잘 보호하고 있으니 방송 들으시는 대로 빨리 와주시기 바랍니다.

"이렇게 막 방송하면 잘리지 않아요?"

"어차피 동생이 하는 알바 대타라 상관없어요. 오늘 동생 여자 친구가 어학연수를 떠나는데, 자기가 공항을 꼭 가야 한다고 통사정을 해서 대신 하는 거니 잘려도 상관없죠. 그리고 재미있잖아요."

"동생 분이 화내지 않을까요?"

"아마 나한테 맡길 때 이미 각오했을걸요."

직원이 또 활짝 웃어 보인다. 폐에 바람이라도 들어갔나, 참 잘도 웃네. 옆에서 꾸벅꾸벅 졸던 아이 손에 아슬아슬하게 쥐어져 있던 아이스크림이 끝내 무릎에 떨어졌다. 차갑고 끈적이는 덩어리 느낌에 깜짝 놀랐는지 아이는 빽 소리 지르며 울기 시작한다.

"어쩌지. 애기야, 울지 마."

당황한 직원이 아이 앞에 쪼그려 앉아선 안절부절못하고 있다. 가정주부이자 예쁜 이모의 힘을 보여주어야 할 때다.

"아가, 예쁜 이모가 치워주고 다시 아이스크림 줄게. 울지 말고 뚝."

웬일인지 아이는 가까이 다가온 날 보고 더 크게 목 놓아 운다. 현진이한테는 잘 통하는데, 내가 무섭게 생긴 것도 아니고 예쁜 이모란 말이 거슬렸나. 달래주려 했더니 혼자 삐딱선 타기는 흥!

"휴지나 주세요."

아이 무릎에 범벅이 된 아이스크림을 휴지로 닦아내고 번쩍 안아 들었다. 세 살밖에 안 되서 그런지 가볍고 맞닿은 볼도 무지 보드랍다. 매번 느끼지만 모든 아이에겐 형용하기 힘든 참 좋은 냄새가 난다.

엄마가 아닌 낯선 사람에게 안긴 아이는 더 심하게 발버둥 치며 울기 시작한다. 나보다 먼저 온 아이였는데 혹시 이 아이도 나와 같이 버림받은 게 아닐까 하는 요상한 생각을 하며 아이 등을 토닥거렸다. 안아 들고 온 미아보호소를 동동거리며 다니자 아이의 울음이 좀 잦아들었다. 휴, 다행이다.

"강경희, 아이 내려놔."

앗, 내 남편의 목소리다. 아이를 무척이나 싫어하는 남편은 내가 아이를 예뻐하는 것조차 보기 싫어한다. 남편은 양손 가득 비닐봉지를 들고 뛰어온 기색도 없이 고른 숨을 쉬며 잔뜩 굳은 표정으로 서 있다.

그래도 날 두고 혼자 가진 않았구나. 그럼, 마누라를 버려두고 가면 남편이 아니지. 어쨌든 돌아보면 내 남편은 가정에 제법 충실하려고 했던 것 같다.

"한 번 방송하면 되지 왜 몇 번씩이나 하고 그럽니까?"

남편은 대뜸 남자 직원에게 버럭 화를 냈다. 표정 하나 변하지 않고 싸한 목소리로 말하는 남편이 무섭다. 원래 저런 남자였나. 나만 모르고 있던 남편을 본 것 같아 낯설다.

"죄송합니다."

"나와."

"어? 어. 방송 고마웠어요."

직원에게 고맙다고 쌩긋 웃어주고는 남편을 쫓아 나왔다. 아직 남편의 걸음을 쫓아가려면 빨리 걸어야 하지만 제법 더뎌진 기분이 든다. 그래도 남편이라고 아내를 두 번 잃어버리긴 싫은가 보다.

"왜 늦게 오고 그래?"

"계산하느냐고."

"뭐? 계산까지 다 하고 데리러 온 거야? 나 초조하게 기다리는 건 생각 안 해?"

"미아보호소에서 어련히 잘 보호할까. 사실은 물건 잔뜩 담은 카트를 어떻게 해야 할지 몰라서. 어차피 너 돈도 없어 집에 못 갈 테니까 그냥 기다리겠거니 했어."

"나 언제까지나 안 기다려. 나 그냥 가버릴 수도 있었어."

"그럼 다음엔 그냥 가. 아, 방송하지 말고 그냥 가라."

"응."

그렇구나. 그냥 가버리면 되는구나. 눈가에 핑하고 눈물이 돈다. 천덕꾸러기 대접받는 기분이다.

"여보, 나 가게 차려줘."

단호한 내 어조에 남편은 콧방귀도 안 뀐다. 거참 뭘 해야 효과가 있으려나.

"뭔 가게?"

"정우가 이번에 분점 낼 생각이 있다고 해서."

"아무리 친구라고 해도 동업하는 건 안 좋아. 그리고 수입명품점이라고 하지 않았어?"

쳇, 내 친구를 어떻게 보고 그런 말을 한다니! 우리의 우정은 당신이 가늠하지 못한다고.

"맞아. 명품가방을 주로 팔아. 그리고 동업이 아니라 분점을 내가 내 돈 주고 맡아서 하는 거라고. 정우는 그냥 가방 가져다 주는 거야. 모든 건 다 내가 운영하는 거라서 동업은 아냐.”

“가방을 팔겠다고?”

“응. 정우네 가게 매출이 얼마나 높은데. 내가 분당 사는데 당연히 내가 해야지.”

“안 돼.”

“왜? 돈 없어?”

“장인어른이 허락 안 하실 거야.”

“아버지야 만날 그렇지 뭐. 내가 뭐 대단하다고 장사를 못하게 하는지.”

“가족은 다 그렇지. 뭘 해도 특별해 보이고 기특하고. 장인어른한테 허락 맡아와. 그럼 해줄게.”

“당신한테 나 가족 아냐? 나 장사해도 상관없어?”

“너 하고 싶은 거 해. 말아먹고 나한테 빚만 지게 하지 마. 골치 아픈 거 질색이다.”

“알았어.”

치사한 남편 말에 기운이 쫙 빠진다. 그래도 가게 한다면 말릴 줄 알았다. 좀 더 고상한 직업을 가지라고 할 줄 알았는데 난 남편과 별 상관 없는 사람 같다. 가족은 특별하게 본다면서 나는 남편에게 안 특별한 가족인가 보다. 그렇다면 대신 위자료 조로 이번에 확실히 챙겨야겠다. 좀 크게 차려서 왕창 돈 긁어 내 버려야지. 흥! 재벌 될 것이야.

바닥만 보며 저벅저벅 쫓아가는데 갑자기 앞서 가던 남편이 멈춰 섰다. 그래서 고개를 들어보니 우리 앞에 한 여자가 서 있다.

"아, 여기서 보네."

여자는 어색한 미소를 지으며 남편에게 말을 건다. 옆에서 올려다보는 나 따위는 눈에 안 들어오는지 둘은 한참을 마주 본다. 그 표정이 가히 애틋한 연인의 우연한 재회 같다고 할까.

"유학 다 마친 거야?"

"응. 자기는 결혼했다며? 아까 방송 들으면서 반신반의했는데 자기가 맞았구나."

자기, 웃기네. 여우같이 생긴 게 남의 남편한테 자기라니. 근데 네 눈에 난 안 보이니?

"어, 좀 됐어. 넌?"

"아직. 의외야, 네가 결혼했다니."

의외라니, 왜 내 남편은 결혼하면 큰일이라도 난다니? 내가 모를 줄 알고, 웃겨 정말. 근데 정말 나 안 보이니?

"여동생은 아닐 테고 아내?"

이제야 내가 눈에 들어왔나 보지. 키가 제법 큰 여자는 고개를 숙여 나를 내려다본다. 이런 기분이 젤 싫다. 작다고 맘대로 내리까는 사람들의 그 시선. 이럴 줄 알았으면 군말 않고 열심히 우유를 먹었을 텐데, 까다로운 척은 왜 해서 키가 안 컸는지 후회가 든다.

"안녕하세요?"

내가 또 타고난 연예인 기질을 가지고 있지 아니한가. 아주 상큼한 미소를 지으며 난 고상한 척했다. 어느 사모님 못지않게 고개를 약간 숙이며…… 그러나 내 눈에서는 불이 나고 있었다.

"안사람이야. 넌 아직 혼자야?"

"안사람이 좀 작구나. 넌 키 작은 여자 별로였잖아."

진짜 이 여자 마음에 안 드네. 내 키가 작은 게 아니라 네가 큰 거야! 아, 정말 사모님 탈을 벗고 내 멋대로 해봐! 죽어, 너!

"어? 그랬나."

그랬나, 이게 남편이냐. 나 어디 불륜 현장에 온 거야. 거참, 기막혀서 어이없네.

"그랬어. 나보고 예전에 내 키가 너한테 제일 적당하다고 했잖아."

예전에…… 이런, 지랄들을 해라.

"여보, 정말이야?"

"그랬던 것 같아."

그랬던 것 같아, 이런 개자식. 남 앞에서 마누라를 까니. 집에 가서 보자.

"어머, 여보라고 불러요?"

이 여자 정말 이상한 여자다. 결혼한 부부가 그럼 뭐라고 불러. 확 들이받아 버릴까 보다.

"경희가 좀 능글맞아."

능글, 후……. 참아지는 이 새가슴은 뭣이냐. 아버지, 엄마 왜 나를 이렇게 성격 좋게 낳으셨나요.

"내가 듣기도 그렇다. 한참 어린 것 같은데 여보라니. 하여간 나 이쪽으로 이사 온 지 얼마 안 됐어. 아직 혼자 살고 종종 얼굴 보자. 나중에 봬요."

마지막은 날 보고 홱 돌아가는 여자, 그런 여자를 넋 놓고 바라보는 남편, 옆에 서서 어정쩡하게 그런 남편을 보는 나. 이거 무슨 아침 드라마 찍니, 시팔.

"여보."

"여보라고 부르지 마. 그냥 예전처럼 오빠라고 불러."

이 인간이 왜 생전 안 하던 소리를 하고 지랄이래. 내가 우리 오빠들 놔두고 왜 남편한테까지 오빠라고 불러야 하는데! 내가 가정의 평화를 위해 진짜 참으려고 했는데 안 되겠다.

"나 저 여자 알아."

내가 불쾌한 표정을 지었다. 그러나 내 남편은 나를 보지 않고 걷는다. 왜 이 년 동안 난 이런 대접을 받는 걸 몰랐었는지, 억울해!

"어떻게 알아?"

기도 안 찬다는 잔뜩 기운 빠진 남편의 목소리, 사실일 것 같은 불안감을 안은 채 뻔히 보이는 싸움을 걸었다.

"사진첩에서 봤어."

"뭐라고?"

이제야 남편이 나를 본다. 것도 눈에 화를 가득 담아서. 이미 화낼 걸 알고 말했지만 저 눈에서 레이저가 나와 나를 따끔따끔하게 찌르는 것 같다. 절대 금지영역 서재, 자기만의 공간이라지만 우린 한집에서 사는 거잖아. 가끔 아내가 들어갈 수도 있는 걸 잘하단 날 죽일 분위기다.

그래, 그 서재에 금기시 되는 것들이 다 있었지. 사진첩, 일기, 서류…… 금지시킬 만했어.

"서재 사진첩."

남편은 휙 돌아 성큼성큼 걸어간다. 내가 쫓아가지 않는다는 걸 알면서도 걸음을 늦추거나 멈추지 않는다. 내 손에 가방 있으니 신경 쓰지 말고 가라 가. 난 꼼작 않고 서 있지만 남편은 정말 뒤도 안 보고 올라가 버렸다. 개놈, 너 잘났다.

택시정류장에 서서 고민해 봤다. 집으로 가기엔 자존심이 상하지만 마땅히 갈 곳이 없다. 배도 고프고 지갑엔 돈 만 원밖에 없다. 짜증나. 백수가 싫어서 결혼했지만 돈을 펑펑 써보지도 못하고 그렇다고 손에 현금을 듬뿍 쥐어본 것도 아니다. 나도 아줌마가 된 기분이다.

택시에서 내려 현관 앞까지 왔지만 집에 들어가기가 겁난다. 새가슴인 내가 저지른 짓에 두근거려 토할 것 같다. 그러나 이혼할 건데 뭐. 막 나가자고!

"나가!"

문을 열고 들어가자 활짝 열린 서재 문간에 남편이 서서 낮게 으르렁거린다. 하지만 지금 나보러 나가라고 한 건지 믿어지지 않는다.

"뭐라고?"

"나가라고."

"여보."

"내가 그렇게 부르지 말라고 했지?"

"왜? 내 남편한테 왜 그렇게 부르지 말라고? 그 여자 앞에서 아내가 있다는 걸 들키니 창피해?"

"나가."

"여기 내 아버지가 사준 집이야. 나가려면 당신이 나가. 내가 참고 사니까 사람으로 안 보이니? 어디 옛날 사랑하던 아니지 사랑하는 여자 만나고 나니까 나 같은 거 싫어지니?"

내가 뱉어버린 사랑하는 여자라는 말에 남편의 표정이 싸늘해졌다. 아니, 오히려 뒤로 물러서는 표정으로 도망가고 싶어하는 사람 같다. 이상해.

"너!"

"너? 그래, 나 뭐? 나 고상하지도 않고, 키도 안 크고, 그 여자만큼 안 예쁘고, 몸매도 별로긴 한데 마누라한테 고따위로 하라고 누가 가르쳤냐? 내가 만만해? 키 작으니까 막 무시하는 거야? 키 작은 만큼 마음도 작아. 사랑하는 여자 못 잊는 남자 따위, 결혼해서 귀찮다는 남자 나도 별로야. 돈이나 줘, 가게

하게.”

“말 다 한 거야?”

“다 안 했는데 참는 거야. 더 말하기 싫어서. 내가 오빠 만나서 그동안 행복하다고 생각한 거 억울해, 병신 같아. 그러니까 건들지 마. 제발 그냥 내버려 둬. 내가 이대로 더 바닥으로 칠 것도 없으니 내버려 두라고!”

소리를 빽 지르곤 난 쿵쿵거리며 남편을 스쳐 주방으로 들어갔다. 남편의 시선이 내 움직임에 고정돼 있는 걸 알지만 신경 쓰지 않는 척했다. 큰 양푼을 꺼내 엄마가 가져다준 갖가지 나물들과 밥을 넣고 고추장을 잔뜩 퍼 막 비볐다. 손이 아프도록 휘저어 비벼서는 숟가락 가득 떠 입에 쑤셔 넣었다. 고추장이 너무 많이 들어갔는지 짜다. 아니, 눈물이 흘러서 짠 것 같다. 아, 모르겠다. 그냥 짜다.

“너 언제부터 알았어?”

“밥 먹을 때는 개도 안 건드린데. 내가 개보다 낫다고 생각하면 건드리지 마.”

나도 화나면 무서운 사람이란 걸 남편 앞에 처음 드러냈다. 난 웬만하면 화를 내지 않는다. 그래서 한 번 화나면 무섭다. 참는 것이 한계를 넘어서면 이성이 통제가 안 된다. 싸우는 게 싫어 내 화를 외면하지만 화가 터지면 누구보다 심하게 안하무인이 된다. 이런 날 건드린 남편의 잘못이다.

억지로 밀어 넣는 밥이 목구멍에 콱 막히지만 난 무조건 삼킨

다. 참자. 충격을 주기 위해선 고요한 것이 최고다. 참자, 참을
인 자 세 개면 살인도 면한다는데 저놈의 남편!

“서재는 왜 건드렸어?”

설거지 하는 내 뒤로 와 남편이 묻는다. 그리고 큰 키 때문에
생긴 큰 그림자가 싱크대를 어둡게 덮는다.

“궁금해서. 뭐 때문에 저렇게 철저히 자기 거라고 난리 치나
싶어서.”

“그래서?”

“봤어. 책상 서랍이 하나 잠겨 있기에 그냥 머리핀으로 돌려
서 해봤더니 열리더라. 안에 사진첩이랑 당신의 지난 과거에 대
한 종이 쪼가리들 다 봤어.”

“언제?”

“좀 됐어.”

나한테 남편이 따지고 묻는다. 이 속이 시커먼 놈. 너 때문에
불행해진 나를 오히려 추궁하다니, 진짜 나쁜 놈.

“다 본 거야?”

“어. 집에서 할 일이 없기에 주구장창 봤어.”

더는 남편도 나도 말이 없다. 그래, 싸우는 것도 지치긴 해.
휴전하자.

“그 여자 만날 거야?”

“아니.”

“내가 믿을 거라고 생각해?”

“어.”

“사랑하는 여자가 떠나는 길을 같이 걸었다. 난 눈물을 흘렸고 내 여인은 웃었다. 우린 다시 만날 거다. 어떤 상황이더라도 다시 만난다면 우린 함께할 것이다.”

남편의 그림자가 흔들린다. 내가 그 구절을 이렇게 정확하게 읊을 줄 몰랐을 거다. 내 추측이지만 이혼하면 흠이 생겨서라도 시부모가 그 여자를 받아줄 거라 믿는 내 남편, 그 그림자의 흔들린 뜻을 알 것 같다.

“사랑하지도 않고 좋아하지도 않는 귀찮은 나잖아.”

“오해하지 마.”

“내가 직접 들었어.”

“말도 안 되는 소리 하지 마.”

“내 결혼기념일에 당신 사무실에서 오빠랑 하는 이야기 들었다고! 내가 지금 없는 말 지어내는 줄 알아!”

“그건…… 진심이 아니야. 나중에 설명해 줄게. 못 들은 걸로 해.”

“내가 누군지 알아? 오빠가 알고 있는 강경희가 아냐. 단지 오빠와 살고 있기 때문에 날 버리고 조용히 살았을 뿐이야. 진짜 나를 잃어버리게 만들어놓고 다른 여자를 기다리고 있었다니. 너무 황당해서 난 이제 슬프지도 않아. 내 인생을 맘대로 하려고? 아버지랑 오빠들한테 다 말할 거야. 가만 안 둬. 죽어도 가만 안 둬. 그 여자 일부러 이사 온 거지? 알고 있었지?”

내 생각의 끝을 말해 버렸다. 참을성이라곤 눈곱만치도 없는 내가 싫다. 말하지 말 걸 비참하게 내 속을 왜 다 드러냈는지 짜증난다.

"아냐, 정말 오늘 처음 만났어. 그리고 그런 마음으로 결혼한 거 절대 아냐. 괜한 추측으로 오해하지 마."

"됐어, 됐어. 다 필요없어. 나 가게 해줄 거야, 말 거야?"

나는 내 잇속이나 챙기면 그만이다. 그러든 말든 내가 뭔 상관이야.

"그건 장인어른이……."

"당신만 믿을게. 고마워."

옷, 선수 쳐버렸다. 나도 이런 능력이 있었구나. 강경희 멋지다. 갑자기 만세를 부르고 싶어졌다. 나도 해냈다고! 당당하게 맞서 내가 원하던 걸 얻어내는 강경희로 돌아왔다.

"경희야."

손에 묻은 물기를 흔들어 털어내고 돌아서려는데 남편이 뒤에서 안는다. 간혹 설거지하는 날 뒤에서 안은 적이 있긴 하지만 지금은 반갑지도 따뜻하지도 행복하지도 않다.

"나가라면서, 화를 낼 때는 언제고."

난 벗어나려 이리저리 몸을 비틀었지만 남편이 힘주어 안고 있어 어쩔 수 없었다. 내가 바보처럼 서 있자 남편은 날 돌려 세웠다.

"왜 이러니?"

남편의 슬픈 눈이 날 본다. 거짓말쟁이. 슬프지도 않은 걸 난 알아. 그렇게 말하고 증거까지 남겨놓은 주제에 왜 날 슬픈 눈으로 보는 거야.

"화났니? 정말 화난 거니?"

"응. 나 정말 살면서 서재 한 번도 안 들어갔었어. 약속했으니까 지키려고 한 번도 안 들어갔었는데, 이젠 세상이 다 의심돼. 뭐든 다 나한테 숨기는 것 같고, 난 어디 먼 나라에서 혼자 사는 것 같아. 내가 알고 있는 결혼이 아니라 남들이 알고 있는 내 결혼은 어떻게 보일지 궁금해. 오빠가 분명 보지 말라고 했지만 이젠 나도 뭔가 보일 것 같아."

빤히 쳐다보는 남편은 날 이해하는 걸까. 내 목을 부러질 듯 확 꺾어 남편을 쳐다보지만 그의 표정은 읽을 수 없다. 언제나 읽을 수 없었지만 그래도 그냥 알고 있다고 막연히 추측하며 살았었다. 깨져 버린 그릇을 내가 맞출 수 있을까, 것도 완벽하게. 아니, 절대 완벽하게 될 수 없다. 아파트 아줌마들 중에 남편이 바람피웠다가 돌아왔지만 이전의 남편과 사는 것 같지 않다고 한다. 남편은 더 잘하지만 아줌마의 마음은 점점 더 멀어져 가 아이들 때문에 그냥 산다고 했다. 난 불임이기에 애 때문에 살 걱정은 없으니 다행이다.

"그런 거 아냐. 정말 그런 거 아냐. 나중에 설명해 줄게."

"내 눈으로 본 것조차 믿지 말라는 게 더 의심스러운데. 뭐, 괜찮아."

난 침실로 들어가 이불을 가지고 손님방으로 갔다. 아직 한 번도 떨어져 잔 적이 없는데 나도 이 집만큼은 나가고 싶지 않다. 그리고 아직 내가 한 결심을 옮기려면 시간이 더 걸리기에 일보 후퇴다. 돈이나 왕창 뜯어내자고! 약점을 맘껏 괴롭혀 줄 거야. 아자! 강경희, 고고싱!

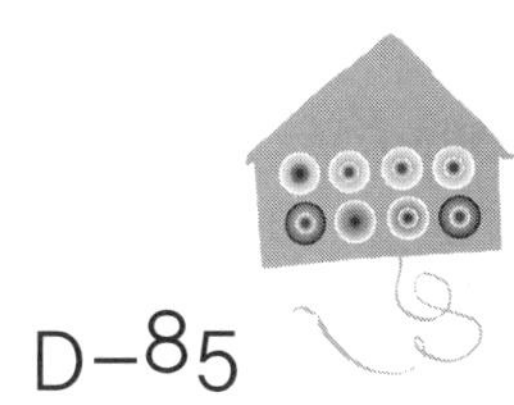

D-85

며칠 잠을 제대로 이루지 못해 피곤해 죽겠는데 남편이 등 뒤로 바짝 달라붙어 잠이 설핏 깨버렸다. 눈을 뜨자 걷혀진 커튼 사이로 보이는 창 너머는 새벽녘이다. 각방을 쓰기 시작한 지 오 일 만에 남편이 먼저 나에게 왔다. 처음으로 나한테 굽히고 들어온 것이다. 각방을 써본 적 없는 우리 변화 속에서 나보다 남편이 더 견디기 힘들어하는 것 같았다. 아니면 습관처럼 하던 새벽 섹스가 그리웠을지도 모르지.

"왜?"

잠이 깬 걸 숨기기엔 인내심이 부족한 내가 묻자 남편은 대답 대신 내 잠옷 사이로 손을 넣는다. 브래지어도 하지 않은 맨가슴을 꽉 쥐는 남편의 손을 떼어내려고 내 손을 집어넣었다. 남편의 차가운 손 위로 내 손이 얹어지곤 난 남편의 손을 꽉 잡았다. 끌어내는 내 손에 딸려오지 않으려 힘을 꽉 주는 남편의 손 때문에 가슴까지 아파온다.

"터지겠다. 아파."

느슨해진 남편의 손을 옷 사이로 빼내곤 난 일부러 벽에 착 달라붙었다. 이제 벽에 딱 붙은 내 몸 사이로는 손이 들어올 틈이 없다. 부부는 살을 맞대고 산다. 나 역시 그랬다. 서운한 날이라도 남편이 가슴을 한 손에 움켜쥐고 만지작거리거나 귓속에 혀를 넣고 바람을 잔뜩 불어 넣을 땐 온몸의 떨림으로 인해 서운한 마음은 사라졌다. 그러나 서운한 마음이 사라졌던 게 아니라 쌓였었나 보다. 오늘따라 내 허리에 걸쳐진 남편의 손이 무겁다.

"가게 정말 하고 싶어?"

흠, 떠보는 건가. 각방을 쓴 후 처음 나눈 대화치곤 뭔가 어색하다. 미안하다는 말은 아니더라도 적어도 그 말들은 거짓이었다는 변명을 해주길 바라고 있었다.

"해줄 거야?"

"장인어른이……."

왜 말을 하다 말고 몸을 갖다 대는데? 거참, 가뜩이나 벽에 붙어 더 갈 곳도 없는데 뒤에서 밀어대면 어쩌라는 건지. 몸집이 큰 남편이 밀어대는 힘에 가슴이 눌려 숨이 막힌다. 이러다

가슴 짜부라지겠다. 아직 탱탱한 내 가슴에 뭔 짓이래.

"아버지가 뭐?"

이 남자 웃기네. 딱 달라붙어서는 내 바지를 벗겨내려고 한다. 엉덩이와 옷 사이로 손을 넣더니 죽 아래로 밀어낸다. 내 짧은 반바지는 남편의 손길에 반항도 없이 단번에 발목까지 내려갔다. 에라, 모르겠다. 발을 몇 번 바동거리니 반바지는 아예 떨어져 나갔다. 맨살에 닿는 남편의 손은 부드럽고 허벅지를 쓰다듬는 손은 마냥 뜨겁기만 하다. 같은 침대를 쓰면 손길이나 숨결 하나에도 몸이 알아서 익숙한 반응을 보인다. 그것도 부부들의 특징 중 하나다. 아니라고? 난 그래. 그러니 아니면 말고.

"내가 말씀드리면 반대하실까?"

흥, 뻔한 소리 하고 있네. 내 아버지는 이정철이면 사족을 못 쓰는데 그걸 나한테 물으면 자존심도 없이 응이라고 할 줄 알았니. 그건 그렇고 그 허벅지 사이로 들어온 손 좀 빼주면 안 되려나. 자꾸 찌릿한 게 하고 싶어지잖아. 나 자존심 있거든, 근데 본능이 자존심보다 먼저 맞지?

"몰라. 오빠야 검증된 사위니 뭐든 좋다고 하시겠지."

"그럼 해. 오늘부터 가게 알아봐. 정우, 그 친구도 오늘 저녁에 데려오고."

이 남자 나 먹이려던 약을 자기가 먹었나, 아니면 며칠 같이 안 자니 허기져서 앞이 안 보여서 그러나. 이걸 좋아해야 하는 건지 말아야 할지 감이 안 잡힌다.

"정말?"

난 빠르게 몸을 홱 돌려 남편과 마주 보았다. 여전히 허벅지 사이에서 간질이는 남편의 손은 빠지지 않고 따라왔다. 그것보다 더 중요한 건 이 남자가 날 위해 아버지한테 뭘 해준다니, 웬일이야. 오늘 해가 어디서 떴는지 꼭 확인해 봐야겠다.

"왜, 왜, 왜?"

내 동그란 눈에 갑자기 남편이 인자해 보인다. 새벽의 푸르스름한 기운이 고스란히 떨어진 얼굴에 지어진 그 표정이 한없이 포근하기만 하다. 날 좋아하지도 않는다는 남편의 따뜻한 기운을 맞닿은 몸에서 느낀다.

"하고 싶다고 했잖아. 해줄게."

"그 여자 때문에?"

나도 모르게 불쑥 튀어나간 말, 굳어지는 남편의 표정을 보곤 실수란 걸 알지만 못할 말은 아니었다. 난 남편의 아내이고 일 말 의심의 여지없이 우린 부부다. 부부 사이에 다른 여자로 인해 각방을 썼다면 그것부터 풀어줘야지. 어딜 내빼!

"아니야."

"그럼 왜?"

"네가 하고 싶다니까."

"거짓말."

"그럼 말아."

남편의 손이 허벅지 사이를 빠져나와 슬금슬금 위로 올라와

엉덩이에 착 달라붙었다. 큰 손이 한쪽 엉덩이를 다 감싸고도
남는다.

"해줘."

"그럼 약속하나 해."

그럼 그렇지. 남편이 날 무상 지원할 이유가 없지. 쳇, 더럽고
치사해서 정말! 아, 오빠들이여. 돈도 많이 벌면서 하나뿐인 여
동생이 결혼했다고 용돈을 확 끊어버린 이 무심한 오빠들이여.
여동생이 이리 치사하게 산다우.

"뭐, 뭐?"

뽀로통해진 내가 재밌나, 왜 웃고 그래. 남편은 삐죽 내민 내
입술을 손가락으로 집어선 살짝 흔든다. 젠장, 내가 애냐. 그래,
돈 준다는데 우선 참자.

"앞으론 다신 그 이야기 꺼내지 마."

"무슨 이야기?"

남편 입으로 내 오해가 아니라는 걸 듣고 싶다. 내 평상시 습
관대로 하는 상상이 아니라는 걸 남편에게 확인 받고 싶다.

"미나."

툭, 심장을 잡고 있는 몇 개의 혈관들이 가위로 잘려져 떨어
지는 그 느낌.

"그 여자 이름이 미나인 줄 몰랐어. 사실 일기장 안 봤어. 사
진 보다가 눈물 잔뜩 흘리면서 웃는 여자가 있기에 자세히 보려
고 빼냈는데 그 뒤에 그렇게 적혀 있더라고. 됐어. 이제 그 이야

기 안 꺼낼게."

남편의 눈이 스르륵 감긴다. 나한테 속은 느낌인 건지, 아니면 안심이라는 건지 모르겠다. 하지만 난 분명히 봤다. 다 보지는 못했지만 내 눈을 의심할 만큼 내 남편인 이정철의 실체를 어느 정도 보았다. 하지만 이렇게라도 남편을 안심시키고 싶다. 내가 아직은 사랑하니까. 그래, 들춰내고 싶지 않은 건 아직 감춰줄게.

아리송한 남편의 표정에 왜 안심이 되는지 모르겠다. 그냥 막연히 이 남자가 나에게 뭔가 느끼라고 강요하는 것 같다.

감은 눈 사이로 미세하게 흔들리는 눈꺼풀, 내 엉덩이 위에서 움직이지 않는 손바닥, 굳게 다문 입가, 아니라는 암묵적인 표현일까. 여보야, 쉽게 말로 좀 해라.

"깜찍하게도 잘도 속인다. 애랑 살아서 그런가? 놀랐다."

"내가 속인 게 아니라 오빠가 숨긴 거지. 그 안에 뭐가 있는지 가르쳐 줄래?"

내가 남편에게 하는 부탁이다. 내 오해를 다 풀어달라는 부탁 그러나 고개를 젓는 걸 보니 내 부탁은 너무 컸나 보다.

"별일 아냐. 네가 생각하는 만큼 마음에 크게 둔 여자 아니니까 신경 쓰지 마."

크게 둔 게 아니면 작게 두고 있다는 거냐. 더 따져야 나만 기분 상할 것 같다. 난 싸움을 싫어하는 평화주의자란 말이야. 누군들 싸우는 걸 좋아하겠냐마는 나는 싸울 거리가 생기면 우선

피하고 본다. 내 잘못이 아닌 명백히 보이는 상대방의 잘못이라도 서로 감정 상하게 언성 높이느니 그냥 고개를 돌려 버린다. 친구들은 유약한 마음 때문이라고 말하지만 난 정말 평화주의자다! 어째, 말이 이상하긴 하다.

"내 말 알았지? 다시는 그 이야기 꺼내지 마. 의심도 하지 말고."

난 고개를 끄덕여 줬다. 그래, 어차피 우리는 이런 부부잖아. 이 년 동안 남편의 말 한 마디만 믿고 행복하게 산 내가 그거 하나 못해주겠니. 그래, 맘 편하게 있어. 언제까지일지 그건 내가 정하지만 그때까지.

"그럼 가게는 확실히 해주는 거지?"

"얼마 필요한데?"

"오늘 가게 자리 보기로 했어. 저녁에 말해줄게."

"오늘?"

"응. 정우가 봐둔 자리가 있다고 하고 나도 지나가다 본 자리도 있고."

"벌써 준비하고 있었어?"

"해줄 줄 알았어. 오빠는 뭔가 미안한 게 있으면 항상 뭘 사주거나 돈을 주곤 했잖아."

남편의 입술이 가까이 다가온다. 그러자 나도 모르게 옆으로 누웠던 몸이 반듯하게 되었다. 내 엉덩이에 깔린 남편의 손이 아프지 않을까 살짝 엉덩이를 든 순간 남편이 팬티를 끌어 내린다.

"오빠라고 하지 말고 여보라고 해."

아니 다 큰 남자가 웬 변덕이야. 진짜 비위 맞추고 살기 힘드네.

"싫어."

"그래?"

그래, 그 정도는 참을 수 있어야지. 내가 평생 자기 하라는 대로 할 줄 알았나. 흥!

"정말이지?"

남편은 팬티를 다 끌어 내리곤 얇은 이불마저 침대 밖으로 밀어냈다. 일 인용 침대, 좁아 죽겠는데 남편은 아주 발악하듯이 내 다리 사이로 억지로 파고들더니 내 위로 올라왔다.

"여보라고 불러."

"싫어."

내 말이 끝나자 남편은 속옷을 벗어버렸다. 그리고 내 다리 사이에 무릎을 꿇고 앉았다. 나체, 운동을 좋아했던 남편이라 아직도 근육이 잘 자리 잡은 상체가 눈에 들어온다. 아, 군침 돌게 멋지다. 볼 때마다 저 근육들이 움직이면 왜 내 마음이 일렁거리는지, 분명 저 근육엔 마법이 걸려 있을 거다.

"싫다 이거지?"

애 달래듯 어르면 내가 좋아할 줄 알았나. 남편은 뒤로 조금 물러나 내 양다리를 벌리고 그곳을 뚫어지게 보기 시작했다. 어라, 이게 아닌데. 부끄러움을 넘어선 창피함. 이렇게 하면 대답할 줄 알았나 본데 만만히 안 물러날 거다.

"창피하단 말야. 보지 마."

남편은 아무렇지 않다는 듯 손을 뻗어 무성한 숲 사이를 가로질러 왔다. 내가 가장 약한 부분. 손가락으로 장난을 칠 때마다 언제나 내 입에선 교태의 신음이 넘쳐 나온다. 가늘지 않은 긴 손가락들이 숲 사이를 빠르게 오가면 질 수밖에 없다. 버티려고 입을 꽉 물고 다리에 힘을 주었다. 오히려 힘을 줘 그런지 남편의 손가락들이 고스란히 느껴져 허리가 들썩거린다. 흑, 미치겠다.

"나 못 참아. 하지 마."

코맹맹이 소리는 왜 이럴 때만 양껏 나오는 걸까. 남편의 손가락들은 멈추지 않는다. 안으로 들어오지 않고 민감한 부분을 긁듯이 만지작거리니 허리가 절로 비틀린다. 참는 것도 한계가 있지 다리를 오므리려 하자 남편의 허리에 다리가 걸렸다. 탄탄한 허리, 살이 없는 듯 단단해 내 다리가 나와 상관없이 허리를 꽉 감싸 버린다.

"여보라고 해봐. 그럼 그만둘게."

좋은데 뭐 하러 여보라고 해. 더 해. 더 해주면 나야 좋지. 아, 발가락 끝까지 빠짐없이 몸에 전율이 흐른다. 백만 볼트의 전기가 몸 안에 흐르는 것 같다. 가만, 백만 볼트면 사람이 죽는 거 아냐? 그럼 십만 볼트.

나에겐 눈길도 주지 않고 붉게 물드는 내 숲 사이를 갈라 마음껏 지분거리는 남편에게 결코 좋아하는 신음 소리를 들려주지 않으려 노력했다. 게임에 임하는 자세로 입을 앙다물고 인상을 쓰자 온몸이 부르르 떨린다. 아, 나 좋아 죽는다.

"좋아서 여보라고 안 부르는 거지?"

에이, 이대로 즐기긴 틀긴 것 같다. 눈치는 백만 단수라니까.

"아니, 오빠가 분명히 마트에서 여보라고 부르지 말라고 했어."

코맹맹이 소리지만 분명히 변덕 부리는 건 내가 아닌 남편이란 걸 알려주었다. 남편의 손가락들이 내 숲에서 빠져나왔다. 왠지 허전하다. 막 달구어지려는데 찬물을 부은 기분. 몸에서 열기가 밖으로 빠르게 빠져나가고 있다. 내 몸에서 하얀 열기가 빠져나가는 게 보이는 건 왜일까. 아까운 것들.

"미안해."

남편이 내 위로 덮쳐 와 날 꽉 껴안았다. 뭐가 미안하다는 걸까. 내가 상처받았다는 걸 이젠 알게 된 걸까. 휴, 이 남자 너무 어렵다.

"뭐가?"

"그냥."

남편은 대답과 동시에 내 안으로 들어왔다. 촉촉이 젖어 있는 안으로 매끄럽게 들어와 단번에 꽉 채운다. 넘치듯 약간은 아픈 그런 남편을 맞이하는 내 안은 미약하게 떨린다. 남편을 놓치고 싶지 않은 듯 내 다리엔 힘이 들어간다. 절대 내 안에서 뺏기지 않을 심사처럼 남편의 허리를 다리로 옭아맸다. 움직이지도 못한 채 남편은 내 안에서 더 커져 간다. 이런, 완전히 단단해져 버린 남편을 품은 내 안에서 통증이 밀려온다. 왜 이렇게 큰 거야. 다른 남자 것도 이렇게 클까. 다리에 힘이 빠질 정도로 쾌감이 아릿하게 퍼진다.

"여보라는 말 좋아."

남편은 내 귓가에 속삭이더니 침대 매트에 두 손을 짚고 내 다리가 엉켜 있는 허리를 움직이기 시작했다. 꼬여 있는 내 다리를 풀지 않은 채 움직여 허리가 아플 정도로 내 몸 전체가 들썩인다. 들렸다, 내려왔다. 빠르게 들렸다가 내려온다. 난 남편에게 매달린 코알라 같다. 남편은 다리를 쭉 펴고 온몸에 힘을 실어 나에게 달려든다. 윽, 너무 강도가 세다. 맞부딪힐 때마다 몸에 짜릿한 통증이 쫙쫙 퍼진다.

방 안엔 점점 사향이 짙어진다. 내뱉는 우리 숨이 너무 뜨겁다. 그리고 방 안을 온통 열기로 채워져 있다.

내 몸 안의 피들이 어찌나 빠르게 돌아다니는지 어지러움이 느껴질 정도다. 유달리 새벽녘에 안는 걸 좋아하는 남편의 얼굴엔 희미한 미소가 드리워졌다.

만족하고 있는 건가, 그 여자 생각은 안 나는 거지. 아, 나도 집요하다. 순간 왜 이딴 생각이 드는 거야.

"여보."

내 입에선 잘못된 생각에 반성이란 듯 남편이 듣고 싶었던 단어가 튀어나갔다. 그리고 벌게진 남편의 얼굴엔 웃음이 걸렸다.

"다시 불러봐."

움직임을 멈추고 내려보는 남편의 얼굴선을 따라 흐른 땀이 내 얼굴에 떨어졌다. 남편은 느릿하게 다가와 혀를 내밀곤 내 얼굴에 떨어진 땀을 핥는다. 오돌도돌한 혀가 뺨에 묻은 땀을 느릿하게 닦아 올린다. 내 몸이 진저리 쳐진다. 미치도록 숨이 가빠지는 이 열기를 어찌해야 할지 모르겠다. 움직여, 맘껏 제멋대로 내 끝까지 닿도록 움직여. 그렇게 해서라도 다 잊어버리게 움직여.

"여보, 빨리."

내가 엉덩이를 들썩거리며 재촉하자 남편은 쿡 웃으며 침대를 짚던 손을 내 양 가슴에 올려놓았다. 아프지 않을 정도로 가슴을 쥐곤 거센 물결을 일으키기 시작했다. 잔잔한 파도가 아닌 삼켜 버릴 듯한 큰 파도, 단 한순간도 멈추지 않는다. 빠르다 그리고 너무 뜨겁다.

"널 어쩌면 좋니?"

남편이 갑자기 움직임을 멈추곤 내 가슴을 움켜쥐고 비튼다. 머리부터 발끝까지 몸이 다 부들거린다. 참을 수 없는 전율과 터질 듯한 열기가 눈에 보인다. 내 몸에서 견디지 못하고 터져 나가는 절정들이 보인다.

"그냥 살아."

뭘 그냥 살아, 이 남자 왜 안 하던 짓 하고 그래. 혹 내 마음을 다 아는 거야, 떠나려는 내 마음을 알고 그런 말 하는 거야. 몸은 전혀 식지 않는다. 맞닿아 있는 곳에서 살살 움직이는 남편을 끈적끈적하게 붙드는 나. 넘치는 나로 인해 남편은 매끄럽게 드나든다. 그리고 내 마음까지도 드나든다. 말 한마디로 날 녹여 버린다. 그게 내 남편이다.

"싫어."

난 몸을 옆으로 홱 틀어 남편에게서 빠져나왔다. 아직도 잔뜩 부풀어 단단한 채로 길을 잃고 위로 곧게 뻗어 있는 남편을 한 손으로 잡았다. 내가 느낀 이 감정을 고스란히 전해주려고 남편을 잡은 손에 서서히 힘을 주었다.

"경희야, 뭐 해?"

손에 있는 끈적끈적한 남편을 꽉 쥐었다. 으스러질 정도로 꽉 쥐자 남편의 두 다리는 발버둥 친다. 소리를 지르며 고개를 마구 흔드는 남편을 보자 속이 다 시원하다. 나에게도 이런 새디스트적인 면이 있다니. 흥, 그러게 왜 쓸데없는 말로 사람 속을 뒤집어.

"손 놔. 경희야, 당장 그 손 놔!"

놓긴 뭘 놔. 꽉 쥔 내 손을 잡으려 남편이 들썩거리자 나도 모르게 힘이 더 들어갔다. 완전 뒤로 넘어가 헐떡거리며 다리를 바동대는 남편의 표정은 사진 찍어놓지 못하는 게 안타까울 정도다. 남편이 내 앞에서 이리 생생히 다 표현하는 것이 처음이

다. 절제된 남편과 다른 내 남편, 진즉 이리 해볼 걸 재밌다.

"경희야, 강경희!"

그래, 마음껏 내 이름 불러봐. 내가 언제 또 이렇게 애절하게 내 이름을 부르는 걸 들어보겠어. 내 손에 있는 남편을 쥐어 비틀자 남편의 눈엔 눈물이 맺힌다. 내가 좀 심했나. 흠, 그만둘까. 손에 쥔 힘을 슬슬 풀었다. 고통스러운 것에 반해 아직도 불끈 솟아 있다. 내 손에서 완전히 빠져나가자 남편은 천장을 보며 거센 숨을 토해낸다. 그리고 믿을 수 없다는 눈으로 날 본다.

"미쳤니?"

"응."

내 대답이 더 기막힌지 남편의 시선은 나에게 고정되었다. 오늘 한번 내가 어떤 사람인지 알게 해주겠다. 만날 얌전히 살았더니 남편은 내 속 긁는 걸 아주 취미로 알고 있다.

"어디까지 미쳤을까?"

난 남편을 잡았던 손바닥을 쫙 펴 남편이 볼 수 있도록 혀로 천천히 핥았다. 나도 예전에 보던 건 있어가지고 아주 에로틱하게 남편을 쳐다보며 혀를 굴리자 남편의 눈에 점점 열기가 모이고 아파 죽겠다던 표정이 말끔히 사라졌다. 동이 트려는지 방안이 점점 밝아진다. 내 몸에 붙어 있는 땀들이 햇볕과 마주해 빛나기 시작했다.

"경희야?"

내 눈앞에 잠시 힘을 잃는 듯한 남편이 위용스럽게 솟는 걸

처음 보았다. 오호, 남자의 것은 역시 시각에 민감하다더니. 좋
았어. 오늘 죽어봐라.

"여보, 나 좋아?"

힘이 잔뜩 들어간 채 천장을 향해 뻗어 있는 남편에게 가슴을
가져다 댔다. 빳빳이 힘이 들어간 남편의 끝과 가슴의 점정이
만나자 남편의 다리가 달달 떨린다. 세상에 내 남편 맞아?

"좋아?"

거듭 묻는 나에겐 대답도 못하고 허리를 치켜드는 남편, 내
가슴의 정점을 찾아 살살 움직이는 남편을 내 양 가슴 사이에
묻었다.

"해줄까?"

남편은 도저히 믿을 수 없다는 표정을 날 본다. 섹스에 소극
적이던 아내의 변신이 어떻게 보일까? 근데 어떻게 해야 할지
모르겠다. 이런 젠장, 가슴 사이에 품기는 했는데 차마 어찌해
야 할지 당황스럽다. 아, 무지한 게 죄지. 동영상이라도 열심히
볼 걸, 너무 순진한 척했다. 어정쩡하게 구부리고 있는 내 머리
를 남편의 큰 손이 부여잡고 위로 끌어 올린다.

"바보, 왜 그래?"

나와 마주한 남편의 얼굴엔 슬픔이 가득 드리어져 있다.

"왜 변해?"

왜냐고 묻는데 할 말이 없다. 당신이 날 사랑하지 않아서, 내
결혼을 귀찮게 여겨서, 당신을 떠나기 위해 준비하느냐고, 숨기

는 게 너무 많아서 질렸다고, 하지만 그 수많은 말은 내 가슴에서만 울렸다.

"그냥 처음 그대로 있으면 안 되겠니? 너 행복하다면서 왜 변해?"

이 남자 예민했구나. 내가 변하는 걸 알고 있었구나. 남편의 가슴에 엎어져 버렸다. 그리고 엉엉 울었다.

미안하지만 나 이제 안 행복해. 행복했는데 다 알아버려서 안 행복해. 나 사랑받고 싶어. 아이도 가지고 싶어. 그런데 당신하고는 안 되잖아. 그래서 변하는 거야.

2-1
이정철, 강경희의
변화를 느끼다

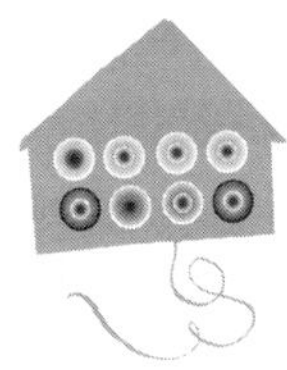

내가 결혼한 지 벌써 이 년이 넘었다. 어린 아내를 맞이한다고 친구들 사이에서 놀림감이 된 게 엊그제 같은데 어느새 살을 비비고 자지 않으면 잠을 이룰 수 없는 부부가 되었다.

생글생글 웃으며 행복한 꽃바람을 날리는 아내는 눈물이 많은 사람이다. 작은 일에 혼자 심각해하는 반면 큰일은 아무렇지 않게 넘기기도 한다. 세상 심각할 게 없는 그저 초여름 햇살같이 밝은 사람이다. 그런 아내에게 변화의 기미가 보인다.

결혼기념일을 기점으로 아내에게서 난 미묘한 변화를 느꼈다.

아내는 거실에서 캄캄한 먼 산을 보며 간간이 한숨짓는다. 모

든 초점이 나에게만 맞춰주었던 아내가 종종 내 말을 흘려들으
며 딴생각을 한다. 나 외에 다른 것을 모르던 아내가 이상하다.

왜인지 알 수 없어 그저 한번 잘못 분 바람이려니 생각했었
다. 어린 나이에 결혼했으니 가끔 세상이 그리울 수도 있다며
대수롭지 않게 여겼다. 그러나 내 예상은 보기 좋게 빗나갔고
당혹스럽게 만들었다.

아내는 내 사무실에 와서 경식이와 술을 마시던 날 했던 말을
다 들었고 내 서재도 뒤졌다고 했다. 게다가 미나까지 나타나
오해에 오해가 더해져 어떻게 풀어야 할지 막막해 감당이 안 된
다.

날 사랑한다고 조잘거리는 아내를 받아주지 못해 미안하지만
우린 그럭저럭 잘 어울려 살았다. 힘들 때도 있었지만 아내는
잘 견뎌냈고, 나 또한 그런 아내를 밀어낼 이유가 없다. 또한 아
내를 위해서도 난 여전히 마음의 거리를 좁히지 않을 거다.

하지만 우연히 아내와 미나를 맞닥뜨렸을 때 내 안에 있던 두
려움이 스멀스멀 기어올라 와 순식간에 날 굳어버리게 했다. 아
내를 만나 안정적으로 잊어가던 내 과거가 고스란히 투영된 미
나가 나타나니 반갑기보다 한 발 물러나고 싶어졌다.

절대 아내와 미나가 만나는 일이 없어야 하는데 미나를 어떻
게 다뤄야 할지 모르겠다.

모든 게 툭 건드리면 무너져 내릴 모래성 위에 난 서 있다. 그
걸 알고 있는 사람은 단 하나 나뿐이지만 겁난다. 하지만 아직

까지 이 모래성을 누구도 건드리지 않았다. 왠지 내 모래성이 단단하지 않을까 하는 착각마저 든다.

점심시간이 지나서 집에 확인차 전화해 보았지만 받지 않는다. 아내는 항상 이 시간에 집에 있었는데 며칠째 가게 자리를 알아본다며 나가 있다. 아내가 가게를 하겠다고 나설 때만 해도 그냥 하는 말인 줄 알았는데 지금은 불안하다. 혹 날 벗어나려는 게 아닐까 하는 의심이 든다. 내 안에 가둬놓고 행복하라고 하는데 왜 아내는 이제야 밖으로 발길을 돌리는지 모르겠다.

나는 정말 이대로만 살고 싶다. 나를 사랑하고 행복하다던 아내였는데 무엇이 변하게 했는지 딱 집어내고 싶다. 하지만 그 이유를 알게 된다 해도 내가 무얼 바꿀 여력은 못 된다.

난 변화가 필요없는 결혼 생활을 영위하고 싶다. 그것이 나와 내 아내가 평탄히 살아갈 길이라고 굳게 믿는다. 내 아내는 강경희지만 올곧이 나만 보지 않는 강경희라면 다시 생각해 봐야겠다.

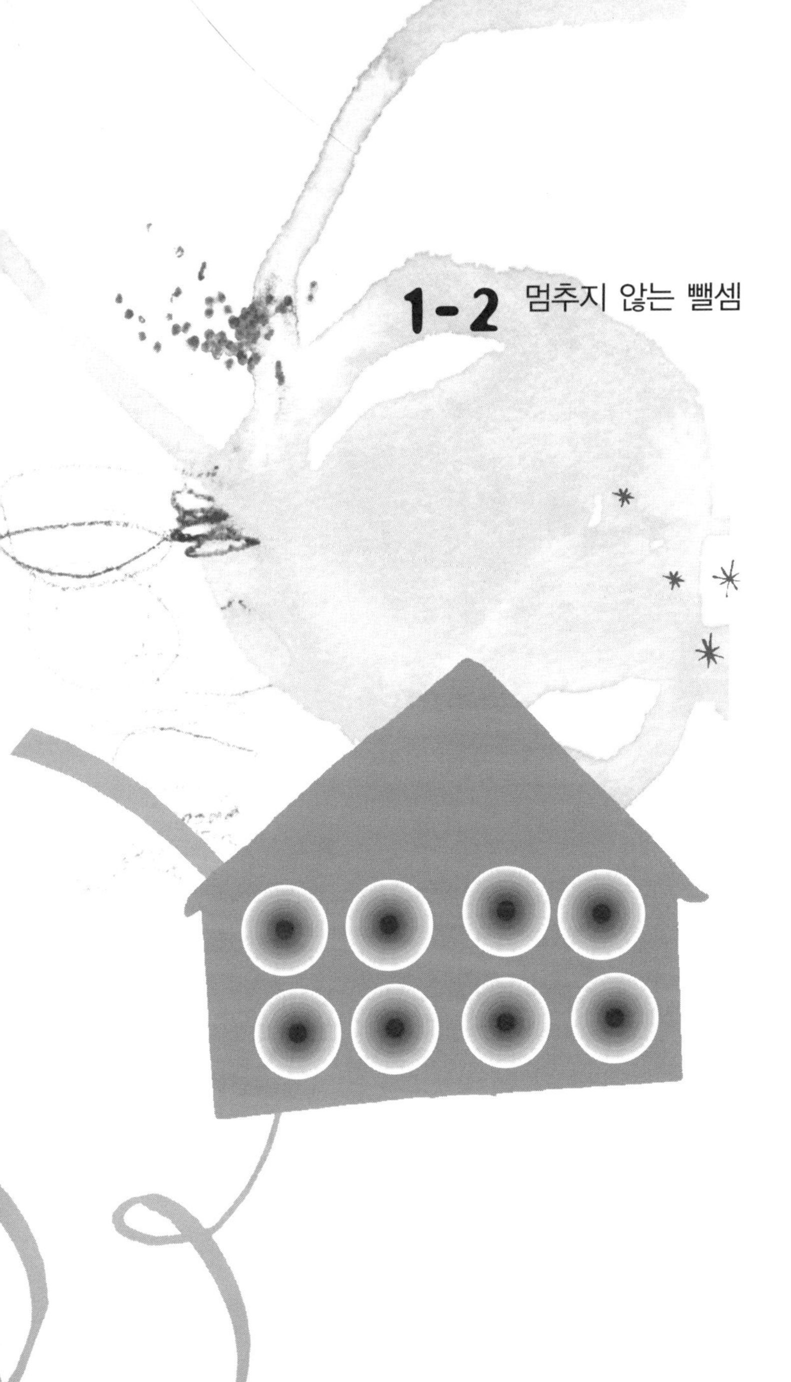
1-2 멈추지 않는 뺄셈

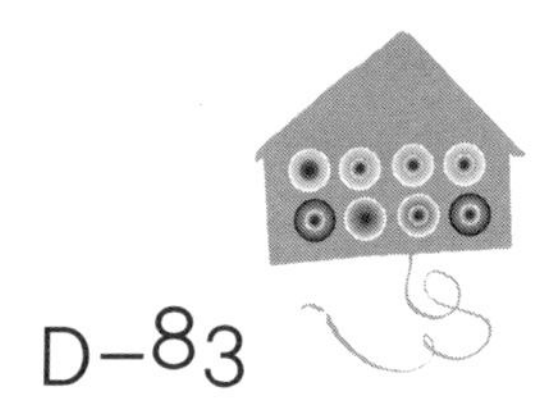

D-83

분당 번화가 중심으로 가게 자리를 보러 다녔지만 별 성과가 없었다. 꽤 돌아다녀도 딱히 마음에 들지 않더니 정자동 유럽풍 카페촌에 넉넉한 평수의 비어 있는 가게가 눈에 들어왔다. 그래서 주변에 물어보니 때마침 나와 있단다. 오호, 하늘은 나를 돕는다더니 마음먹자 일이 술술 풀린다.

"야, 나 여기로 할래."

정우는 미심쩍어하지만 주인이 될 내 마음에 들면 장땡이다. 한산한 듯 부산한 거리엔 여유로움이 물씬 풍겨온다.

"꼭 여기여야 해?"

"원래 있는 사람들이 비싼 커피 마시러 오잖아. 여기 좋아. 나 여기 아니면 안 해."

정우는 여전히 더 북적거리는 곳에 미련을 두었지만 난 확고히 이곳을 원한다. 명품 가방을 살 여유가 이 거리에 있어 보인다. 내 착각일지 몰라도 이 거리에선 왠지 장사가 잘될 것 같다.

"하여간 필 받으면 앞뒤 없지. 정말 네 남편이 해준대?"

"오늘 우리 집 가보면 될 거 아냐?"

"아무리 생각해도 미심쩍어. 네 남편이 뭐가 아쉬워서 네 부모님의 반대를 무릅쓰고 덥석 가게를 해준다니. 아무리 생각해도 이상해."

"진짜 재수없어. 너 가!"

나도 남편을 못 믿지만 정우마저 그러니 서운하다. 그리고 내 남편이 어디가 어때서 이상하다고 지랄이야. 돈 잘 벌어와, 밤엔 꼬박꼬박 힘도 잘 써, 반찬 투정 조금만 해, 몸매 좋아, 잘생겼지. 어디에 내놓아도 빠질 부분이 없는 남자인데 꼴에 질투하고 있어.

"신기해서 그런다, 또 제 남편이라고 편들기는. 그럼 내일 여기 계약하자."

"오늘 할 거야. 오늘 안 하면 잠 못 잘 것 같아."

"번갯불에 콩 구워 먹는 인생아! 어째 꽂혔다 하면 참지를 못한다니."

거참, 더럽고 치사해서. 왜 남의 인생까지 들먹이고 지랄이야.

"하자. 정우야, 하자~"

정우 한쪽 팔을 잡고 흔들자 정우는 내 머리 위에 손을 얹고 머리카락을 흩뜨려 놓는다. 이놈의 남자들은 동글동글한 내 머리통이 제들 장난감인 줄 안다. 어휴, 너도 나한테 필요하니까 참는다!

"알았어. 우선 부동산에 전화해 보고."

난 가게 앞에 앉아서 정우가 통화하는 걸 지켜보았다. 정우는 뭐라 뭐라 한참 설명하더니 날 향해 씩 웃는다. 그럼 그렇지. 짜식, 우리 우정은 너무 기특해.

"온대?"

"응. 마침 주인이 이 근처에 있다네."

"거봐, 이건 내 운이 좋다는 거야. 나 대박나게 가방이나 많이 가져와."

"내가 널 믿고 어찌 맡기냐? 앞날이 캄캄하다."

"웃겨. 나 고등학교 때부터 장사하고 싶었어. 아버지가 머리 깎아 절로 보낸다고만 안 했어도 내가 끝까지 한다고 했는데, 절은 무섭더라고."

"야, 절도 시주해야 받아준다더라."

"울 엄마 시주했단 말이야. 아버지 한다면 진짜 하잖아."

"오빠들한테 빌붙지."

"울 오빠들은 만날 나보고 공주님이 집에서 가만히 살림이나 하면 된단다."

"어떻게 네가 공주냐? 네 식구들은 시력 감정이 필요해. 아니다, 난쟁이공주 하면 되겠다. 그치?”

나쁜 자식, 또 키 가지고 놀린다. 십 년이 넘게 남의 키를 가지고 장난쳐! 욱하고 치밀어 정우의 뒤통수를 핸드백으로 쳐버렸다.

“너 폭력아내 아냐? 네 남편이 폭력에 못 이겨 억지로 돈 주는?”

“나 현모양처거든!”

“웃기셔.”

“남편한테 들이받았단 그날로 끝이야. 그냥 모른 척 사는 게 최고지.”

한껏 기대에 부풀었던 기운이 풍선 바람 빠지듯 쑥 가라앉았다. 남편과 정우 앞에서 다른 나, 왜 이렇게 됐지. 남편이 왜 이렇게 미운지 모르겠다.

“왜 그래? 요새 뭔 일 있었어?”

“일은 무슨. 그냥, 너도 결혼해 봐. 사는 게 그렇고 그렇지.”

“애 때문에 그래?”

애라…… 그것도 문제긴 하지. 결혼한 지 일 년이 채 안 됐을 때 시댁에서 하도 아이가 들어서지 않는다고 불안해해 별 걱정 없이 산부인과를 찾아갔다. 그리고 받은 불임 판정, 웃겼다. 내 나이 스물네 살에 아이도 못 낳는 자궁을 가진 쓸모없는 며느리가 되었다. 원인불명, 그게 더 사람 미치게 한다.

그 후 십 개월 동안 난 병원에서 시키는 별의별 짓을 다 해봤다. 매달 맞는 배란유도 주사, 그로 인해 날짜에 맞춰 안겨야 했지만 밤이면 난 남편에게 매달리다시피 해 관계를 가졌다. 후엔 배란조차 되지 않아 체외수정 시술인 시험관 아기를 위해 난소의 난자를 억지로 빼내는 고통까지 감수하며 아이를 가지려고 다 해냈었다. 가끔 남편이 밤에 관계를 가지다 코피를 쏟으면 행복해 깔깔거렸다. 집착인 걸 알면서도 거부하지 않고 안아주는 남편이 있기에 난 행복했다. 그러나 그 노력들은 전부 다 소용없었다. 내 소망은 처절한 현실과 달랐다. 그리고 남편의 권유로 난 아이에 관해 깔끔이 포기했다. 너무 이른 포기가 아니냐는 시댁과 친정의 비난에도 난 꿋꿋했다. 몇 번이나 겪어야 했던 절망, 간절하지만 가질 수 없는 것을 인정하자 난 그 후로 마음이 편해졌다. 그렇게라도 편해져 남편 곁에 남고 싶었다. 남편이 원할 때마다 안기면서 이전처럼 몸 안에 꼭 그 씨를 품어야 한다는 부담도 없어졌고, 여전히 남편은 표현하지 않지만 날 사랑한다는 착각까지 포함해 그렇게 시간은 흘렀다.

"괜한 소리 했네. 미안."

정우는 그런 비참한 날 고스란히 안다. 한 달에 한 번, 임신 실패를 통보받고 술 마시는 날. 그 옆엔 항상 정우가 있었다. 그때는 남편 옆에 설 자신이 없어서라지만 남편의 위로를 기대할 수 없었기에 정우에게라도 위로받고 싶었던 걸 이제야 뒤늦게 알았다. 내가 남편에게 그랬듯이 특별히 이 상황을 깨뜨리지 않는 한 변명거리만 생기면 착각은 계속 이어진다.

"이래서 내가 한정우를 싫어하는 거야."

"그런가? 나도 너 싫어."

"고마워."

남자지만 날 여자로 대하지 않는 성을 넘어선 편한 친구인 정우, 오랜 우정이 이래서 좋다. 숨이 트이는 기분이다.

"전화 왔다."

가게 앞에 쭈그려 앉아 수다 떨면서 주인을 기다리니 정우 휴대전화에 낯선 번호가 떴다.

"정우야, 이 주인도 내 과인가 봐. 성격 급하네."

내 말에 조용하라고 입에 손가락을 대며 정우는 휴대전화를 받는다. 그리고 내 앞에 휴대전화를 든 남자가 날 안다는 듯 쳐다본다. 이 남자, 마트의 그 총각이다!

"어머, 어머! 마트 맞죠?"

"아, 그 사모님 맞군요."

내가 마트 총각을 향해 반갑게 웃음을 날리자 정우는 날 이상한 눈으로 쳐다본다. 그래서 착한 내가 마트에서 있었던 일을 설명해 주자 정우는 박장대소한다. 개념없이 어찌나 쳐웃는지 난 정우의 발을 꾹 밟으며 어정쩡한 표정을 하는 마트 총각에게 어색한 미소를 지었다.

"제 친구가 좀 재수없어서 그러니 이해하세요. 근데 이 건물 주인 맞으세요?"

"네. 가게 얻으시려는 분이 사모님이신가요?"

"사모님은 무슨, 어색하게 그렇게 부르지 마세요."

"마땅히 부르기가……."

아, 그건 그렇구나. 흠, 틀린 말도 아닌데 그냥 사모님 소리 듣지 뭐. 어차피 자주 만날 것도 아니고 잘못된 거 없잖아.

"일단 커피숍으로 가죠."

정우는 멀뚱히 서 있는 날 데리고 바로 옆 커피숍으로 들어갔다. 건물 주인치고는 참 젊다. 이 사람도 내 남편만큼이나 돈 많은 사람인가 보다. 근데 돈 많은 사람들은 한결같이 잘생겼나, 이상한 세상이다.

"명품 가방가게라, 카페촌하고 안 어울리는 듯합니다."

우리 가게에 대해 한참 설명을 해주니 건물 주인은 세도 많이 받으면서 의외로 깐깐하게 따진다.

"글쎄요. 있는 사람들이 다니는 곳에 있는 게 낫지 않아요? 북적거리는 데 가게 열면 사람들 손때만 타고 오히려 마이너스 요인이 많을 것 같아서요."

이런저런 이야기가 한참 우리들 사이에 오갔다. 대부분 정우가 대답하고 모르는 난 옆에서 웃기만 했다. 집에만 틀어박혀 있어서인지 계약사항이나 공사 기간 등 뭔 말을 해도 잘 알아듣지 못했다. 가게 주인은 수긍하는 듯 전화를 해 자기 동생에게 건물 서류들과 계약서, 도장을 가져오라고 한다. 확실히 이런 성격이 속 시원해 좋다. 그 자리에서 결정을 내려주는 미적거림 없는 성격, 내 남편과 다르다.

“그럼 계약금은 지금 드리고 잔금은 이번 주 내로 드릴게요.”

내 핸드백에 들어 있는 거금을 꺼냈다. 어젯밤 남편이 봉투에 넣어준 돈이다. 생애 최초로 내 일을 시작하는데 왜 이리 마음이 불편한 걸까. 내 돈으로 하는 게 아니라서 그런 것 같기도 하고 왠지 이 돈하고 남편을 맞바꾼 듯하다. 이 찝찝한 기분은 돈 받을 때부터 시작해 영 가시질 않는다.

“경희 씨가 직접 운영하신다면 아마 잘될 겁니다.”

오호, 이 남자 사람 보는 눈이 있네. 그럼, 내가 이래 봬도 남편 비위만 이 년 넘게 맞추고 살았는데 남의 비위 하나 못 맞출까.

“안 말아먹으면 다행이죠. 저는 걱정입니다.”

정우, 네 이놈! 남의 인생에 초를 쳐도 유분수지. 내 남편이나 저놈은 어째 나를 그리 못 믿어!

“경희 씨는 싹싹하고 인상이 밝으시잖아요. 뭐든 잘하실 듯한데요.”

아, 저 싱싱한 꽃미소. 저 남자 진짜 웃는 모습이 멋지다. 더구나 나를 철석같이 믿어주니, 마트에서부터 저 남자 나한테 찍혔어. 앞으로 친하게 지내보자고!

“별말씀을. 좋은 사람을 건물주로 만났으니 잘되지 않을 수가 없겠는걸요.”

나의 이 고상한 내숭에 웃음이 안 가시는 저 남자를 보라. 나 도끼병은 아닌데 이상하게 저 남자 눈길은 달라 보이네. 아줌마가 뭐 좋다고 웃으며 보는지 여하튼 지금은 뭐든 다 좋다.

"야, 너 왜 그래?"

정우가 내 팔을 툭 치며 귓속말을 한다.

"내가 뭘?"

"왜 그렇게 실실거려. 아줌마, 정신 차려."

"내가 언제?"

"입에서 침 떨어지겠어. 저 남자가 너 이상하게 보는 것 같아. 그만 해라."

침 떨어진다는 말에 내 손이 저절로 입가로 향했다. 아줌마는 감정도 없나, 다들 결혼한 난 감정도 없는 사람 취급한다. 남편에게만 맞추어 남편만 바라보는 그런 사람이 되어야 한다는 무언의 눈길이 부담스럽다. 아니, 그렇게 되어야 한다고 믿었던 나였다. 하지만 이젠 아냐. 나도 좋은 것에 눈길 보내고 하고 싶은 대로 할래. 이제 스물다섯 살인데 어때.

성격 좋은 건물주로부터 재미난 이야기 들으며 화기애애한 분위기인데 우리가 앉아 있는 테이블로 가까이 다가오는 여자가 불쾌하게 낯익다.

"어머, 정철이 아내 맞으시죠?"

미나라 불리는 그 여자다. 왜 저 여자 손에 서류와 도장이 들려 있는 거래. 혼자라면서 저 꽃돌이 부인이었나. 저 여자랑은 뭐라 주저리 떠들고 싶지 않아 그저 고갯짓으로 인사하고 말았다.

"반갑네요. 혹시 인식 씨 가게 계약하실 분이세요?"

인식이 저 남자 이름이었지. 아까 통성명했는데 입 밖에 낼 일이 없으니 고새 깜박했다. 근데 정말 둘이 부부이기라도 한 건지 저 의문덩어리 여우가 살살거리는 게 보기 흉하다.

"경희 씨 알아?"

건물 주인의 의아함에 미나는 당연이라는 어깻짓, 꼴값들이야.

"전 남친 부인이래. 이름이 경희였군요."

"강경희라고 합니다. 그때는 정신없어서 인사도 제대로 못 드렸네요, 미나 씨."

이미 너 따위는 알고 있었다는 나의 마지막 강조, 어린 게 깜찍하다는 눈짓. 오가는 적대적 눈빛에 정우나 인식 둘 다 묘한 시선으로 날 본다. 내가 지금 바람피운 남편의 여자를 잡으러 온 것도 아닌데 왜 눈에 힘이 주어지고 난리냐. 아, 싫다.

"자기, 여기 서류. 자기 동생이 대신 전해주래."

자기라니, 남자는 다 자기구나. 웃긴 여자네.

"걘 뭐 하는데?"

"그 미국 간 여친한테 전화 와서 울고불고 난리치더니, 기운 빠져선 손 하나 까닥 못하고 침대 위에 누워 있어."

"걔들도 진짜 극성이다. 겨우 한 달 떨어져 있는 것 가지고. 밥은 먹었어?"

정우는 자꾸 저 여자고 누구냐고 나한테 묻지만 난 저 둘 사이가 더 궁금했다. 유부녀냐 아니냐가 나에겐 지금 제일 중요하다.

"아니, 자기랑 같이 먹으려고. 저녁때인데 집에 안 들어가셔도 돼요?"

야, 지금 다섯 시거든! 우리 남편은 일곱 시에 집에 오니까 걱정하지 마. 제 남편도 아닌데 걱정이 쥐뿔이다.

"걱정 마세요. 때 되면 알아서 남편 품으로 들어가니."

진짜 나 이렇게 추해져도 되나. 왠지 정말 추한 아줌마 같다.

"정철이가 잘해주죠?"

"네, 아주."

"워낙 다정한 성격이라 잘할 거예요."

다정한 성격, 찬바람 횡횡 도는 시베리아 벌판에서 밥 먹는 우리 집에서 다정이라……. 잠자리에서만 그렇겠지.

"글쎄요, 댁은 남편이 잘해주시나요?"

"어머나, 나 결혼 안 했어요. 인식 씨가 내 남편인 줄 아셨나 보네. 우리 같은 회사에 있어요. 오해하셨구나."

왠지 저 여자가 날 놀리는 기분이 든다. 난 얼굴이 벌게진 채 돈을 건네고 인감을 후딱 찍으며 서류는 내가 봐도 잘 모르니 정우에게 확인하라고 부탁했다. 날 보며 웃는 저 여자 앞에서 당장 도망가고 싶다. 히죽히죽 날 보며 웃는 게 뭔 생각을 하는지 알 수가 없다. 남편과 추억을 곱씹으며 날 대입시킬까 싶어 더러운 기분까지 든다. 비록 헤어진 남녀라지만 남편 가슴에 남아 있는 여자를 보는 난 지금 너무 초라하다. 내 남편은 널 잊고 날 사랑한다는 자신감이 없으니 더 초라해질 뿐이다.

"정철이한테 전화 왔었어요. 내가 한번 보고 싶다고 했더니 정희 씨가 반가워하지 않을 거라고 해서 아쉬웠는데, 우리 한번 봐도 되죠? 추억을 되새겨 봐도 좋을 것 같아서요. 우리 CC였거든요. 할 이야기가 많은데, 괜찮죠?"

이거 지금 뭐 하자는 수작이야. 추억, 막말 나오려는 걸 겨우 참았다.

"글쎄요. 추억은 추억으로 놔두세요. 괜히 지난 추억까지 더럽히지 마시고요."

정우는 내 표현에 식겁한 표정이고 인식도 마찬가지였다. 우리들 중 유일하게 웃는 사람은 미나 한 사람뿐이었다.

"한 번쯤 꺼내보고 싶은 게 지난 사랑 아닌가요? 사랑 안 해 보셨어요?"

저 자신만만함. 그래, 내 남편 가져가서 벗겨 먹든 말든 네 마음대로 해라. 진절머리나는 여자 같으니라고, 남편은 예전에 안목이란 눈깔도 없었나 보다.

"신경 안 쓰고 있었는데 남편이 그럴 만한 이유가 있었나 보죠. 이제 전 반가워하니 만나세요. 맘껏~"

정우는 서류들을 다 보았는지 내 허벅지를 툭툭 친다. 내 인감을 챙겨 인식에게 인사하곤 급하게 자리에서 일어났다. 정우는 이 분위기를 눈치를 챘는지 별말없이 날 따라나온다.

"저거 미친년 아니냐? 어디 남에 남편한테 저 지랄이니. 넌 왜 만나라고 하고 난리야?"

정우의 말에 속이 다 시원해졌다. 차마 내 입 더럽히기 싫어서 하지 않은 말을 대신 해주니 역시 친구밖에 없다. 그리고 이미 둘이 통화했으면서 이제 와서 왜 나한테 어쩌고저쩌고 떠들고 지랄이야.

나한테 변하지 말라고 하기 전에 변하지 않게 만들어야 될 거 아냐! 감히 아내가 두 눈 시퍼렇게 뜨고 있는데 전화를 먼저 걸어 통화를 해. 내 속에서 답답함이 치밀어 올라 눈을 압박했다. 눈물을 꾹꾹 참느라고 눈이 앞으로 튀어나올 것 같다.

"경희 씨, 미나 오해하지 마세요. 성격이 원래 좀 까칠해서 그렇지 도리에 어긋난 짓 안 할 거예요."

뒤따라 나온 인식을 자세히 보니 하나도 안 잘생겼다. 저 여자 편드는 남자들은 다 못생겼다. 내 남편도 인식도 다 이상하다. 내가 부인인데 남편은 내 건데 어딜 넘봐, 웃긴 것들. 도리에 어긋난 짓, 만나려는 마음 자체가 이미 어긋난 거야. 뭘 모르는 소리들 하고 있어!

"그러겠죠. 어긋나면 어때요. 사랑이라는데."

두 번 본 남자, 그 남자에게 난 무슨 말을 했는지도 모른 채 정우의 손을 잡아끌고 집으로 와버렸다. 그리고 남편의 야근 통보 전화를 받았다.

정우와 난 남편의 야근을 핑계 삼아 시아버님이 해외여행에서 사다 주신 비싼 양주 네 병을 다 마셔 버렸다. 정우의 팔을 베고 누워 한참 울다가 어느새 들어와 날 내려보는 남편과 눈이 마주쳤다.

"여보, 사랑하니까 좋디? 난 안 좋아, 진짜 안 좋아."

남편의 손에 들려 방으로 옮겨졌고 옷은 다 벗겨졌다. 하지만 거기까지였다. 남편은 나체가 된 날 한참 내려보기만 했다. 변태!

밀려오는 잠을 이기지 못하고 눈을 감았다. 남편의 눈물을 본 거 같은데 아닌가. 그래도 소용없어.

당신의 추억은 날 상처 입혔어.

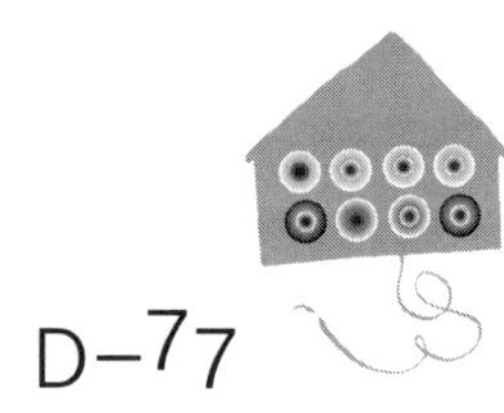

D-77

남편은 정우를 손님방에 재우고 아침에 택시 태워 보냈다고 했다. 화난 표정, 슬픈 표정, 좋은 표정도 없는 그 무표정한 얼굴로 술에 절어 걷지도 못하는 날 욕실에 데려가 샤워까지 시켜줬다. 이상하게도 그 손길이 따뜻하지도 부드럽지도 않았고, 처음 받아보는 호사였음에도 하나도 좋지 않았다. 오히려 정신 못 차리는 내가 싫을 뿐이었고, 말도 하지 않고 그저 손만 능숙하게 움직이는 남편이 짜증날 뿐이었다. 남편은 어디서 구해왔는지 죽까지 가져다 바쳤지만 쳐다보기도 싫어 못 먹는 척하고 다 버려 버렸다.

남편은 죽을 쓰레기통에 처박는 날 화가 잔뜩 난 눈으로 쏘아

보았다. 내가 누구 때문에 그 독한 술을 마셨는데! 확 몰아붙이
려다가 참았다. 아직은 내가 더 돈이 더 필요하니까 당분간 남
편 성질 안 건드리기로 했다.

이로써 나는 사리분별 잘하는 나로 거듭 환생한 기분이다!

돈이 넉넉히 있다는 게 참 좋다는 걸 새삼 깨달았다. 일을 진
행하는 데 돈만 주면 안 되던 일도 거침없이 막히는 게 없다. 가
게를 가계약한 지 일주일밖에 안 됐지만 벌써 인테리어 시안이
나왔다. 하지만 가게를 하나 여는 것이 뚝딱 도깨비 방망이 두
드리듯 되는 게 아니란 것도 알았다. 아마 세상 모든 일이 다 그
렇겠지. 난 차근차근 배우는 중이다.

또 새로운 건 나도 주체적으로 결정하고 진행한다는 게 가능
하단 것이다. 난 내가 그런 일은 절대 못할 줄 알았다. 부모님,
오빠들, 남편 품을 벗어나면 아무것도 할 수 없을 줄 알았지만
이젠 혼자서도 충분히 잘살 수 있을 것 같다. 뒤늦게 세상 속에
발을 들여놓으니 마냥 설레고 이리 좋을 수 없다. 어쨌든 나도
쓸모있는 여자고 이렇게 잘하는데 집안에서 썩고 있었다니 사
회적 손실이었다. 호호, 이 자뻑증 어쩔 거야.

내 가게 옆 커피숍 테라스에 앉아 있는데 건물 주인이 나타났
다. 여전히 새끈한 외모를 하곤 앉으란 말도 안 했는데 이 남자
내 앞 의자를 꺼내 털썩 앉는다.

어휴, 왜 허락도 없이 앉고 난리야!

"뭐 해요?"

보면 모르나, 커피 마시지. 별로 대답하고 싶지 않아서 고개만 까닥거렸다. 나 은근 뒤끝있는 사람이야! 어디서 추억 어쩌고를 편들어. 흥, 흥!

"왜 말 안 해요?"

이 남자를 상대해야 하나 말아야 하나 고민이 들었다. 아직 잔금도 다 안 치렀는데 계약 해지하자고 하면 어쩌지. 그냥 상대만 해야겠다, 상대만.

"목이 아파서요."

"감기 걸렸어요?"

"추억을 안주 삼아 술을 마시다가 탈났어요."

피식, 인식이 웃으며 커피를 주문한다. 싱그러운 햇살 덕에 얼굴엔 윤기가 돌아 부티가 좔좔 흐른다. 그 여자 편만 안 들었어도 친해질 수 있었는데 조금은 아쉽다.

"미나 때문에 화났죠?"

아니, 왜 내 주변 인간들은 돌려 말하는 걸 못하는 거야. 아주 가슴을 바늘로 콕콕 찔러라.

"별로요. 추억이라는데 뭐 어쩌겠어요."

"나 사실 미나랑 안 친해요."

웃겨, 미나랑 안 친해요~ 이 말투 자체가 나 겁나 친해요, 라고 하는 것 같다. 이 사람들이 내 눈은 해태인 줄 아나.

"그러시겠죠. 오죽하면 자기라고 부르겠어요."

"원래 미나는 누구에게나 자기라고 부르는데."

"아, 그렇다고 칠게요."

"진짜인데."

알았으니 그렇게 머리 긁적이면서 믿어달라는 표정 짓지 마. 거참, 요새 내 남편도 불쌍해 죽겠는데 이 남자까지 왜 이러냐. 내 속이 아주 갑갑해.

"네, 네. 겁나 안 친해서 미나가 누군지도 모르시죠?"

"그 정도는 아닌데. 알아요."

유머가 안 통하는 이 사람, 센스는 남편만큼 답답하네. 안 친해지기로 결심한 게 잘한 거다.

"난 경희 씨랑 더 친해지고 싶은데요."

오호, 유부녀에게 웬 작업?

"왜요?"

"그냥 느낌이 경쾌해서요."

이 남자 잘못 짚었다. 내가 경쾌하면 이따위로 살겠어. 염장을 질러도 유분수지 아주 날 가지고 노네.

"저 안 경쾌해요."

"괜찮아요. 뭐, 내 느낌은 내 거니까. 내 마음대로 생각해도 되죠?"

순간 이 남자의 말에 내 마음 한켠을 읽힌 기분이 들었다. 내가 남편에 대해 지난 이 년간 되새기던 말, 아찔해 손에 들고 있는 커피 잔이 흔들렸다.

"동생 분은 마트에 계속 나가세요?"

"아뇨, 그날 방송하고 잘렸어요. 동생한테 나오지 말라고 점장이 전해달라고 하던데요."

"이런 미안하게 됐네요. 나 때문이잖아요."

그날 그러는 게 아니었다. 남에게 폐를 끼치면서까지 내 욕심을 부린다는 걸 그땐 몰랐었다. 돌아서면 후회하는 게 사람이라지만 돌아서서 한참 지나야 후회하는 게 나인가 보다.

"괜찮아요. 대신 내 사무실에 와서 두 배로 벌어가니까 미안해하지 않아도 돼요."

"무슨 일 하세요?"

"디자인이요."

"앗, 디~자이너! 멋지다. 무슨 디자인이요?"

"산업디자인이요. 이것저것 닥치는 대로 다 해요."

"그럼 그 미나라는 분도 디자이너?"

"네. 이번에 미국에서 들어왔다기에 스카우트했죠. 돈 많이 주고 데려왔는데, 아직 실력이 두드러지지는 않네요."

후, 날 한 번 띄워주겠다고. 나 씹는 거 무지 좋아하는데 조금만 해야지. 괜히 이상한 여자 되면 안 된다.

"아마 화장하는 시간이 길어서 그럴걸요. 얼굴에 화장이 한 10㎝는 되겠더라고요. 화장하면 간간이 수정해 줘야지, 때맞춰 모이스쳐 뿌려줘야지. 직원 잘 두셔야 해요. 화장 두껍게 안 하는 직원으로요."

나 무지 유치하긴 해도 재밌으니 신경 안 쓸란다.

"그런가요? 경희 씨는 화장 안 하나 봐요?"

"남편이 싫어해요. 맨얼굴 만지는 걸 좋아해서 못하게 해요."

"그렇군요."

이 남자가 지금 서운한 투로 말했다고 느낀 건 나 혼자 또 중뿔난 건가.

"남편 분이 보수적인가 봐요."

"글쎄요, 남편이 어떤 사람이라고 생각해 본 적이 없네요. 남편은 남편이니까 남편이구나 하고 살았어요."

"남편이 남편이구나 하고 살아요?"

"내 남편에 대해 이렇다 할 정의를 두지 않는다고 할까요. 그냥 있는 그대로 다 남편이니까. 뭐랄까 스펀지가 물 흡수하듯이 그렇게 푹 젖었다고 할게요."

내 사랑이 정말 내 마음대로 흡수해 멋대로 모양을 만들어 버린 스펀지 같은 걸까.

"멋지네요. 행복하세요?"

왜 묻는 걸까. 행복해 보이지 않아서일까. 난 행복했어. 지금도 얼마든지 마음만 고쳐먹으면 행복할 거야. 하지만 늦었다.

인식에게 난 고개만 끄덕였다. 몇 달 전에만 물어봤어도 당연한 거라고 했을 텐데 선뜻 입이 열리지 않았다.

"행복한 것 같지 않은데요."

"굉장히 실례되는 말인 거 아시죠?"

나도 모르게 인식에게 정색했다. 내 표정에 놀란 인식은 굳은 표정으로 사과했지만 이미 난 마음이 변했다.

나는 내 결혼 생활을 마구 비난해도 되지만 남은 것도 생판 남이 함부로 말하면 안 된다. 그건 나에 대한 모욕이었다.

누군가 행복해 보이지 않는다고 해서 보이는 대로 말하면 안 된다. 그 이면에 보이지 않는 혹은 보지 못한 행복이 있다면 그 말로 상처받는 사람은 어쩔 건데, 남의 감정을 함부로 말 하면 안 된다. 그런데 다 보지 않고는 말하지 말아야 한다는 이론만 아는 내가 이렇게 화를 낸다. 난 남편을 다 보고 화를 내는 건가. 갑자기 왜 내가 자학을 하는 거야!

이 남자 만나면 안 좋을 일 생기나 보다. 머릿속이 굉장히 복잡해졌다.

"그렇다고 또 그렇게 풀 죽어 계시면 죄송하죠."

이 남자도 은근 소심한가 보다. 고개를 푹 숙이고 커피 잔에 스푼으로 회오리를 만드는 걸 보니 귀엽기도 하다. 남편과 같은 나이라는데 어쩜 이리도 다를까.

"그런가요?"

자리를 뜨지 않고 앉아 있는 인식과 오후를 한껏 다 보내고 나니 벌써 어둑어둑해졌다. 인식은 아는 것도 많고 말도 참 청산유수다. 총각이라 그런지 가벼워 보이는 게 나도 부담없이 그냥 툭 건드려 보고 싶어진다. 미쳤지. 내 남편도 해결 못하면서 누굴 건드려. 어휴, 정신 차리자.

"경희 씨 댁은 멀어요?"

"아뇨, 이 뒤편 아파트에 살아요. 인식 씨 댁은 어디예요?"

"나도 같은데 사는 것 같은데요. 같이 갈까요?"

"오, 우리 알고 보니 이웃이었네요. 해 지기 전에 얼른 가야겠어요."

일주일 동안 커피숍에서 죽치고 앉아 텅 빈 가게만 보다 집에 가는 길은 지루하고 천근만근 무겁더니, 오늘 인식과 같이 걸어서 그런지 짧은 길이 심심하지 않다.

"왜 결혼을 그렇게 일찍 했어요?"

"남편하고 결혼하고 싶어서요."

"열정적으로 사랑했나 보군요. 왠지 경희 씨한테 어울리네요."

열정적, 혼자 열정적으로 사랑하고 있지. 잠시 생각에 빠진 사이 인식이 날 거칠게 끌어안아 몸을 틀었다.

이 남자 미쳤나. 어디 유부녀를 이 아파트 입구 앞에서 끌어안다니! 혹시 아파트 아줌마들이 봤으면 나 죽었다. 아, 그 아줌마들의 수다를 어찌 다 감당할까.

"왜 이래요!"

꽉 안고 있는 인식에게 겨우 빠져나와 보니 차가 아슬아슬하게 우리 옆에 서 있다. 그리고 차 문이 열리며 남편이 나왔다. 인상을 잔뜩 찌푸리고 날 보는 남편에게 괜히 움츠러들었다. 나 잘못한 거 없는데 왜 이러니.

"타."

남편 목소리가 이 더운 날씨에 등골을 오싹하게 한다. 왜 화를 내고 그러냐.

"응? 응. 나중에 봬요. 오늘 즐거웠어요."

"편히 가세요."

남편은 인식에게 인사조차 하지 않고 차 문을 쾅 닫는다. 그러다간 차도 부숴 먹겠다. 난 머리에 두 손가락으로 뿔을 만들고 인식에게 입모양으로 미안이라 말하곤 차에 잽싸게 탔다.

"누구야?"

"건물 주인."

"뭐 잘못됐어?"

"아니, 가게 갔다가 만났어. 우리 아파트에 산다기에 그냥 같이 걸어온 것뿐이야."

나도 모르게 말을 하다 보니 변명조가 돼버렸다. 정말 같이 걸어왔을 뿐인데 왜 이렇게 눈치가 보이지.

"아직 공사도 안 하는데 뭐 하러 가?"

"어떤 사람들이 지나다니나 궁금하잖아. 내 느낌이 틀리면 손해 볼 거 같아서 구경 갔어."

남편은 그 후로 입을 꾹 다물고 눈에 힘만 팍 주고선 계속 기분 저조한 상태로 힐끔힐끔 쳐다보는 날 보지 않고 있다. 내가 잘못한 게 없는데 왜 그런지 물어보려다가 순간 인식 품에 잠깐 안겼던 게 생각났다. 아내가 다른 남자 품에 안겼는데 기분 좋을 남편은 없을 거다. 그래도 나한테 별 관심 없던 남편의 반응이 수상쩍다.

"여보, 뭐 해?"
"왜?"
"안 자?"
"먼저 자."
"그래. 참 조만간 인테리어 공사 들어가. 잘하면 계획대로 삼 주 안에 문 열겠어."
"어."
"그럼 나 바빠질 텐데 도우미 아줌마 부를까 봐. 아침이랑 저녁 식사 못 챙길 것 같아."
"어차피 직원 둘 거 아냐?"
"그래도 당분간은 가게 문 열고 닫는 건 내가 해야 하지 않을까? 처음부터 어떻게 직원한테 다 맡겨."
"난 생활에 방해받지 않는 한에서 네가 일했으면 좋겠어."
"그게 뭔 뜻이야?"

이 남자 지금 가게 해준다고 해놓곤 막상 정말 하니까 떨떠름한 건가. 얼른 돈 많이 벌어서 재벌이 되든지 해야지 진짜 저 변덕질에 내 애간장이 다 녹는다.

"다른 남자 만나거나, 가게 한다고 늦게 다니거나, 집에 내가 불 켜고 들어오는 거 싫어."

다른 남자 좋아하네, 만날 남자도 없다. 난 집 지키는 개냐, 만날 불 켜놓고 초인종 누르면 쪼르륵 달려나가게. 난 남편에게 부인이 아니라 집 안에서 알짱거리는 그런 존재였을까.

"추억의 여자한테 먼저 전화 걸고, 걸핏하면 야근하고 출장 다니는 거, 내가 집에 없다고 짜증내는 거 나도 싫어."

"뭐?"

나도 좋아서 사는 줄 아나 본데 기막혀. 그 표정은 지금 강아지가 네 손 물었을 때의 배신감이냐!

"하고 싶은 대로 할 거면 나도 하게 하라고. 나는 왜 안 되는지 말해봐."

남편은 또 말을 못한다. 그래, 할 말 없는 게 당연하지. 내가 슈퍼우먼도 아니고 돈 벌어서 잘살아보겠다는 왜 태클인 거야. 지금까지 집에 들어와서 한 거라고는 밥 먹고 잠자는 거 외에 뭐가 있었는지 곰곰이 생각하는 남편을 보면서 난 자리에 일어나 침실로 들어갔다.

"누가 다른 여자한테 먼저 전화 걸었다는 거야?"

방문이 벌컥 열리며 남편이 버럭거린다. 저 인간이 내가 모르는 줄 아나 본데 나도 알 건 다 알거든! 내 막강 CSI 정보력을 뭘로 보고, 길거리에서 우연히 얻은 정보가 최고라고! 쳇!

"미나, 나 그 여자 만났어. 추억인지 사랑인지 뭐 되씹어보겠다고 해서 겁나 씹으라고 했어. 왜?"

“뭐?”

남편은 내가 어찌 알았느냐는 경악스러운 표정을 짓지만 그 표정보다 저 인정하는 표정이 더 싫다. 차라리 아니라고 발뺌이라도 하면 그런 당신을 더 믿을 텐데 정말 날 모른다.

“여보, 있잖아. 나 이제 그 여자 만나든 말든 상관 안 해. 근데 내 귀에 들어오게 하지 마. 그 여자 내 가게 건물 주인, 아까 봤지? 그 남자랑 같은 회사에서 일한대. 그러니까 조심해, 죽고 싶지 않으면!”

나답지 않은 싸늘한 말투에 남편 표정이 얼음땡이다. 이젠 화도 안 난다. 그래, 인정해 버리고 말지 뭐. 나도 시달리기 싫어.

“만나지 않았어.”

“그래.”

“만나지 않았다고!”

“알겠다고! 어쩌라고?”

침대에서 벌떡 일어나 남편한테 소리쳐 버렸다. 그래서 어쩌라고! 내 머릿속에 들어와서 그럼 그 부분을 파내 가든지! 나보고 어쩌라는 거야!

“내가 다시는 그 이야기 하지 말라고 했지!”

나도 모르게 이불을 주먹으로 내리치며 성질부렸다. 혼자 머리를 막 헝클어뜨리며 침대 위를 마구 굴러다녔다. 악다구니를 쓰면서 제멋대로 몸이 침대를 휘젓고 다닌다. 내가 생각해도 정말 미친 여자 같다.

"화내지 마. 화내지 말란 말이야. 꼭 제 발 저려서 그렇게 자기 방어하듯이 화내지 마. 그게 더 싫어! 싫어! 싫다고! 알아들어?"

"오해 좀 하지 마. 그런 사이 아니라고 했잖아. 좀 믿어!"

남편은 방문을 쾅 닫고 나간다. 혀를 쯧쯧 차며 어린애가 생떼 부리는 걸 지켜보는 표정이 닫히는 문 사이로 보였다.

"나 또 병신 된 거네."

허탈한 마음에 이불을 머리끝까지 뒤집어썼다. 누구 말이 진실인지 구분 못하겠다. 온통 세상은 거짓투성이다. 내 마음도 남편의 마음도 거짓말투성이다. 우린 진실이 뭔 줄 알고나 있는 걸까.

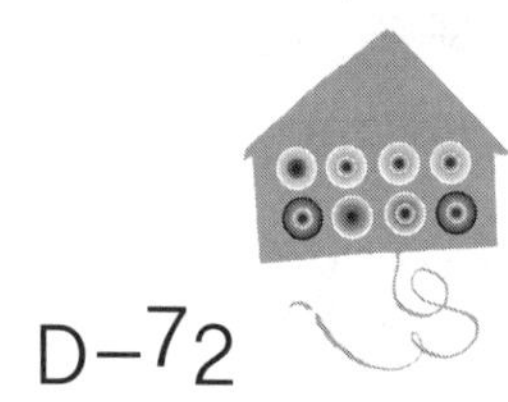

D-72

오후 시간을 매일같이 건물 주인과 커피숍에서 보내다 보
니 친해져 버렸다. 그리고 그 틈에 몰래 인식의 휴대전화를 손
에 넣는 쾌거를 이룩해 미나의 전화번호를 알아냈다. 의도적인
접근이 없었다고 말 못해 인식에게 조금 미안하기는 하다. 하지
만 그 외에는 이 사람 참 착하다. 부티가 흐르는 만큼 여유있어
까칠하지도 않다. 순수하진 않지만 내 커피 값을 내주는 친절도
베푼다. 가끔 조각케이크도 사주고 커피숍만이 아니라 공원도
같이 산책한다. 인식은 오리털 이불 같은 사람이다. 그냥 푹신
하니 마냥 좋은 그래서 사기 칠 사람으로 안 보인다. 내가 요새
큰돈을 좀 만져서 그런지 사기 맞을까 걱정이다.

미나는 아주 당당한 걸음으로 커피숍을 들어온다. 그리고 또 각또각 하이힐 소리를 내며 나에게 다가온다. 내가 불러내기는 했지만 저 하이힐에 찍혀 오늘 저 세상에 가는 건 아닌지 은근 걱정된다.

"안녕하세요?"

남자도 아닌 나에게 눈웃음을 치며 앞에 앉는 미나를 노려볼 뿐 대꾸하지 않았다. 난 조강지처다! 당당하게 기선제압을 해야지. 미나는 커피를 시키며 나의 이상 징후를 눈치 챘는지 눈빛이 곱지 않다. 아자! 너 오늘 죽었어.

"내 남편은 잘 만나셨나요?"

미나의 입가가 살짝 비틀리는 걸 난 여지없이 보았다. 오늘 거짓말의 대가를 보여주겠어.

"아직 만나지 않았어요. 정철이가 말 안 하던가요."

"했어요."

내 말에 미나는 안색 하나 변하지 않는다. 대단한 여자다.

"좀 시간을 두고 만나기로 했어요. 감정도 좀 정리해야 하고 뭐 이해하실 수 있으시려나요?"

저 사람을 무시하는 말투와 내리깐 눈, 정말 재수없다.

"없는데요. 그리고 거짓말하지 마요. 만나든 안 만나든 내 남편을 믿으니 상관없어요. 거짓말로 사람 가지고 놀듯이 자기 뜻대로 만들려고 하지 마요."

미나는 내 말에 찬물을 벌컥 마시고 씩 웃었다. 저런 미친 여자를 봤나, 지금 웃음이 나오니!

"나 정철이랑 잘해보려고 한국 나온 거예요. 거짓말이든 아니든 난 정철일 만나기 위해 무슨 짓이든 할 거예요. 아직 못 만난 것 맞아요. 날 피하더군요. 왜 피하겠어요? 아직 감정이 남아 겁나는 거겠죠."

예쁜 것들은 뻔뻔해! 차라리 나처럼 평범하면서 성격 좋은 게 훨씬 낫지.

"그래요? 그럼 좀 기다려 보세요. 기회가 아주 없진 않을 테니까요. 하지만 그 기회가 눈에 띄기 전에는 가만있어 줬으면 해요. 내 손에서 놓는 그때, 가져가든 말든 마음대로 해요. 내 남편을 물건 취급해서 기분 좋지 않지만 할 말 다 했으니 이만 갈게요. 지금은 건드리지 말라는 말만 잊지 마세요."

"한 마디만 할까요?"

자리에서 일어나려다 저 여자 목소리가 어찌나 날카롭던지 난 도로 앉게 되었다.

"뭔데요?"

"왜 우리가 헤어졌는지 아세요?"

날 만만히 본 것 같은데 어떻게 말할까. 전혀 모른다고 해주는 게 지금으로선 최선일까, 아니면 다 아니까 입 다물라고 할까. 내가 결정을 못하고 오락가락할 때 미나가 다시 입을 열었다.

"모르죠? 나 정철일 사 년간 만났어요. 대학 입학 때 만나서 졸업할 때까지 놓지 못했죠. 가끔 정철이 마음이 나에게 한 발짝 떨어져 있다는 느낌이 들었어요. 그건 바로……."

"됐어요. 나도 아니까 말하지 마요."

미나는 설마라는 눈빛을 보내지만 난 고개를 끄덕여 주었다.

"내가 알고 있다는 말 혹시 남편 만난다면 하지 마요. 그 사람, 남자로서 숨기고 싶은 자존심이잖아요."

충격에 아무 말 못하는 미나를 두고 커피숍을 나왔다.

세상의 비밀은 어떻게든 지켜지지 않는다. 어이없게도 그 비밀이 그 고통을 다 본 남편의 전 여자 친구라는 사람 입에서 가볍게 새어나오다니 내 남편도 참 한심하다. 그렇게 지키고 싶어 열쇠로 꽁꽁 잠가 숨겨둔 비밀이 왠지 불쌍하기까지 한다. 사랑은 왜 해가지고 왜 그 모양이니, 바보 같은 남편.

D-70

내가 변하는 만큼 남편은 더 차가워졌다. 우리가 다정한 부부는 아니었지만 남극의 백곰이 사랑할 온도를 가진 부부도 아니었다. 적어도 나에게만큼은……

우린 매일같이 하던 관계를 하지 않은 지 보름이 다 되어간다. 서로 몸에 손이 닿는 걸 의도적으로 피하고 우연히 닿으면 화들짝 놀라 손을 바로 치운다.

요새 우리 사이는 퍼석퍼석 모래가 깔린 사막을 걸어가다가 지독한 추위를 만난 것 같은 당황스러움이다.

남편은 우리의 변화를 막지 않는다. 이렇게 살고 살아가는 걸까?

“뭐 해요?”

인식은 이제 내 앞이 아닌 옆에 자연스럽게 앉는다. 며칠째 하루의 반나절을 같이 보내다 보니 급친해져 이제 인식은 친오빠들처럼 포근하기만 하다. 사람이 이렇게 한없이 포근할 수 있을까. 인식을 보면 괜한 웃음이 지어진다. 아마 내 남편과 삐걱거리는 데 위로받는 내 이기심일지도 모른다. 어쨌든 마음의 벽이란 게 처음부터 없었다는 듯 난 스스럼없이 인식을 보고 웃는다.

“음, 뭐 할까요?”

옷! 내가 애교라고 말끝을 올리니 인식은 코끝에 주름이 잡히도록 웃는다. 박식한 인식의 손에는 또 책이 들려 있다. 머리 좋은 사람들의 특징인지 내 남편도 책 읽는 걸 습관처럼 아는데 인식 또한 그렇다.

“오늘은 공원 갈까요?”

“가게 공사 하는 거 봐야 해요.”

“그래서 이 카페로 왔구나.”

“근데 여기 커피가 더 맛있어요.”

오늘부터 가게 공사가 시작되었다. 그리고 정우는 유럽으로 가방을 구입하러 가서 내가 현장을 지켜볼 수밖에 없다. 정우의 첫 가게부터 계속 담당했던 분들이라 별 어려움은 없을 거라지만 아직은 젊은 여자가 헤집고 들어가 이런저런 말을 하기엔 껄

끄럽다. 그래서 난 그저 멀리서 지켜보며 간식거리나 사다 줄 뿐 나서지 않는다.

이럴 때 남편이 나와 도와준다면 얼마나 좋을까. 하지만 내 남편은 절대 이런 일에 관여할 사람이 아닌 걸 알기에 말도 꺼내지 않았다. 난 새삼 왜 남편이 있나 생각한다.

"온종일 나와 있군요. 집안일은 어쩌고요?"

이 남자 가끔 벙찌게 남의 집안일까지 세심하게 걱정한다. 총각 마음 씀씀이가 별나다.

이제 난 집에 앉아 있는 게 숨이 막힌다. 널따란 거실에 앉아 있으면 그 앉은 자리만 공기가 있는 것 같다. 남편의 체취가 싫고 흔적이 싫다. 집이란 이제 편하지 않다.

"도우미 아줌마 계세요."

"남편 분은 뭐 하세요?"

"무슨 반도체인가 그런 거 개발해요. 차세대 어쩌고 하면서 잡지에도 나오고 그러는데 난 잘 몰라요. 대신 돈은 끝내주게 잘 벌죠."

"공학도 출신이시군요."

"공돌이죠. 그래도 양복 입고 다녀요. 처음엔 작업복에 얼굴 시커메진 남편 기다렸는데 알고 보니 컴퓨터로 주로 작업하더라고요. 컴퓨터도 얼마나 잘 다루는데요. 전 기계치라 컴퓨터가 혼자 꺼지면 막 발로 차는데 남편은 키보드만 만져도 돌아와요. 같이 살기 편해요."

"경희 씨는 사회생활 안 해봤죠?"

내가 너무 무식한 걸 티냈나, 아니면 순수하다고 본 걸까. 자뻑 증세가 날로 심해지니 이 일을 어찌하면 좋으리.

"그렇죠. 대학 졸업하고 꼴에 대졸이라고 자존심은 있어가지고 눈은 높았어요. 친구들은 다 취직해서 바쁜 척하지, 또 만나면 제들만 아는 회사 이야기만 하니 잘 안 만나지더라구요. 그러다가 혼자 온종일 방 안에서 뒹굴다 보니 결혼하게 되더라고요."

"남편 분은 어떻게 만나셨어요?"

"막내 오빠 친구였어요. 우리 집에 자주 오진 않았는데 명절 때 종종 들르는 정도. 고등학교 때부터 오빠랑 절친이라고 했었는데 어느 날 선본다고 하잖아요. 엄마한테 나도 꼭 오빠랑 선보겠다고 압력 넣었죠. 아마 엄마는 기절하는 줄 알았을 거예요."

"그랬군요."

잠시 그때가 생각났다. 그리고 인식은 내 눈가에 맺힌 눈물을 보곤 딴청을 부렸다. 생각지도 않은 순간, 처음 그 무모하던 내가 이젠 그 무모함마저 부러워하며 떠올린다.

"엄마, 나 시집갈래. 결정했어."

"얘가 미쳤어. 네 나이가 몇인데 벌써 시집을 간다는 거야? 아버지가 조금 있으면 직장 구해준다잖아. 기다려 봐."

"아냐, 나 시집갈래. 정철 오빠 선본다고 하더라. 엄마, 어떻게 생각해?"

정철 오빠란 말에 엄마 눈이 날카롭게 번뜩였다. 그렇지! 엄마도 내심 탐을 내고 있었던 거다. 정철 오빠가 어디 한 군데라도 빠지는 구석이 있어야지. 사위로서는 최상의 인물, 엄마가 나서면 안 되는 일이 없다. 욕심이라지만 찔러보지 말라는 법까지 없지 않나.

나름 사교계의 기둥인 엄마의 입김이 보통이 아니기에 난 급다이어트에 돌입했다. 죽지 않을 만큼 먹고 쓰러지기 직전까지 운동했다. 이 정성으로 공부했으면 서울대에 가고도 남았을 거다.

말 꺼낸 지 일주일도 안 돼서 엄마는 날을 잡아왔다. 억지로 들이민 게 티났지만 난 무작정 좋았다. 그토록 동경하던 오빠 친구, 이정철. 설레는 마음에 잠도 제대로 자지 못하던 내가 왜 이제 와서야 한심하게 생각될까.

일요일 오후, 선을 보면 성공률이 높아 다수의 처녀 총각들이 몰린다는 어느 호텔 커피숍.

커피숍 입구에 들어서자마자 난 맞은편 창가에 앉아 있는 정철 오빠를 한눈에 알아보았다. 근 몇 년간 명절 때마다 오빠가 인사를 왔다고는 전해 들었어도 난 친척들의 눈초리를 피해 밖으로 나도는 바람에 보지 못했었다. 하지만 내 머릿속 상상 그대로였다. 여전히 멋진 양복을 입고 나이 들지 않은 듯한 얼굴에 옅은 미소 짓는 오빠 앞에서 난 배시시 웃기만 했다. 좋은 걸 어쩌랴. 이렇게 만나기라도 했으니 반은 성공이다.

멋진 남자 만나서 인생 한번 편해보자고!

"만날 어린애로만 생각했는데 오늘 보니 숙녀가 다 되었네."

흑, 꽃미소와 전혀 어울리지 않는 아저씨 말투. 난 급속히 얼굴이 굳어졌다. 이놈의 오빠 친구들은 왜 다 노인네 삘인 건지. 이래서 공돌이는 재미없다던 친구들의 말을 뼛속에 잘 새겨둘 걸 약간 실망이 들었다. 하지만 저 생긴 것 봐라. 얼굴부터 시작해 어디 하나 흠 잡을 데 없이 광채 난다는 표현 딱 어울리는 정철 오빠. 내 인생 절체절명의 선택은 옳을 수밖에 없다. 또 헤죽거리는 날 보는 정철 오빠의 눈이 너무나 편안해 보인다.

오빠와 잘될 것 같은 예감. 내가 또 꾸미면 한인물에 내숭만 잘 떨면 현모양처감이라고! 괜히 신난다.

"오빠는 더 멋있어지셨는데요. 길 가다가 정철 오빠인 줄 모르면 그냥 손 잡고 도망가자 매달릴 정도로 멋있어요."

내 표현이 뭔가 이상했지만 그저 좋아서 갖은 내숭 떨며 별로 한 이야기도 없이 차만 마시고 헤어졌다.

엄마는 집에 일찍 들어온 날 보고 이미 예상했다는 듯 취직이나 하라며 신용카드 한 장을 내밀었다. 신의 카드, 한도도 없다는 엄마 카드! 선도 볼 만하구나.

다음날 어디서 들었는지 막내 오빠는 집에 와 나와 엄마에게 용처럼 불을 내뿜으며 길길이 날뛰었다.

"너! 너! 강경희! 호적 팔 때 파더라도 정철인 안 돼!"

쳇, 더럽고 치사해서 정말 못 살겠네. 그 잘난 친구한테 시집가서 팔자 피겠다는데 왜 화를 내는 거야! 다리를 못 놔줄망정 꼬락서니하고는 정말 밉상이다!

"그만 해. 알았다고. 귀에 딱지 앉겠다."

"어머니도 그래요. 어디 조건이 맞아야 들이밀지 턱없는 조건을 가져다 대면 집안 망신인 거 몰라요? 정철이 어머니가 얼마나 깐깐한 사람인데, 그렇게 시어머니 자리가 어려운 집에 왜 쟤를 보내려고 그래요? 고생길이 빤하잖아요."

가뜩이나 백수라 움츠러져 있는데 막내 오빠의 극렬한 반대에 울컥 서러움이 목에 걸렸다. 나도 안다, 알아! 객기 한 번 못 부리니!

"누가 결혼한다고 했어! 만나만 본 거잖아. 공돌이 싫어. 오빠 같은 친구 나도 싫어!"

"옆에 없으면 죽을 것 같아 숨도 쉬어지지 않는 남자 만나. 너 없으면 죽겠다고 죽는 척이라도 하는 남자 만나. 왜 나이도 어린데 시집가겠다고 설쳐. 연애도 해보고, 실연도 당해보고, 뭔가 해보고 그 후에 시집가. 어머니도 괜히 조건 좋다고 어린애 덥석 보내지 말고 묵혀둬요. 쟨 세상을 좀 알아야 해."

"내가 김치야? 묵혀서 뭐 할 건데? 나도 내가 잘났으면 이러지 않아. 정말 하루하루가 바보 같잖아. 아무것도 못하고 집에 멍하니 있다가 잠들 때면 얼마나 자괴감 드는 줄 알아? 뭐 했는지 아무 생각도 안 나는데 좋아하는 사람하고 결혼해서 애 낳고 집안 살림하면 괜찮을 것 같아서 그래."

"그러게 누가 공부하지 말래? 그렇게 공부하라고 할 때는 안 하고 이제 와서 왜 후회해? 공주처럼 키웠더니 약해 빠져서는 혼자서는 아무것도 못하지. 누구한테 그렇게 기대 살고 싶니? 네가 기생충이야?"

당장 이 상황을 벗어나고 싶었다. 친구들처럼 바쁘게 회사 다니고 자기만 할 수 있는 일을 가진 게 너무나 부러웠다. 내 남편만을 위해 뭔가 해줄 수 있는 그런 여자가 되고 싶었다.

지나고 보니 오빠 말이 맞았다. 난 내 안일함 때문에 벌 받은 거다. 그래, 차라리 옆에 없으면 죽을 것같이 숨이 안 쉬어지는 남자 만나 시집갈 걸. 근데 살면서 이상하게 남편이 없으면 숨이 막혔어. 그리고 옆에 있으면 또 숨이 확 트였지. 항상 같이 있고 싶고 잠시도 떨어지기 싫고, 그건 지금도 별반 다를 게 없어. 그런 남자한테 시집왔는데 왜 이럴까.

내 나름대로 꾸미고 얌전한 분위기를 풍겼지만 정철 오빠에겐 일주일이 넘도록 연락이 없었다. 오빠가 줬던 명함을 꺼내 내가 먼저 연락을 해볼까 하다가 아직 자존심이 살아 있어 그만뒀다. 그 후론 깔끔하게 포기했다. 난 포기가 빠른 성격이라

안 되면 마음에 두지 않는다. 잘 잊어먹는 일상생활만큼 편한 성격이다.

쳇, 나도 알고 보면 좋다는 남자 줄 섰다. 연애나 한번 해볼까.

"예, 알겠습니다."

엄마는 전화를 끊고 굉음을 지르며 나를 불러댄다.

"야, 강경희!"

또 애타게 부른다. 온종일 논다고 하는 일도 없는 줄 아나. 방문을 열고 나가니 엄마는 급흥분 상태이다.

"엄마 약 드셨우? 얼굴이 왜 그리 불그스름해?"

"독약 먹은 것보다 더 놀랄 소식이다."

세상에 죽는 것보다 더한 소식이 어디 있다고 우리 집 과장법은 지구를 뚫고 우주로 뻗어가지.

"너 그날 호텔 가서 뭐 했어?"

"뭐 하긴, 그냥 차 마시고 왔다니까."

뭐 할 시간이나 퍽도 있었겠다. 왜 아픈 상처를 후비고 그래, 쩝.

"근데 그 집에서 널 왜 만나자고 해?"

"엥? 나를?"

"그래. 너를! 당장 만나자니까 옷 입고 나와. 아니다. 백화점으로 가자."

내 결혼은 그렇게 시작되었다. 남들과 다르게 평범히 배재된 듯 정철 오빠를 제외한 식구들과 우리 집은 간소한 상견례를 당장 치렀다. 물살에 휩쓸려도 이렇게 빠를까. 말도 안 되는 것 같지만 내가 드디어 정철 오빠와 결혼한다.

뭣 모르고 불려 나간 자리에서 난 어른들에게 집중포화를 맞았다. 나이부터 시작해 집안, 학력, 올케들의 집안까지 다 까발려졌다. 우리 집이 제법 돈이 있는 집인 줄은 알았지만 그렇게 많은 돈을 가졌다는 건 그날 처음 알았다.

나에 대한 관심을 잠시 갖더니 어느새 이야기는 혼수로 넘어갔다. 확실히 오빠에 비해 치지는 날 돈으로 메워보겠다는 심사라지만 액수가 너무 과도했다. 아파트, 시댁 식구들의 고급 자동차, 오빠 사업체 투자, 순금 식기도구 세트들이 왜 혼수에 들어가는지 알 수 없었다. 내가 알고 있는 상식을 넘어 안드로메다로 향하는 액수에 왠지 이건 아니다 싶었다. 내가 잘못 생각했구나 싶어 정신이 번쩍 들었다. 나 하나 편하자는 기생충 같은 생각이 우리 집을 말아먹게 생겼다. 그러나 내 예상과 달리 엄마는 이미 종이에 그들이 원하는 것을 받아 적으며 흐뭇해하고 있었다. 내 존재란 겨우 이것밖에 안 됐었던 건가. 내가 부모님에게 이렇게 큰 짐이었던가. 나 스스로 혼란스러워졌다.

세상에 아무리 공짜가 없다지만 난 결혼을 하고 싶었지 장사를 원하지 않았다.

내 딸에 이만큼 얹어줄 테니 이정철을 내놔라.

애들 땅따먹기도 아니고 이게 무슨 장난질인가 싶어 기가 막혔다. 또 이런 게 정상이라고 씁쓸한 웃음을 짓는 엄마도 당연하다는 듯 요구하는 정철의 어머니도 모두 다 비정상들 같았다.

난 어른들을 만난 후 아무리 좋게 생각하려 해도 도저히 참을 수가 없었다. 나에게 전화 한 통 없던 남자가 왜 집에 가서 괜찮다는 말은 해서 이따위 대접을 받게 했는지, 그리고 왜 지금까지 연락이 없는지 따져 보려 늦은 시간에 정철 오빠를 불러냈다.

약속 장소에 가까이 가니 벤치에 앉아 있는 정철 오빠가 보였다. 아무것도 모른 듯 웃으며 앉으라고 벤치를 툭툭 치는 정철 오빠 앞에 꾸벅 고개 숙여 인사하고 앉았다. 그리고 숨이 찰 정도로 빠르게 말했다.

"오빠 댁 어른들을 만나뵈었어요. 죄송하지만 전 오빠 짝이 아닌 것 같아요. 좋게 봐주셔서 감사합니다. 오빠가 잘 말씀드려 주시길 바라요. 제가 거절하기는 좀 애매한 상황이거든요. 아시죠?"

난 말을 다 하고 시멘트 바닥만 발로 툭툭 차며 고갤 들지 못했다. 초여름, 밤의 쌀쌀함이 유달리 좋은 그 여름밤에 남산 중턱의 벤치에서 난 죄인같이 앉아 있었다. 그리고 오빠의 대답을 기다렸다.

"왜?"

왜라는 말을 묻다니. 정말 모르고 있는 거라면 나쁜 사람이야.

"그냥 아무리 생각해도 아닌 거 같아서요. 죄송해요."

"우리 부모님 만났다면서. 그냥이 아니지?"

정철 오빠의 착 가라앉은 목소리가 이미 다 알고 있다고 대신 말해주었다. 그 불편하고도 실망감 가득한 저음의 목소리에 내 몸도 눌려 더 움츠러들었다.

"미안해. 우리 부모님이 또 과했구나."

또라니, 뭔가 알 듯했다. 그냥 막연히 왜 마음이 정철 오빠를 안쓰럽게 여기는지 모르겠다. 저 목소리에 마법에 걸린 것 같다.

"그런 거 아니에요. 그냥 좀 제가 부족해서요. 좋은 분 만나셔야죠."

"많이 아프니?"

왜 아프냐고 묻는 걸까. 그렇게 묻지 않았을 때는 아픈 거 몰랐는데 아픈 것 같다.

"아뇨. 아무렇지 않아요."

하룻밤의 꿈, 아무것도 한 것 없는데 모진 꿈을 꾸고 난 듯 피곤하다. 어린 시절의 동경은 동경으로 예쁘게 마음속에 접어 넣을 걸 하는 생각에 괜한 서러움이 밀려왔다.

"예쁜 아가씨로 커서 놀랐는데 아직 애네. 그래, 많이 부담됐을 거야. 그래도 네가 부족하다고 생각하지 마. 분명 부모님이 지나쳤을 거야. 알았지?"

"네."

"내가 괜히 말을 잘못 흘린 것 같아 무지 미안하네. 밝고 예쁜 아가씨라고 있는 그대로 말했을 뿐인데 이렇게 와전되다니. 경희가 상처받지 않았으면 좋겠어. 내가 대신 사과할게. 마음 풀어."

정철 오빠의 따뜻한 말 한마디에 내 눈에선 눈물이 투두둑 떨어져 내렸다. 내가 당한 무시의 설움이 복받쳐 올랐다.

나도 우리 집에선 귀한 자식이라고! 돈 주고 사위 얻을 만큼 공부도 못하고 특별히 빼어난 외모를 가지지 않은 날, 오빠들 위세를 업은 거 빼면 아무짝에도 쓸모없는 그런 나지만 어느 평범한 딸보다 한심한 내가 부모님에게 가시 같은 존재인 게 너무 싫었다.

"많이 상처받았구나."

눈물이 뚝뚝 떨어져 젖어버린 내 손 위로 오빠의 손이 겹쳐 왔다.

그 순간 온몸에 퍼지는 따뜻함과 포근함, 그리고 쿵쿵 소리 내며 거세게 울리던 내 심장.

오빠는 겹쳐진 손에 힘을 주며 숙여진 내 고개를 다른 손으로 잡아 올려선 눈물을 닦아주었다.

"나는 원래 여자에게 좋은 사람이 못 돼는 놈이야. 경희는 좋은 사람 만나렴."

상처받은 날 위로해 준 것뿐인데, 볼에 닿은 손에 왜 그리 떨렸는지 모른다.

내 얼굴에 닿은 그 큰 손바닥, 그리고 천천히 부드럽게 쓰다듬어 주던 그 손길과 슬퍼 보이던 눈.

난 단번에 오빠가 정말 나를 괜찮은 여자로 마음에 콱 박아두어서 이런 위로를 하고 아쉬워한다며 맘대로 착각해 버렸다. 난 남자를 몰랐을뿐더러 처음 받아본 남자의 손길이었다. 처음이라는 강력한 마취제에 정신을 놓아버렸다. 나 혼자!

어느새 그때에 대한 상념도 잊었다. 쓴 커피가 입 안 가득 향을 내듯 추억은 솔솔 향기만 낼 뿐이다. 인식은 날 내버려 두는 척하며 흘끗흘끗 날 쳐다본다.

"무슨 책을 그렇게 열심히 봐요?"

"컵에 관해서요. 이번 일이 컵에 관해서거든요."

"근데 무슨 사진도 없는 책을 봐요. '컵을 잡는 자세로 보는 심리'. 무슨 제목이 그래요?"

"컵이 어떤 영향을 주는지 알아야 사람들이 좋아하는 컵을 만들 것 같아서요. 사실 그냥 닥치는 대로 읽는 거예요. 그러다 보면 뭔가 떠오르겠죠."

"컵은 누가 뭐래도 잡기 편하고 설거지할 때 안 깨지는 게 젤 좋아요. 비싼 돈 주고 산 컵이 설거지할 때 이가 나가면 정말 참을 수 없는 분노가 치밀거든요."

"흠, 그럼 컵의 테두리 부분을 좀 더 강화하면 되겠네요."

"그럼 모양이 미워질 것 같은데요."

"어렵네."

"그러니까 돈 버시는 거 아니에요?"

"남편 분은 가게 보러 한 번도 안 오시는 것 같아요."

흥, 할 말 없으면 꼭 내 남편 이야기 꺼내고 그래. 내 결혼 생활이 뭐 그리 재미난다고, 별스러운 관심이다.

"별 관심 없어해요."

인식 앞에서 한숨이 절로 나온다. 그래, 내 남편은 내가 뭘 하든 언제나 자기한테 거슬리지 않기만 하면 그만이지. 결혼할 때도 아마 그래서 했을 거야. 그 까다로운 시부모 등쌀을 다 받아주는 여자가 나였으니까, 내가 아닌 다른 여자가 그랬다면 아마 그 여자랑 했을 테지. 아, 억울해!

"에이, 이렇게 사랑스러운 부인이 뭘 하는지 관심없다고요?"

"사랑스러운?"

헛웃음이 나왔다. 부모님과 오빠들을 제외하곤 남에게 사랑이란 단어는 처음 들어보았다.

"경희 씨 얼마나 매력적인데요. 통통 튀고 아름다워요."

"내 남편도 그렇게 생각하려나. 인식 씨가 날 너무 좋게 보려고만 해서 그래요. 괜히 유부녀 가슴 흔들지 마세요."

기분 좋아 장난처럼 인식의 팔을 툭 쳤다. 그러나 인식의 얼굴이 확 굳어졌다. 이상하게 정색하는 표정이 꼭 내가 뭐 잘못한 것 같다. 내가 너무 팔을 세게 쳤나.

"왜 그래요?"

“장난 아니에요.”

“뭐가요?”

“정말 사랑스럽고 아름답다고요. 진심이에요.”

이 남자, 사람 당황시키는 짓 잘하네. 그래, 믿어주면 되지. 좋은 말인데 맞다고 하지 뭐. 거참, 그렇다고 뭐 저렇게 정색까지 하고 그러냐.

“알았어요. 뭐 그리 싸한 표정을 해요.”

“안 믿으니까 그렇죠.”

“믿어요. 나 사랑스럽고 아름다운 여자예요. 됐어요?”

인식은 내 코를 살짝 잡아 비틀었다. 이 남자, 애를 가지고 노는 재미가 단단히 들은 것 같다. 은근 엄한 데 집착한다. 별거 아닌 빈말인 거 아는데 왜 그리 정색하는지 친해진 게 약간 후회된다.

한참 신나게 웃고 떠드는데 테라스 앞에 싸가지없이 고급 차가 턱하니 멈춰 섰다. 앞이 콱 막힌 시야에 차에서 내리는 사람이 누군지 노려보는데 헉! 헉! 세상에! 시어머님이다.

“아가!”

시어머니 부름에 자동 반사신경으로 자리에서 벌떡 일어났다. 그 바람에 의자가 뒤로 넘어가고, 들썩인 탁자에선 컵이 엎어져 물이 뚝뚝 흘러내렸다.

“어, 어머님, 여기는 어쩐 일이세요?”

남편은 내가 가게 한다고 시댁에 알릴 사람이 절대 아니다.

아직 아버지한테도 벙끗하지 않은 것 같던데 어머님이 여길 어떻게 알고 찾아오셨을까. 내 심장은 두근거리고 손이 부들부들 떨린다. 만약 걸린 거라면 난 이제 죽었다. 세상에서 난 시어머니가 가장 무섭다.

"네 집에 가려다 웬 남자랑 앉아 있기에 내렸다."

휴, 안심이다. 아직 내가 가게 하는 걸 모르시는구나. 그렇다면 이제 집에 가서 죽어나가는 일만 남았네.

"아, 아범 친구예요. 생활용품 만드는데 가정주부에게 이것저것 설문조사 나왔다고 해서 커피 한 잔 마시고 있었어요."

인식은 눈치 빠르게 벌떡 일어나 인사했다. 시어머니 눈엔 아직 의심이 남아 있다. 흑, 집에 가면 배로 죽겠구나.

"반가워요. 우리 정철이 친구 분이 며늘아기랑 다정하게 있기에 놀랐어요. 다음에 또 봬요."

인자한 시어머니의 모습. 그러나 저 뒷면에 얼마나 악독한 시어머니가 있는지 인식은 모를 거다. 아, 막 처울고 싶다. 내 남편도 모르는 걸 남이라고 알겠어. 집에나 후딱 가야지.

"아가, 안 타니?"

"어머님, 잠시만요."

가방을 주섬주섬 챙기면서 인식에게 빠르게 메모 한 장을 써서 주었다. 들키면 나 죽는다. 인식이 제대로 해주길 간절히 바란다.

차 안에서 잠시 뒤를 돌아보니 인식이 내가 준 메모지를 들고 전화를 거는 게 보였다. 제발! 걸리면 안 돼!

〈우리 집 전화번호 ***-****. 도우미 아줌마보고 당장 우리 집에서 나가라고 하세요. 다 필요없으니 당장! 급해요.〉

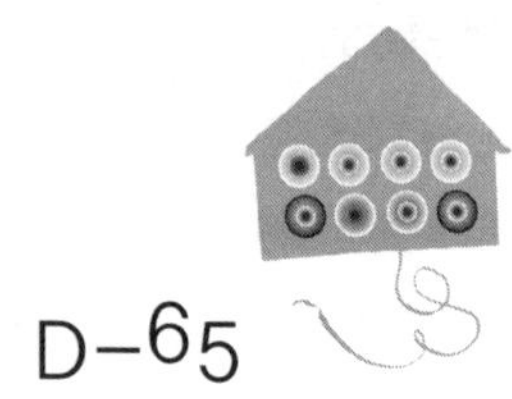

D-65

시어머니가 왔다 간 이후, 내 몸엔 손 하나 까딱할 힘조차 남아 있지 않았다. 냉장고는 기본이고 침실, 손님방, 거실까지 가구를 싹 재배치하곤 새로 만든 반찬까지 검사를 받았다. 애도 아닌 아들 집 살림 젓가락 하나까지 일일이 챙기는 시어머니 성격에 나만 죽어난다. 이게 이천만 주부가 겪는 악랄한 시집살이의 표본이다! 흑, 나 이러고 산다. 하지만 어차피 결혼할 때부터 각오한 일이다. 그 성격 내가 모를 리 없었지만 살다 보니 이건 너무한다.

"괜찮아?"

남편은 이제 막 샤워하고 나와 죽을상을 하고 누워 있는 나한테 묻는다. 이 연약한 내가 그 무거운 가구를 다 옮기는 것도 모자라 당신 처먹이려고 반찬까지 수십 가지 해선 맛없다며 가차 없이 쓰레기통에 버려졌는데 괜찮겠니. 괜찮으면 내가 인간이 아니라 로봇이지. 에휴, 그런 시어머니에 대해 모르는 남편에게 괜히 성질낼 필요 없다. 처음부터 고분고분 시키는 대로 다 한 멍청이였던 내 잘못일 뿐이다. 시어머니도 길들이기 나름이라던데 다 내 탓이다.

아, 절에 들어가 비구니 하면 잘 어울릴 듯한 이 한탄.

"많이 아파?"

"응."

"어머니만 왔다 가면 아픈 것 같아. 혹시 어머니가 힘들게 해?"

흥, 그래도 그동안 관심은 있었구나. 팔은 안으로 굽는다고 남편한테 절대 시집 식구 씹지 말라는 교훈을 내가 모를 리 없다. 괜한 분란을 만들어봐야 서로 손해다. 나 이제 참을 인 자 하나 남았다!

"아냐, 그냥 몸이 좀 안 좋아."

"가게 때문에 신경 써서 그러는 거 아냐?"

옆에 들어와 누워선 팔베개를 해주는 남편. 그래, 이렇게 가끔 포근한 척이라도 했으니 내가 살았었지.

"몰라."

이마에 열이 있는지 짚어보는 남편의 손이 차다. 여름이 되면 더 뜨거워지는 남편인데 어디 아픈가, 왜 이러지.

"열은 없는데 병원 안 갈래?"

다음부터 그냥 시어머니나 오지 말라고 당신이 말려줄래. 그럼 안 아플 것 같거든! 병원은 이제 지긋해서 쳐다보기도 싫다.

"안 가. 자면 나아."

몸을 돌려 남편 품에 폭 안겼다. 오랜만에 아프단 핑계로 남편의 딱딱한 가슴에 이마를 대니 살 것 같다. 이거 중독이다. 습관처럼 하지 않으면 안 되는 중독.

"아프지 마."

남편의 말 진심일까, 왠지 건드려 보고 싶다. 그 단단한 껍질을 한번 내려치고 싶다. 감추고 있는 것의 일말이라도 겉으로 보이게 만들고 싶다. 그래서 우리 사이를 가장 흔들어놓는 그것을 툭 꺼내 찔러본다.

"여보, 나 병원 바꿔볼까 봐."

남편 가슴은 예상대로 갑자기 들썩거린다. 것도 심하게 들썩거린다.

"왜?"

"자기 사촌 잘 못 보는 것 같아서. 나 아직 젊으니까 다른 병원 가보는 것도 괜찮을 것 같고. 인터넷에서 보니까 병원 바꿨더니 애가 생겼대. 그런 사람 한둘이 아니더라고. 병원하고 궁합이라는 게 있다던데 나도 한번 해보고 싶어."

"아이 얘기 다시는 하지 않기로 했잖아. 요새 왜 그래? 가게 하면서 애를 어떻게 키우려고?"

"그럼 가게 관두지. 애만 생긴다면 가게가 뭔 상관이야."

남편은 날 더 세게 품 안으로 끌어안는다. 그래서 표정을 볼 수 없다.

당신 혹시 슬픈 거야? 아니지, 이미 포기했는데 슬픈 거 아니지?

"그냥 이대로 살자. 난 지금이 편해."

"여보, 나 정말 아이 가지고 싶어. 당신 닮은 아이 낳고 싶어."

남편의 한숨이 내 정수리에 닿는다. 무슨 뜻일까. 가질 수 없는 걸 알면서도 발버둥 치는 날 한심하게 보는 걸까.

"여보, 나 사랑해?"

내 뜨거운 입김이 남편의 가슴을 치고 내 얼굴을 덮는다. 뻔히 너 혼자만의 감정인 줄 알면서 왜 쓸데없는 말을 꺼냈냐고 돌아온 입김은 날 화끈거리게 만든다.

"안아줄까?"

난 사랑하냐고 물었는데 왜 그렇게 말해서 날 더 비참하게 만드는 걸까.

"응."

남편은 단숨에 날 끌어올려 내 얼굴을 두 손으로 부여잡았다. 까칠까칠하게 튼 내 입술 위로 남편의 촉촉한 입술이 맞닿는다.

그래, 이 순간 나 아직 당신 사랑하는 거 느껴. 나 아직 당신 사랑해. 근데 당신은 어떤지 모르겠어.

"괜찮겠어?"

내 옷을 벗기려다 주저하는 남편이 어색하다. 당신도 조금 변하는 건가. 혹 내가 이젠 보이기 시작한 거야?

"응."

남편은 능숙한 손길로 내 옷들을 벗겨냈다. 마음도 이와 같으면 얼마나 좋을까. 스르륵 한 번에 벗겨내고 그 속이 적나라하게 드러나 버린다면 좋겠다.

"여보, 정말 아이가 없어도 당신은 나와 평생 살 수 있어?"

남편은 대답 대신 입에 한 움큼 물고 있는 가슴을 세게 깨문다. 무슨 뜻일까, 정신 차리라는 건 아니겠지.

그동안 못한 섹스를 보충하려는 듯 남편은 내 온몸에 침 범벅을 해놓는다. 간질간질거리며 오돌도돌한 혀가 맨몸을 쓸고 다닐 때면 눈가가 떨린다. 덜덜 떨리는 눈을 부릅뜨고 남편의 정성에 반응하듯 내 허리는 뒤틀린다.

몸에 흐르는 뜨거운 열정, 이 시간에만 존재하는 온전히 통하는 열정.

"가만히 물 흐르듯 그렇게 살아가면 돼."

남편은 나와 눈을 맞추고 말하며 내 안으로 들어오려 한다. 예고도 없이 단번에 촉촉이 젖은 곳으로 거세게 밀고 들어왔다. 살이 맞닿는 소리가 난다. 그러곤 쉬지 않는다. 숨을 헐떡거리면서도 남편은 멈추지 않는다. 쫓기듯 내 절정을 꼭 지켜봐야 하는 남편의 움직임이 부질없어 보인다.

"여보, 물 밖은 고요할지 몰라도 물 안은 격동이래."

헐떡거리며 내뱉는 내 말을 듣지 못한 듯 남편은 더욱 거칠게 드나든다. 누워 있는 날 일으켜 돌린 후 뒤로 안는다. 내 허리를 꽉 잡고 치켜진 엉덩이 안으로 지나치게 힘을 실어 들락거리는 남편 때문에 앞으로 밀려 침대 헤드보드에 머리를 찧었다.

아, 머리 무지 아프다. 그래서 난 이 모양새가 싫다. 편안히 누워서 하면 오죽 좋아. 어디서 배웠는지 가지가지로 하네. 근데 또 은근 이 모양새가 심하게 깊이 들어와 꽤 느껴지긴 한다.

"미안. 많이 아파?"

"아냐, 계속해."

남편은 잠시 멈추고 내 머리가 부딪쳤던 곳에 베개를 세워놓는다.

이런 배려가 왜 이 침대에서 나가면 사라지는 걸까. 당신은 뭐 때문에 주저하는 걸까. 왜 나에게 말하지 않는 걸까. 난 속으로 미스터리라 부르는 남편에게 그 어느 것 하나 묻지 못한다.

관계에 온통 집중해 땀을 흘리는 남편과 다르게 난 생각이 많아 본능적으로 몸을 움직일 뿐 제대로 느끼지 못했다. 남편은 그런 날 모르는지 계속 날 들었다 났다 하면서 체위를 바꿔 내 기력을 소진하게 만든다. 내 입에서 제발 그만이라는 말이 나올 때까지 억지로 참으며 남편은 버틴다. 무엇을 위해 그리도 열심일까. 지칠 줄 모르던 움직임도 힘을 잃고 남편은 내 안에 파정

한다.

무의미한 사정.

"경희야."

땀에 푹 젖어 끈적거리는 몸으로 날 안는 남편이 부른다. 너무 다정해서 설탕이 죽죽 녹아버릴 정도의 달콤하고 나른한 목소리. 이렇게 평생 날 불러줄 수는 없는 건가.

"경희야, 물같이 살자. 격동은 물 아래니까 물 위만 보고 살자. 물 위만 보면 돼. 응?"

난 대답 대신 눈을 감았다. 남편의 입술이 내 눈꺼풀에 닿았다. 그리고 내 눈물이 흘러내렸다.

여보, 그런 말을 듣고 싶지 않았어. 미안.

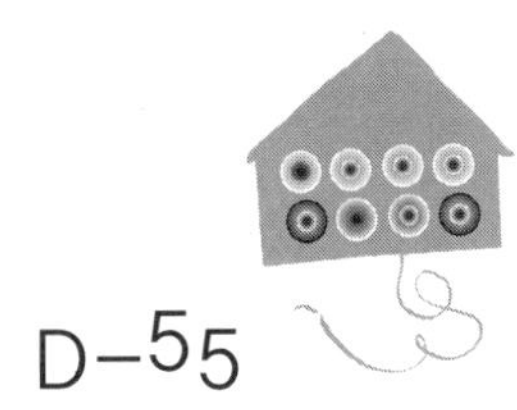

D-55

내 가게 공사가 이젠 막바지다. 진열대, 매대, 소파들이 제자리를 잡고 얼추 번듯한 모양새가 나왔다. 후다닥, 결혼이 그렇게 되었듯 가게도 별로 한 것도 없이 내게로 왔다. 그리고 내가 나오지 않았던 며칠간 공사 현장을 남편이 대신 들렀다는 말을 인식에게 들었다.

이놈의 남편, 나랑 장난하는 것도 아니고 뭐 하자는 시추에이션! 관심이 전혀 반갑지 않다. 물 위의 유유함을 가장하려고 보여준 발걸음이 아니었을까.

이렇게 남편을 의심하고 싶지 않다. 지금 당장이라도 벅찬 가슴으로 '에잇, 앙큼쟁이' 하며 고맙다고 볼을 부비고 싶다. 그렇지만 난 이제 그만큼 가깝지 않다. 내 마음은 한 발자국, 아니, 두 세 발자국 더 남편에게 멀어졌다. 고맙지만 이젠 부담스럽다. 말하지 않는 혼자만의 행동은 더 이상 나에게 소용없다.

"이대로만 해준다면 다음 주쯤 가게 열 수 있을 것 같네. 나 없는 새 수고 많았어. 제법 해낸 거 보니 앞으로 안심해도 되겠는걸."

비가 오는 한여름의 오후, 정우는 내 옆에 서서 우산을 받치곤 기특한 아이에게 칭찬하듯 말한다. 뭐, 나도 내가 신기하긴 하다. 이런 가게를 하게 됐고 앞으로 해야 한다는 게 너무나 설렌다. 그래, 강경희! 이제 사모님에서 벗어나 사장인 거야! 이렇게 시작하면서 벗어나는 거 아니겠어.

"나 은근 잘났어. 유럽은 어땠어?"

"유럽? 그냥 그래. 네 가게에 물건 들여놓을 만큼 사 온 거 빼고는 별로 할 말 없네."

"유럽 가보고 싶었어."

"가면 되지."

"혼자 말고."

비는 쓸쓸히 멈추지도 않고 주룩주룩 내린다. 아직 해가 지지도 않았는데 날은 어둡다. 요새 내 마음 같은 이 날씨가 불편하다. 적나라하게 내 마음이 세상에 튀어나온 것 같은 기분이 드는 건 과대망상일까.

"요새 네 남편은 어때?"

"그냥 그래. 우리가 별다를 게 있기나 한가."

"그래도 성실하잖아. 가게도 차려주고 말이야. 어느 남편이 이렇게 큰돈을 선뜻 주겠냐?"

"지랄을 해라."

"요새 너 남편 이야기만 나오면 무지 비틀리더라, 왜 그래? 아직도 그 여자 때문에 그래? 해결 안 된 거야?"

"정우야."

착 가라앉은 내 목소리에 정우는 의아한 듯 본다.

가게 전면 창 안에선 사람들이 분주하게 움직이고 바닥엔 쓰레기들이 잔뜩 늘어져 있다. 그 창을 바라보는 난 지나가다 궁금해 지켜보는 사람처럼 멍하니 서서 한가롭게 보고 있다. 그리고 난 이 빗속에서 내 존재가 뭘까 혼돈스럽다. 비가 와서 그런가. 오늘따라 무지 센티멘털해진다.

"정우야."

"이름만 부르지 말고 말해. 궁금하게 왜 그래?"

짜식, 분위기 잡는데 우산이나 똑바로 들어라. 내 어깨 비 다 맞는다.

"나 이혼할 거야."

쿵, 내 발밑에 떨어진 심장이 보이는 것 같다.

검게 타 이젠 뛸 힘도 없이 미약하게 움직이는 불쌍한 심장.

처음으로 내 결심을 입 밖으로 내뱉어봤다. 이젠 정말 돌이킬 수 없는 사실이 되어버린 이혼.

내 폭탄에도 정우는 아무 반응이 없다. 뻥 터져 버린 내 폭탄에 으악 하고 소리라도 낼 것이지. 그 대신 정우는 비를 맞고 있는 내 어깨에 큰 손을 얹어선 우산 안으로 끌어들인다.

비를 피한 내 어깨를 남편이라면 어떻게 했을까, 이 빗속에 내가 비를 맞고 있다면 내 남편은 어떻게 할지 문득 궁금해졌다.

"나 이혼한다고."

정우야, 대답해 봐. 나 지금 잘 선택한 거니. 내 선택에 대한 확신을 받고 싶다. 내 결정, 내 인생이지만 그래도 필요하다. 너는 잘하는 거라는 응원이 필요하다. 내 남편이 그렇게 만들었다는 비난이 필요했다. 혼자 흘리는 눈물이 아니라 맞잡아 힘을 줄 손바닥이 필요하다.

"해."

헉! 말릴 놈이라고 믿지 않았지만 정말 간단한 놈이다. 그래서 돈을 잘 버나?

"그래."

"힘들어?"

"그럭저럭 버틸 만해."

정우의 어깨에 내 머리를 기댔다. 내 쪽으로 우산을 기울이는 정우의 표정은 슬프다. 가게 안은 여전히 우리와 다르게 분망하다. 그리고 조금 안심이 든다.

"나 이혼녀 되면 놀아줄 거야?"

"놀기는 뭘 놀아. 돈 벌어."

"있잖아, 정우야. 나 잘살 수 있을까?"

이제껏 혼자 서본 적 없는 이 세상에 온전히 두 발을 디뎌야 한다는 두려움과 불안감.

"못 살 건 뭐야, 살면 살지."

난 심각한데 저리 간단히 별거 아니란 투에 심술이나 정우 발을 꾹 밟아버렸다.

가슴이 아프다. 그냥 아픈 게 아니라 가슴을 둘러싸고 있는 겉가죽이 갈가리 찢겨선 신경이 너덜너덜 비바람에 흔들리듯 아프다. 쓰라린 가슴에 따가운 비가 내려앉는다. 허망한 비는 아픔을 쓸어내리려 한다. 그러나 그 아픔은 쓸려가지 않고 빗물 고이듯 그렇게 가슴에 웅덩이를 만들어 고인다.

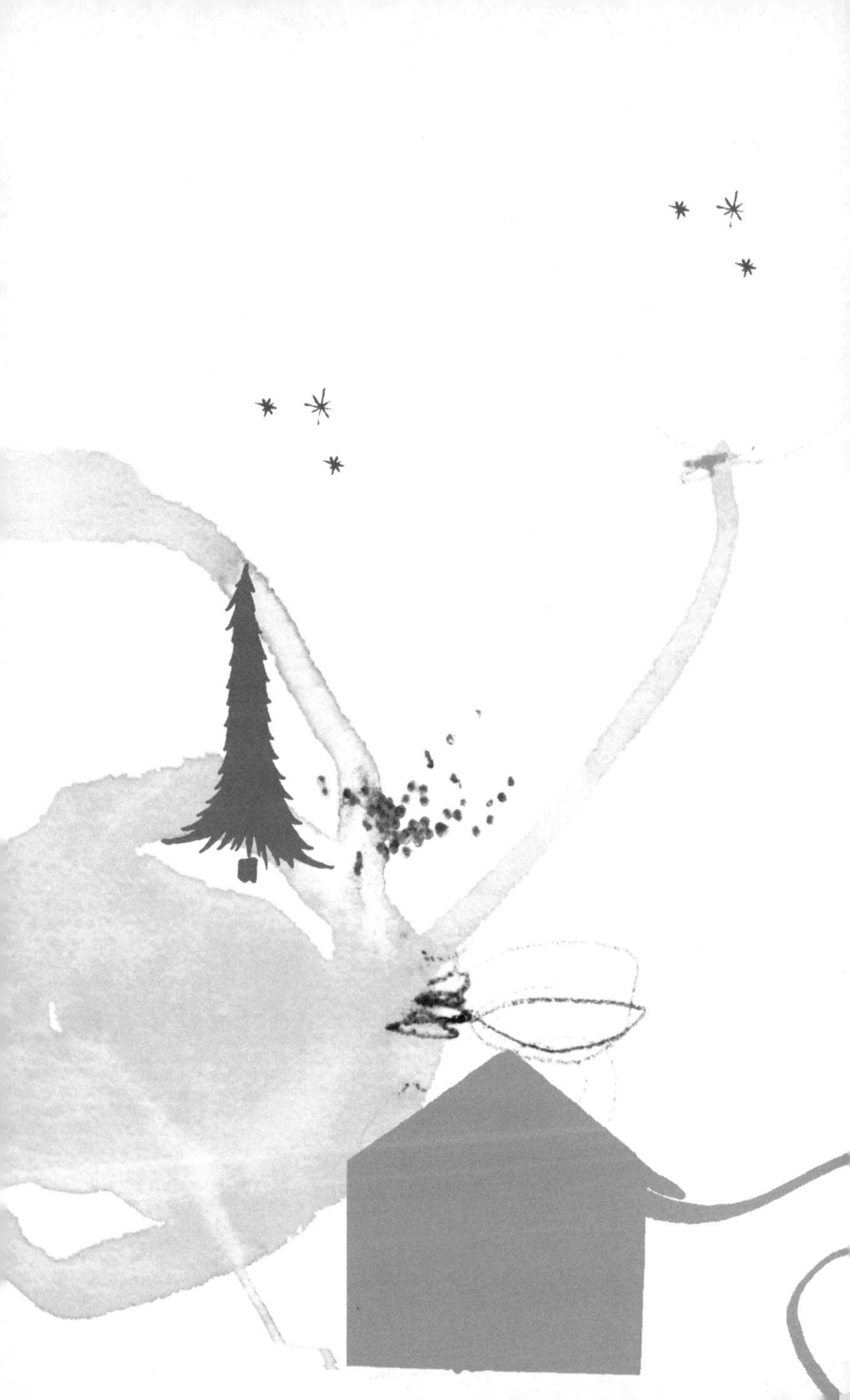

1-3 줄어드는 숫자만큼 에는
반비례

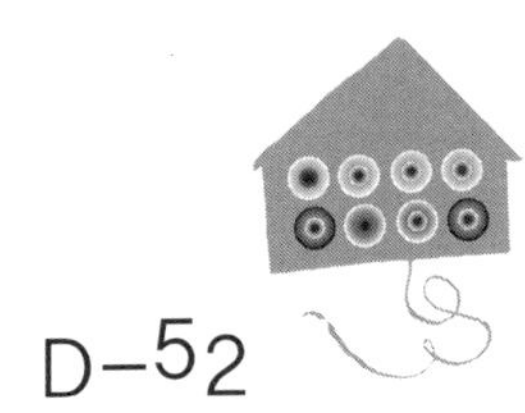

D-52

"**소**견서 써주세요."

난 담당의 시숙 앞에서 결의에 찬 눈빛으로 강요하고 있다. 내 뜻대로 결심했으면 실행하고 이젠 압박할 거다. 남편에게 나와 산 이 년의 대가를 치러줄 준비를 차근차근 밟아 덜덜 떨게 할 거다. 내가 무서워지도록 만들 거다. 내가 남편을 위해 산 세월만큼 괴롭힐 거다.

"제수씨, 왜 이러십니까?"

절대 써주지 않겠다고 버티는 내 남편의 사촌. 가재는 게 편이라더니 내 편은 누굴까. 나 일당백이다!

"다른 병원으로 옮기다고 몇 번을 말씀드려요. 더 이상 이 병원에서 가망 없다니까 다른 병원에 가보려고요."

"아실 만큼 아는 제수씨가 왜 이러십니까. 여기만큼 시설이나 의료진이 최상인 병원 대한민국에서 찾기 힘듭니다. 그리고 저희가 포기한 게 아니고 제수씨가 먼저 포기한 거면서 왜 이럽니까?"

답답하다는 듯 날 쳐다보는 짜증 섞인 시숙의 시선이 날 더욱하게 만든다.

"실패에 실패만 거듭했어요. 포기하게 만든 건 시숙이지 제가 아니에요. 단 한 번도 성공하지 못했어요. 착상해 보지도 못했다고요. 다 그럴 수는 없잖아요. 그런 일이 있을 수 없는 거잖아요. 그러니 더 이상 여기서 하기 싫어요. 다른 병원 가서 안 되면 또 다른 병원으로 갈 거고, 거기서도 안 되면 외국으로 나가든지 그건 제가 알아서 할 테니 소견서 써주세요."

시숙은 한참을 생각하는 듯 볼펜으로 책상을 두들기며 말이 없다. 나 또한 침묵으로 시숙을 쏘아보며 절대 지지 않을 기세로 버틴다. 누가 이기는지 두고 보란 듯 대치하며 긴 시간이 흘렀다.

"알았습니다."

시숙은 결국 어쩔 수 없다는 듯 포기하고 준비하기 시작했다. 그러고는 소견서에 철저히 나의 증상에 대해서만 적어놓았다.

"남편 것도 주세요."

"그건 본인이 신청해야 합니다."

"불임 부부는 한쪽만의 소견서로는 아무 소용 없다는 거 누구보다 더 잘 아실 텐데요. 자꾸 이러시면 저 정말 법적으로 할 거예요. 왜 자꾸 일을 어렵게 만들려고 하세요."

화가 잔뜩 실린 내 목소리에 시숙은 움찔했다. 남들은 절대 시도하지 않을, 아니, 버티지도 못할 독한 약들을 고분고분 시술 받으며 버틴 나다. 이제 와 내가 이리 언성을 높이며 분노하는 사태를 시숙도 알아차린 것 같다.

"우리 병원엔 정철이 불임 검사를 받은 기록을 가지고 있지 않습니다. 대신 일반적 소견서를 드리죠."

펑, 머릿속이 터진 것 같다. 설마 설마 했지만 이럴 수는 없다. 불임 부부는 양쪽 다 검사를 받는다. 그런데 내 남편의 기록이 없다는 건 의도적이다. 무슨 의도였든 결코 좋지 않은 의도일 것 같다.

"그렇죠. 당연히 그랬겠죠. 나만 메마른 자궁을 가졌으니까요. 시숙, 세상에 비밀이 어디까지 지켜질 거라고 생각하세요? 뻔히 아셨잖아요! 얼마나 애타고 힘들어했는지 다 보셨잖아요. 다른 것도 아니고 내 아이를 위해 이를 악물고 어떻게 견뎠는지 아셨으면서 언질 한 번 안 주셨다는 게 정말 서운하네요."

"전 모르는 일입니다. 의사로서 치료를 했을 뿐입니다."

"자식 가지고 장난치는 거 아니에요."

"결코 그런 적 없습니다."

"없어요?"

“네. 제수씨가 무슨 오해를 하는지 모르겠습니다만 전 최선을
다했고, 강경희 환자는 원인불명의 불임입니다.”

“정말인가요?”

“네, 확실한 불임입니다.”

시숙은 진실을 말하는 걸까 아니면 내가 시숙을 못 믿는 걸
까. 시숙의 단호한 말이 가슴에 또 다른 비수로 꽂혀 아프다. 이
말을 확인하려고 온 것이 아니었다. 이렇게 절망스러운 말을 들
으러 온 것이 아니었다.

“그럼 내 남편은요?”

시숙은 눈을 내리깔고 내 시선을 피한다. 내 남편은? 내 남편
은 어떤 사람인데! 당신은 알 거 아냐. 삼십 년을 넘게 가깝게
지냈으니까 나보다 더 잘 알 거 아냐! 제발 내 남편은 어떤 사람
인지 내가 모르는 남편에 대해 말해줘! 제발! 나에게 뭐든 말 좀
해달란 말이야!

“그건 정철이와 같이 와서 묻지 않는 이상 알려 드릴 수 없습
니다. 제수씨가 무슨 생각을 하시는지 모르겠습니다만, 지금 현
재 제수씨가 아이를 가질 수 있는 확률은 0%입니다.”

“내가 듣고 싶은 건 그런 말이 아니잖아요! 그래도 시간 지나
서 살다 보면 생길 수도 있다고 희망을 줘야 하잖아요! 그게 의
사잖아요! 여자로 태어나 내 자식을 품에 안아보지도 못한다는
절망을 주는 게 의사가 아니잖아요. 제발 나도 희망이 있다고
말해줘요. 제발 나도 아이를 가질 수 있다고 말해줘요!”

지난 좌절과 포기에 복받쳐 내 눈을 피하는 시숙의 등을 주먹
으로 때리며 울어버렸다. 이 병원만 오면 난 이렇게 약해진다.
내 자궁은 쓸모없는 메마른 자궁, 아이라고는 평생 바라지도 말
라는 저 단호함, 내가 왜! 내가 뭘 잘못했다고!

"나도 아이를 가지고 싶어요. 시숙, 나도 다른 여자들처럼 시
간 지나서 살다 보면 혹 운으로라도 가질 수 있다는 실낱같은
희망을 가지고 싶어요. 너무 잔인하잖아요. 그런데 그 말은 나
에게 너무 잔인하잖아요."

내 나이 스물다섯 살, 인생을 원샷한 기분이다. 그리고 그 인
생은 컴컴한 암흑이다.

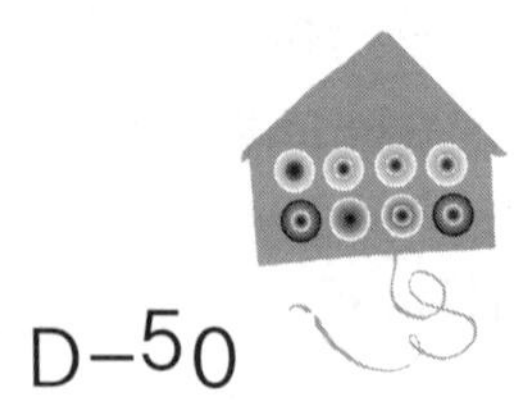

D-50

오늘도 남편은 자정이 훨씬 지났는데 집에 들어오지 않고 있다. 지난 이틀의 외박과 결근, 불통인 휴대전화로 난 남편이 어디 있는지 모른다. 회사 직원들은 수시로 내게 전화해 남편을 찾는다. 중요한 일을 앞두고 연락이 두절됐다며 다급하게 남편의 행방을 물었지만 난 대답할 수 없었다. 알지 못하는 내게 전화해 대는 직원이 미운 게 아니라 대답할 수 없는 내가 밉다.

조용한 거실에 휴대전화가 아닌 집 전화가 울린다.

"여보세요?"

[너 뭐야?]

남편의 친한 친구이자 내 막내 오빠다. 이 늦은 시간에 왜 나한테 시비야!

"왜?"

[정철이가 왜 잠수야? 어디 있어?]

"내가 어떻게 알아?"

[말하는 꼴 하고는. 네가 모르면 누가 알아? 집에서 뭐 하고 있기에 남편이 어디로 사라졌는지도 몰라?]

"내가 그걸 알면 이러고 살겠어! 그 사람한테 직접 따져. 사라진 사람을 내가 어떻게 알아! 모르니까 묻지 마."

[너 왜 그래? 왜 정철이랑 삐걱거려? 행복하다고 만날 노래 불렀잖아. 돈 싸 짊어지고 시집갈 정도로 원하던 남자랑 살면서 왜 그래? 정철이가 바람이라도 피워?]

"바람? 차라리 바람피울 능력이나 될 위인이면 좋겠다."

[경희야.]

잔뜩 걱정 실은 오빠의 부름에 미안해졌다. 그저 잘살라고 걱정해 주는 건데 내 심사가 뒤틀려 못되게 굴고 있다.

"오빠, 그냥 내버려 둬. 미안하지만 정말 오빠가 나서서 될 문제가 아니야."

[너희 무슨 문제 있어? 혹시 너 애 못 낳는다고 구박해? 그 새끼가 그런 거야?]

갑자기 격앙된 오빠 때문에 울컥했다. 차라리 구박이나 했으면 좋겠다. 밤마다 미친 듯이 날 안지 말고 내쳤으면 좋겠다. 더는 희망도 없는 관계에 목숨 건 사람처럼 살고 싶지 않다.

"아냐, 그런 사람 아니란 거 오빠가 더 잘 알잖아."

[그럼 그냥 참고 살아. 어디 다른 데서 애 낳아올 놈도 아니고 성실하잖아. 아이 문제만 아니면 정철이한테 나도 뭐라 하겠지만 그게 말처럼 쉽지 않다. 네 편이라도 확실히 들어줘야 하는데 오빠가 미안해.]

"이 서방 잘하고 있어. 내가 부족해서 그렇지."

[그래, 그렇게 이해하고 살아. 너무 마음 쓰지 말고 들어오면 모른 척 내버려 둬. 제풀에 지치면 들어오겠지.]

"그래. 걱정하게 해서 미안해."

전화기를 내려놓고 한숨 쉬며 돌아앉자 남편이 우두커니 서 있다.

"엄마야!"

깜짝이야! 이 인간이 정말 미쳤나. 남편은 술 냄새가 진동한 채 탁자 옆에 앉아 있는 날 노려본다. 똑바로 서 있지 못하고 흔들리는 걸 보니 많이 취한 것 같다. 이제껏 갖은 걱정을 다 시켜놓곤 술이나 처먹었다니 미운 짓만 골라 한다.

"기척이라도 내고 들어오지 놀랐잖아."

"왜? 왜 그런 거야? 왜?"

이 사람이 진짜 미쳤나. 다짜고짜 물으면 내가 뭘 알아서 말하라는 거야. 멀뚱히 남편만 올려볼 뿐 난 대답하지 않았다. 아니, 할 말이 없다.

"경희야, 우리 포기하기로 했잖아."

남편은 털썩 내 앞에 주저앉는다. 그 웅크린 어깨가 어찌나 무거워 보이던지 난 남편의 양복 윗도리를 벗겨냈다. 남편은 잔뜩 물에 젖어 가라앉기 일보 직전인 사람 같다.

"뭘? 뭘 포기하기로 했다고 이러는 건데?"

"너 왜 이러니? 왜 변하는 거야? 잘살았었잖아. 이대로 살자고 했잖아!"

진짜 이 남자 미쳤구나. 내가 술 처먹고 성질부리면 다 받아주는 만만한 사람인 줄 아나, 지금 어따 대고 소리치는 거야. 기가 막혀서 진짜!

"내가 포기한다고 한 게 아니라 당신이 포기하라고 했지. 그만두라고 한 건 내가 아니라 당신이었어. 안 그래?"

내 말이 지독히도 차가운지 남편은 부르르 떤다. 추위에 덜덜 떠는 사람처럼 멈추지 않는다.

"여보, 정말 나한테 할 말 없어?"

떨고 있는 남편 곁에 더 가까이 가 어깨에 손을 얹었다. 너무 추워 보인다. 한여름 옷을 입고 시베리아에서 떠는 불쌍한 남편, 뭐가 무서운 거야.

"여보."

"경희야, 우리 아이 없이 못 사니?"

남편은 덥석 날 품에 안아버린다. 난 또 그 표정을 못 봤다.

"당신을 봐야 말할 수 있을 것 같아. 놔줘."

남편은 우악스럽게 끌어안으며 날 놓지 않는다. 아무리 내가 몸을 비틀며 빠져나오려 해도 남편은 술 냄새로 범벅된 숨을 거칠게 쉬면서 더 거세게 조인다. 술을 곱게 처먹을 것이지 엄한 내 온몸이 압박돼 욱신거리게 아프다.

"여보, 나 아이 없이 살아도 사랑없인 못 살아. 이제 알았어. 나 사랑없이는 못 살겠어. 사랑없으니까 믿지도 못하겠고 다 의심만 들어. 그러니까 나 당신하고 살 수는 있는데 당신 사랑 없이는 못 살아."

날 안고 있던 남편의 팔이 힘을 잃고 툭 떨어졌다. 그런 남편 때문에 자조적인 쓸쓸한 한숨이 절로 나온다.

"여보, 말해줘. 당신은 아이 없이 살 수 있어?"

남편은 눈동자가 풀린 눈으로 날 보며 고개를 연이어 끄덕거린다.

"나 사랑해?"

남편의 끄덕이던 고갯짓이 딱 멈추었다.

"거봐, 당신이 왜 아이 없이 살 수 있는 지 알아? 당신이 가질 수 없는 건 이미 포기했으니까. 당신이 못 가지는 거니까."

취한 술 때문인지 아니면 내 말에 충격받았는지 알 수 없지만 남편은 옆으로 툭 넘어져 잠들었다. 우린 대화를 할 수가 없다. 속마음조차 술을 먹어도 드러나지 않는 남편하고는 이제 할 말도 없다.

난 불편하게 옆으로 누워 있는 남편의 옷을 벗겼다. 양말을 벗기고 벨트를 풀고 바지를 내렸다. 속옷은 제대로 입고 들어온 걸 보니 어디 가서 허튼짓은 안 한 것 같다. 꽉 조여져 있는 넥타이를 풀어내고 와이셔츠를 벗겼다. 그러고는 내 눈을 의심했다.

"여보!"

와이셔츠를 들고 있는 내 손이 바들바들 떨리고 심장이 거세게 쿵쾅거린다. 아니, 심장은 원래 뛰던 거니까 괜찮은데 눈에 보이는 이거 뭐야. 이 빨간 립스틱 자국, 이거 누구 거야!

"일어나 봐."

"음, 머리 아파."

아무리 흔들어도 몸만 뒤척일 뿐 남편은 일어나지 않는다.

남편 옆에 와이셔츠를 던져 두고 침실로 들어갔다. 이 정도밖에 안 되는 남자한테 내 인생을 걸었었나. 옷장을 열고 남편의 옷을 보이는 대로 다 꺼냈다. 그리고 주방에서 가위를 가져와 한 뭉텅이의 옷과 함께 남편 앞에 앉았다.

"일어나. 당장 일어나지 않으면 나 어떻게 변할지 몰라."

남편은 곤히 잠들어 내 말에 미동도 하지 않는다. 그래, 원래 내 말을 들은 적이 없었지.

아직도 진정되지 않아 심하게 흔들리는 손으로 가위를 들고 남편의 옷을 싹둑싹둑 잘랐다. 양복, 속옷, 와이셔츠, 바지 등 손에 집히는 그대로 하나하나씩 잠든 남편에게 눈을 떼지 않고 잘라냈다. 시팔, 개자식! 빌어먹을 놈! 나쁜 놈! 감히 나한테 이런 꼴을 보이고 네가 내 남편이면서 이따위로 굴어. 이런 새끼가 지금까지 내 남편이었다는 게 어이없다. 당신, 내가 죽여 버릴 거야!

변함없이 어둠을 잠재우는 해가 뜨기 시작했다. 곧이어 거실 창으론 밝은 햇살이 눈부시게 밀려들어 왔다.

잠들어 있는 남편의 얼굴 위로도 햇살이 고스란히 내려앉는다. 한참 찡그린 표정으로 뒤척이던 남편이 따가운 햇살을 느꼈는지 눈을 떴다. 아직 잠이 덜 깬 눈으로 머리를 붙잡고 일어나 앉아선 나를 본다.

"경희야!"

주변에 늘어져 있는 갈기갈기 조각난 옷과 매섭게 쏘아보는 나를 남편은 경악스럽게 쳐다본다.

"이거 뭐야?"

남편 앞에 와이셔츠를 내밀었다. 빨간 립스틱 자국이 선명히 찍힌 와이셔츠 깃을 남편은 잠시 멍하게 보더니 갑자기 고개를 거세게 젓는다.

"뭐냐고, 이 개자식아! 이게 뭐냐고!"

내 눈에서 흘러나오는 눈물이 앞을 가린다. 남편은 아니라고 소리치며 발광하는 나를 붙잡으려 하지만 이미 틀렸다.

"아니야. 오해야, 정말 오해야. 경희야, 이거 정말 오해야. 내가 다 설명해 줄게. 진정해."

숨이 넘어가도록 발버둥 치며 우는 날 안고 있는 남편이 느껴지지 않는다.

더는 주저할 필요 없이 우린 정말 끝났다.

"그 여자 립스틱 색깔하고 똑같아. 지난번에 보았던 그 여자의 입술에 칠해진 그 색깔!"

날 오해라며 말리는 남편의 모습이 보이지 않는다. 내 눈앞엔 선명한 빨간색만 떠다닌다.

빨간색.

난 생리 하지 않은 지 벌써 석 달이나 되어간다. 불임치료의 후유증으로 매달 그토록 저주하던 빨간 피가 더 이상 내 몸에서는 흘러나오지 않는다.

난 빨간색을 잃어버렸다. 그리고 남편은 빨간색을 가져왔다.

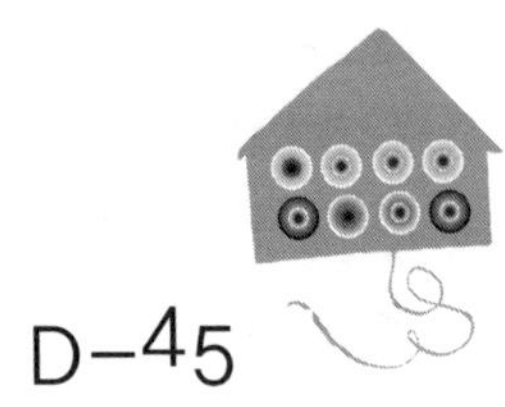

D-45

그리도 고대하던 내 가게가 드디어 오늘 문을 열었다. 누구에게도 선뜻 알릴 수 없는 처지의 가게지만 명색이 개업인지라 시루떡을 맞추고 증정품도 넉넉히 만들었다. 그러나 첫날이라 그런지 사람들은 카페촌에 문을 연 명품 가방가게를 호기심 어린 눈으로 보기만 할 뿐 들어오지 않고 그냥 지나쳐 간다.

"너 무지 피곤해 보인다."

다크서클이 무릎까지 내려온 내가 피곤해 보이는 게 당연하다. 남편과 현실을 잊기 위해 며칠 동안 아침부터 새벽까지 가게 일에 매달렸었다. 가방을 전시하는 순서와 이름을 외우고 진품과 복제품 구별법을 배웠다. 특징을 잡을 순 있었지만 온종일 들여다봐도 정우만큼 탁탁 집어낼 순 없다. 그러나 이젠 조금씩 그 가방의 매력들을 알아보고 있다. 아직은 어렵고 어리둥절하지만 새로운 일에 대한 열정은 넘친다.

"그럼 피곤하지. 내가 얼마나 열심히 일했는데."

"어우~ 그랬어?"

짜식, 내가 기특하긴 한가 보다. 예전가 확연히 다른 정우의 눈빛이다. 집에 틀어박혀 남편만 보고 사는 나를 그렇게 구박하더니 덕분이라는 말이 절로 나온다.

"떡은 언제 찾으러 갈 거야?"

"인식 형이 오는 길에 가져오기로 했어?"

"인식 형?"

놀고 있네. 친해질 사람이 따로 있지 얘는 왜 이리 주접이야.

"응. 우리 형 동생 먹기로 했어."

저 자랑스러운 표정, 너 무슨 올림픽 금메달이라도 땄니.

"왜?"

"형 은근 사람 좋더라. 하여간 난 형님으로 삼기로 했어. 네가 남자의 그 의리를 알겠냐?"

그래, 남자라면 난 신물 나니 너희끼리 의리해라.

"꼴값질이야. 네가 그냥 하지 왜 그 사람한테 그런 거 시키고 그래? 괜히 불편하게 만들지 마."

"야. 너 휴대전화 울린다."

진동모드라 매대 위에서 달달거리는 휴대전화를 정우가 손가

락으로 가리킨다. 얄미운 정우를 노려보며 휴대전화 액정을 확
인했다.

〈시악마.〉

헉! 왜 전화하셨지. 오늘 집에 오시면 절대 안 되는데, 갑작스
런 긴장에 우선 심호흡부터 하고 전화를 받았다. 불안한 내 표
정에 정우는 혀를 내밀고 놀린다. 너도 장가가 봐라. 네 마누라
가 내 꼴이다.
"어머님, 잘 지내셨어요?"
전화가 반가운 척 최대한 밝고 싹싹한 내 목소리, 시어머니가
좋아하는 전화법이다.
[오늘 집에 오렴.]
"오늘요?"
[그래. 반찬 해놓았고 할 말도 있으니 지금 와라.]
하여간 일생에 도움 안 되는 시 자 붙은 인간들. 나도 바쁘거
든요!
"어머님, 죄송한데 오늘은 정말 못 가요."
[왜? 네가 뭐 하는 일이 있다고 못 와?]
"일이 좀 있어요. 내일 들를게요."
[오라면 올 것이지. 집에서 먹고 노는 애가 뭔 하는 일이 있어?]
"어머님, 안 들려요. 전화기가 왜 이러지? 어쩜 좋아. 어머님,

나중에 다시 전화 걸게요."

휴대전화를 멀리 떼어낸 채 시어머니에게 말했다. 진작 이러고 살 걸 속이 시원하다. 왜 이리 통쾌한 거야! 십 년 묵은 체증이 다 내려간 기분이다.

[아가! 아가!]

얄짤없이 휴대전화를 꺼버렸다. 이제 나 이씨 집안 식구들 안 볼 거다. 해준 것도 없으면서 주는 것만 바라는 이상한 종자들. 꼴 보기 싫다. 이젠 당신 며느리가 아니라 강경희로 대할 테니까 두고 봐. 당신 잘난 아들 등골 빼먹는 식충이가 아니라 잘나가는 강 사장으로 충격 좀 드셔보시라고요!

"너 그래도 돼?"

정우는 의아해하면서도 걱정하는 표정이다.

"나 이혼한다고 했잖아. 더 이상 시어머니한테 구질하게 죽어 살 필요 없어졌어."

"강하게 나간다."

"그래야 이혼하지. 이렇게 안 하면 주저앉을 것 같아. 나 저질러 버려야 밀고 나가는 성격이잖아."

차라리 터뜨리면 수습이라도 하지. 조마조마하게 이리 살피고 저리 재다가 때늦어 놓칠 순 없다. 불도저가 되는 거야!

"뭐라 할 말이 없다. 알아서 잘하겠지. 후회만 안 하면 돼."

"후회하면서도 하는 거지. 세상에 후회 안 하는 게 어디 있냐. 대신 후회를 적게 만들어야지. 결혼한 이 누님의 말을 새겨들어

라. 알았냐?"

거슬릴 것 없이 사는 네가 내 뜻이나 알겠냐. 쯧쯧.

"정우야, 그런데 왜 이리 손님이 없냐?"

아직 점심시간 전이라 그런지 길거리엔 지나가는 사람만 드문드문 보일 뿐이다. 정우랑 둘이 가게에 앉아 있으니 왠지 쓸쓸하다. 개업 날인데 멀쩡한 유부녀가 남편이 아닌 친구를 데리고 앉아 있다니 내 팔자도 참 기구하다.

"떡 왔어요."

인식은 박스를 품에 안고 의기양양 웃으며 가게로 들어왔다. 환한 날씨에 어울리는 싱그러운 웃음으로 같이 웃게 만드는 인식을 보니 반갑기도 하고, 괜한 심부름을 시키게 돼 미안하기도 하다.

"미안해요. 정우 시켰는데 인식 씨한테 미룰 줄 몰랐어요."

"어차피 오는 길에 가져온 것뿐이라 괜찮아요."

떡은 일 인분씩 개별포장 돼 뜨뜻한 보온 박스에 담겨져 왔다. 한여름과 뜨끈한 떡은 어울리지 않지만 그래도 떡을 내려다보는 내 마음은 벅차기만 하다.

이제 정말 시작이구나. 콩그레츄레이션! 어디선가 축가가 울려 퍼지는 듯한 환청이 들린다.

"아직 개시 안 했죠?"

"네. 개시해 주시게요? 해주면 내가 커피 사드리죠."

"흠, 우리 직원들 데려올게요."

“엥? 인식 씨가 사줘야죠.”

“아니, 직원들 선물로 사주려고요.”

헉! 이 남자 갑부였나. 무슨 직원들한테 하나에 백만 원도 넘는 가방을 사준다니. 정말 손 꼭 잡고 친해져야겠다.

“됐어요. 내가 인식 씨한테 도움 받은 게 얼마인데 오히려 팔면 미안할 것 같아요. 나중에 여자 친구 생기면 그때 사주세요. 그럼 할인도 해드릴게요.”

웃으며 거절하는 내가 멋쩍은지 인식은 또 머리를 긁적인다. 근데 저 남자 머리를 자주 긁는 걸 보니 비듬 있는 건 아닌지 걱정이 든다.

“진짜 너무한다. 사준다고 해도 싫어하고.”

정우랑 인식에게 가게를 맡기도 주변 상점에 떡 돌리러 돌아다녔다. 다들 새로운 가게가 자기들과 업종이 다르다는데 안심하고 반가워하는 기색이어서 내 마음도 편하다.

“이제 오시네요.”

미친 여자, 더러운 것. 이럴 줄 알았으면 가게에 굵은 소금이라도 가져다 놓는 건데, 감히 내 앞에 나타나 찬물을 끼얹어도 유분수지. 아, 분통 터져.

“나가요.”

“경희야.”

“경희 씨.”

가게에 들어서자마자 내가 싹 굳은 표정으로 미나를 죽일 듯 쏘아보니 정우와 인식이 이상하단 표정으로 날 본다. 내가 그 일을 불면 네들은 간통죄로 들어가! 여기가 어디라고 감히 찾아 올 생각을 다 하고 저 여자를 가게에 들여놓았는지 저 두 남자도 마음에 들지 않는다. 이 배신자들!

"나가라는 내 말 안 들려요?"

"개시 안 했다기에 팔아주려고 왔는데 왠지 기분 나쁘네요."

헐, 나도 너 같은 여자 얼굴 봐야 해서 기분 나빠!

"안 팔아. 재수없으니까 나가요."

내 말에 미나의 인상이 잔뜩 구겨진다. 얼굴엔 떡칠한 화장이 구겨지면서 마녀처럼 주름이 잡힌다. 보기 싫은 괴물 같은 여자! 속에서 열이 용광로 끓듯 훅훅 올라온다. 이러다간 입에서 불 뿜는 용이 될 것 같다.

"정희야, 그래도 손님인데 심하다."

이런 쓸모없는 친구 새끼! 네가 몰라서 그렇지 이 무너진 억하심정에 저 여자가 손님으로 보일 정도로 나 거지 아니다.

"손님을 이따위로 대하는 가게가 어디 있어요?"

저 여자 이제 발악을 하네. 안 그래도 나 지금 머리 뚜껑 열리기 직전이니 조용히 꺼져 주라.

"나 당신 같은 여자 손님 취급 안 해요. 인간쓰레기 같은 것들하고 말 섞고 싶지 않으니 좋은 말로 할 때 나가요."

정우는 나를 말리려고 옆에 섰다가 내 눈빛을 보고 등을 보이고 말았다.

"그만 가세요. 아무래도 경희랑 무슨 일이 있었나 본데 손님으로 오셨다면 제가 사과하겠습니다."

정우가 고개 숙여 사과하는 모습을 보니 분통 터진다. 왜 저 여자가 나타나서는 내 친구까지 이렇게 만드는 거야! 어디까지 날 끌고 내려가야 속 시원하겠니! 네들은 양심도 없니!

"이야기 좀 해요."

"가세요. 경희 싸움 무지 잘하거든요. 손이 얼마나 매운데 그렇게 말라서는 쟤한테 원펀치 쓰리강냉이 되고도 남죠. 좋은 말로 할 때 서로 좋게 헤어집시다."

정우 말에 멀뚱히 서 있던 인식도 위기감을 느꼈는지 미나의 팔을 잡고 질질 끌고 갔다. 저렇게 끌려가다간 하이힐 굽이 나갈 텐데 확 부러져 버려라!

미나는 끌고 나가는 인식의 손을 확 뿌리치고 내 앞에 와 섰다. 키가 작은 나는 이 여자의 모가지까지밖에 안 닿는다. 시팔, 나도 하이힐이라도 신고 왔으면 그 굽으로 저 마빡을 확 찍어버렸을 텐데 아쉽다.

"꺼져, 더 화나게 하지 말고 꺼지라고. 정말 험한 꼴이 뭔지 알고 싶지 않으면 지금 당장."

한 마디 한 마디 모가지가 아플 정도로 위를 쳐다보며 힘주어 말했다. 살벌하고도 낮은 내 목소리에 가게 분위기는 공기가 억눌려 터져 나가기 직전이다.

누구도 이 분노를 막을 수 없다. 나 참을 인 자 다 썼어! 정말 나를 건드린다면 살인도 못할 거 없다. 제발 나를 그냥 나로 살게 내버려 뒀으면 좋겠다. 상처 위에 다른 상처, 그리고 또 다른 상처, 난 이 상황이 지겨워지려고 한다.

"정철이한테 이야기 들었어요."

갑자기 세상이 빙빙 돌며 멍하다. 아니, 공기가 사라져 아무 것도 느낄 수 없는 무의 상태.

이 여자 지금 나한테 무슨 말을 한 거지. 누구한테 들었다고?

날 붙들어 지탱시키던 힘이 쫙 빠져나간다. 그러곤 내 몸이 휘청거리며 옆으로 쏠려 정우가 빠르게 받아냈다.

"나와요."

"가지 마."

정우가 나가려는 내 팔목을 잡았다. 근데 너무 세게 잡아서 통증이 쫙 온다.

"상처받을 거야. 그냥 이대로 묻어둬."

"변명이든 오해든 사실을 알고 싶어. 내 추측들만이 아니라 확실한 사실을 그리고 나 더 이상 상처받을 가슴도 없어. 그건 그 가슴이 남아 있을 때나 가능하지. 다 뻥 뚫려 버린 내 가슴은 이젠 상처받지도 않아."

내가 너무 처량했는지 팔을 스르륵 놓는 정우의 표정엔 걱정이 가득하다.

"너도 알지? 나 끝까지 혼자서라도 가야 포기하는 거. 걱정하지 마."

난 너무 쉽게 선택했던 내 결혼에 대한 벌을 이제야 받는다.

"네 마음대로 가."

상처받기 위해 스스로 불구덩이 속으로 들어가듯 미나를 따라나서는 내게 정우는 안쓰러운 눈빛을 거두지 못했다.

가게 옆 커피숍 테라스에 미나가 먼저 들어가 앉았다. 뒤따라 들어가 커피를 시키곤 잠시 한숨을 돌렸다. 너무 많은 이야기가 터져 나올지 모른다는 생각과 다 알고 있는 이야기들일지도 모른다는 자위를 하며 종업원이 커피를 가져오길 기다렸다.

커피가 앞에 놓이고 난 긴 숨을 들이마신 후 입을 열었다.

"짧게 말해요. 무슨 이야기를 들었다는 거죠?"

여전히 아무런 잘못도 저지르지 않았다는 미나의 당당한 저 두 눈깔을 손가락으로 확 찔러주고 싶다. 그리고 흘릴 피눈물을 웃으며 보고 싶다. 내 상상은 마음같이 점점 독해진다.

"정철일 남편으로서 그렇게 못 믿어요?"

저 여자, 별 개 같은 소리 지껄이고 있다. 듣기 싫어 죽겠네.

"내 남편은 둘째 치고 당신을 못 믿어요. 됐어요?"

"그날 늦은 저녁에 바에서 같이 술 마셨어요. 근데 경희 씨가 오해하는 성관계는 없었어요. 왜 립스틱이 묻었냐고 정철이가 하도 난리쳐서 생각해 봤는데 도통 묻을 이유가 없더군요."

추억들끼리 만나서 술을 마셨는데 왜 이유가 없겠어!

"그럼 그쪽 립스틱이 아닌가 보죠."

"근데 생각났어요. 술집에서 정철일 부축해서 나오다가 계단에서 넘어지는 바람에 나도 같이 넘어졌었거든요. 그날 스타킹올이 나가서 얼마나 창피했던지. 그때 몸이 겹치면서 묻었던 것 같아요."

"그래서요?"

"정철이 아내를 두고 다른 여자와 관계를 맺을 만큼 나쁜 남자 아니란 건 경희 씨가 더 잘 알지 않나요?"

알다니, 뭘 내가 어떻게 알아? 내가 알 거라고 누가 그러던? 정말 어이없게 웃기는 여자다.

"몰라요."

"나 욕심 안 버렸어요. 이렇게 두 사람 틀어지면 틀어질수록 내가 좋아하는 거 모르나요?"

"좋아하세요. 근데 왜 만났죠?"

미나는 앞에 놓인 커피 잔을 우아하게 집어 든다. 저런 천박한 마음을 품은 여자에게 어울리지 않는 우아함이 일순간 부러웠다. 나는 절대 가질 수 없는 것들을 혹시 저 여자는 다 가지고 있지 않을까 싶다. 강경희 드디어 미쳤다.

"글쎄요. 왜 정철이가 경희 씨 때문에 힘들어해야 하죠?"

허, 둘이 나를 안주 삼아 재미있었겠구나. 이정철, 할 말 못할 말도 구분 못하는 개자식.

"내가 그걸 말해야 할 이유가 있나요?"

"임포텐스(Impotence)."

이 여자 나 공부 못했다고 무시하는 거야! 야, 뭔 뜻인지 알아야 대답이라도 할 텐데 왜 영어를 씨부리고 지랄이야 .

"우리가 헤어진 이유예요."

"임포텐스가 뭔데요?"

쪽팔리게 물어보게 만드는 저 여자, 미나의 입가에 조소가 가득 그려졌다. 나도 이제 공부해야지 세상 더러워서 못 살겠네.

"발기불능 몰라요?"

발기불능? 내 남편이 발기불능이라고?!

"지금 발기불능이라고 했나요?"

"몰랐어요? 섹스리스 부부여서 몰랐나 보군요."

이 여자 지금 뭔 소리 하는 거야. 내 남편이 무슨 발기불능에 섹스리스 부부라고 하는지 헛웃음밖에 안 나온다.

"내 남편은 절대 발기불능 아니거든요. 뭘 잘못 아신 거 아니에요?"

"우리가 헤어진 이유 알고 있다고 하지 않았나요."

"하지만 우리 사이엔 그런 문제는 전혀 없어요. 우린 섹스리스 부부가 아니라, 지나쳐 건강을 해칠까 의사가 염려하는 그런 부부예요. 그리고 발기불능으로 내 남편이 그쪽과 헤어진 거 아니에요. 잘못 알고 있었군요."

"그럴 리가……."

미나는 내가 거짓말한다고 생각하는지 믿지 못하는 표정이다. 잠시 멍한 표정이더니 앞에 놓인 찬물을 벌컥벌컥 마신다.

이 여자 지금까지 자기가 착각하고 살았다는 걸 알고나 있을까.

"경희 씨, 불임 아닌가요?"

저 여자 이젠 모르는 게 없구나. 아주 다 까발려야 속 시원한 가 보네. 같은 여자로서 어떤 배려도 없는 저 여자의 말은 정말 심하게 내 가슴에 시린 바람을 불게 한다.

"더 할 말 없어요. 둘이 잠을 잤든 안 잤든 이젠 더 이상 내 문제가 아니에요. 그만 듣겠어요."

웃기는 것들. 감히 날 두고 술자리 안주 삼듯 이야기를 해! 네들이 뭔데 나를 도마 위에 생선 회 치듯 이야기를 해!

"아니요, 들어봐요."

"더 이상 내 앞에서 어떤 말도 하지 마요! 그래 나 불임이에요. 그게 당신하고 무슨 상관있을 것 같아요? 왜 당신은 자식새끼 낳아줄 수 있는 자궁을 가져서? 어쩌나, 그런 당신도 아마 내 남편의 자식을 보지 못할 텐데. 아직 내가 남편이라고 부르고 있다는 거 잊지 마요. 함부로 말하지도 말고 가만히 있다가 시간 지나 당신이 그렇게 원하는 콩고물이나 주워 먹으라고!"

"정철이가 말하지 않은 뭔가가 있는 거군요. 하지만 그렇다해도 이렇게까지 할 필요 없잖아요? 어차피 선봐서 결혼한 사이인데."

착각하고 있는 이 여자에게 사실을 말할까. 아니, 아직 내 남편이다. 아직은 내 남편에게 그렇게까지 하고 싶지 않다. 조금만 더 있다가, 조금만 더 시간을 두고 터뜨리자.

“내가 정말 화나는 건 당신이 나에게 이딴 이야기나 하게 내 버려 두는 내 남편이에요. 다시는 절대 내 앞에 나타나지 마요. 그럼 진짜 죽여 버릴지도 모르니까.”

내 분노를 드디어 알았는지 미나는 더 이상 날 잡지 않는다. 그저 날 쳐다보며 어떻게 그런 천박한 말을 하느냐는 인상으로 잔뜩 찌푸리고 있다. 나 알고 보면 성깔 더러운 사람인데 몰랐을 때 좋게 처신할 것이지 이제 와서 놀라기는. 퉤! 퉤!

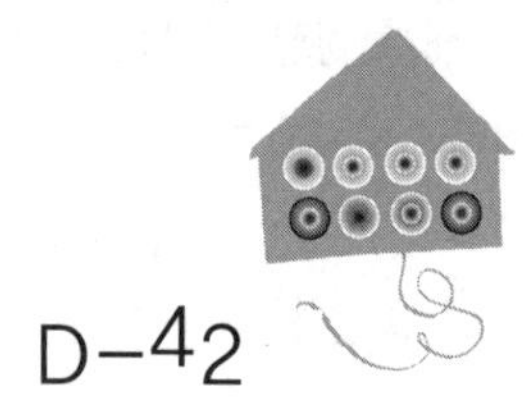

D-42

아버지가 다니는 병원의 산부인과 전문의에게 소견서를 가지고 찾아갔었다. 내 불임과 남편의 상관관계를 정확히 따져 보고 싶었다. 그리고 전문의에게 듣게 된 내 가능성과 지금까지 추측해 온 남편에 관한 내 결론의 실마리까지 알게 됐다. 우릴 둘러싸던 것들이 사라져 폐허처럼 황량하다. 남편을 떠나야 할 이유가 더 명확해졌다. 아니, 확고한 결심은 흔들리지 않았지만 미련조차 떨쳐져 버릴 정도다. 예상은 충격으로 끝맺었지만 나는 아직 확인하지 않은 예상들이 더 많다. 그래, 이젠 가능성을 가지고 남편을 대할 거다.

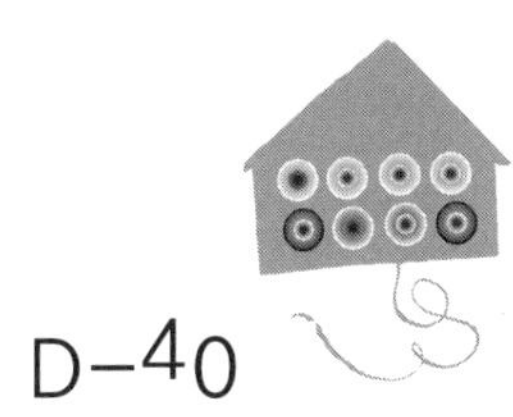

D-40

남편과 한집에 살긴 하지만 우린 각기 눈에 띄지 않게 움직인다. 아침에 가게 나와 저녁 늦게 집에 들어가도 남편은 날 쳐다보지 않고, 나도 그런 남편을 보지 않는다. 냉장고 안의 반찬은 줄지 않고, 침실은 각자 사용한다. 우린 전혀 부딪치거나 마주하지 않는다. 요샌 이런 게 별거가 아닐까 싶다.

가끔 남편은 말을 걸듯 방문을 열 때도 있지만 난 등을 돌리고 벽 보곤 자는 척한다. 특별히 건드리지 않아 좋긴 하지만 남편 속엔 날카로운 고드름이 왕창 들어 있어 그 마음에 가까이 가면 상처 입히는 별종이 아닐까 싶기도 하다. 한 여자도 아니고 두 여자를 속인 내 남편이 정말 기겁할 정도로 밉다. 그러나

난 여전히 남편의 초췌한 모습이 신경 쓰여 새 옷을 사다 옷장
에 채워놓는다.

사랑받지 않는 걸 알면서도 끝내 돌아서지 못하고 발을 동동
구르는 나 같은 아내가 또 어디 있을까! 혹 '있을 때 잘해' 라는
노래를 남편이 들어본 적 있는지 궁금하다.

며칠 안 됐지만 가게엔 제법 손님이 드나들기 시작했다. 관심
만 가지고 들렀다 가는 사람들이 대부분이지만 그래도 몇 개의
물건을 팔아 들어온 돈을 손에 쥐고 있으니 강남에 건물이라도
몇 채 산 부자가 된 기분이다.

아직도 매장관리 직원을 구하지 못했다. 난 까다로운 사람도
아닌데 왜 면접 볼 때마다 마음에 차는 사람이 없는지 이상하
다. 정우는 서울에 있는 가게 직원을 대신 보내준다지만 아직은
정우랑 있는 게 더 마음이 편해 말렸다. 순전히 내 편하자고 바
쁜 정우를 반나절 이상 붙잡고 있으니 나도 무한 이기주의자다.

딸랑, 가게 문 열리는 소리가 난다.

"어서 오세…… 아버지!"

"아버님!"

헉! 설마 들어오시는 희끗한 어르신이 내 아버지일까. 아니
야, 설마가 맞다. 이제 난 죽었다.

"강경희!"

정우는 눈치 까고 튀려다가 아버지한테 목덜미를 잡혀 무릎

을 꿇고 말았다. 아버지가 여길 어떻게 알고 오신 거야. 조마조
마한 마음에 정우의 머리를 한 대 쥐어박는 아버지 뒤로 살금살
금 걸어갔다. 우선 튀자!

"튀면 죽는다. 와서 꿇어."

누가 아버지한테 말한 거야! 얌전히 정우 옆으로 가 나도 무
릎을 꿇었다. 젠장, 내 나이가 몇인데 망신도 유분수지. 흑흑,
독재자!

"아버지, 여길 어떻게 알고?"

"내가 모를 줄 알고 저지른 일이야? 맹랑한 것 같으니라고!"

아버지가 모르고 있어서 그렇지 아버지 딸이 사실 맹랑하긴
해.

"설마요. 이 서방이 말한다기에……."

"누가 너더러 이런 일 하라고 했어? 내가 너 장사치 만들려고
그 고생하며 키웠는지 알아?"

저놈의 타령. 아버지 딸 별거 아니거든요. 아버지 눈에만 공
주지 남의 눈에는 그냥 일찍 결혼한 유부녀일 뿐인데 유난이다.
그렇게 곱게 키운 딸이 이런 일이라도 하겠다고 나서면 다행이
지, 귀천을 따지는 아버지를 이해 못하는 건 아니지만 많이 섭
섭하다.

"이 서방이 허락한 일이에요. 이 가게도 이 서방이 돈 줘서 차
린 거고요."

이렇게 혼날 때는 없는 사람을 탓해야 한다. 내 남편이 가장

어려워하는 사람이 내 아버지고 아버지 또한 어려워하는 사람이 내 남편이다. 빠져나갈 길은 애꿎은 남편밖에 없다.

"네가 오죽했으면 이 서방이 이걸 하라고 했겠어. 그냥 집에서 보약이나 먹으며 아이 가질 생각부터 해야지. 몸도 약한 애가 왜 그렇게 부산스럽게 굴어! 네가 빨리 아이를 봐야지, 내가 두 다리 뻗고 잠을 잘 거 아니냐."

철근도 씹어 먹을 정도로 건강한 나인데 약하긴 뭐가 약해. 하여간 고슴도치 착각에서 아버진 언제쯤 깨어나실지. 아마 평생 그 착각 속에서 살아가실 테지만 가끔은 깨어나길 바란다.

"아이, 이 서방하고 나 사이엔 절대 안 생겨요. 미련 버리세요."

아버지, 제발 나한테 더 말하게 끄집어내지 마세요.

"안 생기긴 왜 안 생겨? 노력해서 안 될 게 뭐가 있어? 네 나이가 몇인데? 아직 창창하잖아."

창창하긴 한데 빛이 없잖아요, 빛이!

"저 아이 없어도 돼요. 저도 이젠 아이보다 제 인생을 살고 싶어요."

"네 인생이 지금 뭐가 그리 중요해. 이 서방이 외아들인데 그 집 대 끊어놓고 어찌 같이 살아! 어떻게든 하나 낳아야지."

답답하다. 누가 내 속을 힘주어 손으로 꾹꾹 누르는 것 같다.

"요새 일부러 애 안 낳는 부부들도 많대요. 예전하고 시대가 많이 달라졌어요. 이 서방도 별로 아이 좋아하지 않고요."

"내가 무슨 죄가 커서 내 딸이 이런 마음고생을 하는지. 내 하나밖에 없는 딸……."

말을 잇지 못하는 아버지의 뒷말을 난 알고 있다. 왜 이런 병신으로 태어났느냐는 한탄, 누구에게도 말할 수 없는 치부가 되어버린 딸, 젊디젊은 딸이 다른 병도 아니고 불임이라는 사실은 아버지에게 무거운 짐이 돼버렸다.

"이 서방 포기한 지 꽤 됐어요. 아버지도 이제 그만 하세요."

"이 서방이 일부러 그러는 게지. 그 사람이라고 핏줄이 안 땅기겠니? 네가 이럴 때일수록 조신하게 있어야 해. 그래야 사돈댁에서 가상히 여겨 험한 소리 안 하지. 내 딸이 어쩌다 이리 됐을까. 내 딸이."

울컥 밀려오는 울화 덩어리를 밖으로 토해내고 싶다. 너무 뜨거워 내 가슴 온통 화상 입을 것 같다.

"모르시는 소리 하지 마세요."

"모르긴 뭘 몰라. 당장 가게 처분해."

"못해요."

이 가겐 아무리 아버지 엄명이라도 따를 수 없다. 이건 내 생에 처음 가진 의지다. 누구에게도 기대지 않고 만들어낸 의지를 이렇게 포기할 순 없다.

"그러다 소박맞으면 어쩌려고 그래."

갑자기 힘 빠진 아버지 목소리. 왜 난 결혼이란 걸 해서는 아버지에게 짐을 줄 수밖에 없고 자랑스러운 딸이 되지 못하는지 한심스럽다.

"내가 왜 소박맞아요? 아버지도 자꾸 그렇게 죄인처럼 굴지 마요. 이 서방한테 우리가 못해준 게 뭐가 있어요. 해달라는 대로 차 사줘, 아파트 사줘, 금 수저까지 해다 바쳤는데 뭐가 부족해서 소박맞아요?"

"이것아, 남의 집 대를 끊어놓는 게 돈으로 해결되니?"

그놈의 자식타령! 지겨워, 지겨워!

"그러니까 왜 이렇게 날 낳았어요? 멀쩡하게 낳아줬으면 되잖아. 왜 나한테만 뭐라고 해! 내가 제일 속상한데 나도 살아보겠다고 발버둥 치는 건데 왜 다들 나한테만 그래? 내가 애 낳으려고 태어난 게 아니잖아!"

아버지한테 이렇게까지 언성 높이며 말해본 적 없었는데 서운해 죽겠다. 오빠들 틈에서도 나만 예뻐하던 아버지한테 만날 때마다 이런 타박을 듣게 된 내 처지가 너무 서럽다. 서럽고 서러워 몸이 불에 활활 타는 거 같다. 뒤덮인 뜨거운 불길에 온몸이 우그러든다.

울컥 치밀던 열은 끝내 참지 못하고 밖으로 터져 나왔다. 내 눈에선 화기를 식히려 원치 않는 눈물이 흐른다. 참아보려고 입을 꾹 다물지만 터져 나오는 울음을 막을 수 없다.

"이 아비가 못나 널 힘들게 하는 것 같아 미안해서 어쩌니. 경희야, 아버지가 미안해. 그만 울어."

잘 울지 않던 딸이 몸을 지탱하지도 못하며 울어대니 아버지도 털썩 자리에 주저앉아 날 껴안는다. 평생 내가 가슴을 누르는 돌덩이가 될 수밖에 없는 이 상황, 누구에게도 고개 숙이며 사신 적 없는 당당한 아버지가 시댁 식구들 앞에서 죄인같이 움츠리는 모습, 남편이 남긴 빨간 립스틱 등 숱한 영상들이 눈앞에 파바박 스쳐 간다. 그리고 울음 대신 진실이 울컥 튀어나왔다.

"아버지, 나 아이 낳을 수 있을지도 몰라요."

헉! 내가 지금 무슨 소리를 한 거지. 나만이 아니라 아버지도 정우도 놀라 숨을 헉 들이마셨다. 가게 안은 잠시간 폭풍 전야의 고요한 침묵이 흘렀다.

"무슨 소리야?"

"이 서방이 아닌 사람하고는 가능성이 있을지도 몰라요."

아버진 내가 하는 소리를 이해하지 못한다. 고개를 절레절레 흔들며 당치도 않는 소리를 해대는 날 미친 사람처럼 본다. 자기 딸이 끝내 정신이 나간 게 아닌지 정우에게 눈길을 보내지만 정우 또한 그 눈길을 피했다.

"정신 나간 게야?"

이제껏 잘 감춰왔는데 더는 힘들었다. 아니, 나도 이젠 정말 끝을 보고 싶은 거다.

"이 서방도 불임인 것 같아요. 나보다 이 서방이 더 심각한 것 같은데 여태 나한테 숨기고 있던 거야. 난 잘하면 아이 가질 수도 있대. 노력하고 건강한 남자만 만나면 가능성은 충분하대요."

아버진 내 말을 믿을 수 없다는 듯 허탈한 표정을 짓는다. 아니, 딸이 지금 정말 정상인가 의심을 하는 눈초리를 보낸다.

"김 박사님한테 소견서 보냈는데 난 심각한 불임이 아닐 수도 있대요. 검사를 해봐야 알겠지만 이전 산부인과가 오진했을 가능성도 있다고. 아버지, 이제 죄인같이 그러지 마. 나만 문제 있는 게 아니래. 아니, 오히려 씨가 아예 없는 이 서방이 문제일 수 있어. 그러니까 나 너무 닦달하지 마."

이젠 돌이킬 수 없는 끝을 봤다. 이제 난 남편을 떠날 준비만 하면 된다. 그리고 진실은 내 남편만이 알 거다.

아버진 바닥에서 일어날 기미도 없이 넋 놓고 창밖만 쳐다본다. 나도 마찬가지지만 누구보다 애간장을 졸이던 아버지에게는 이 사실이 제일 심한 충격인 것 같다. 내 자식 못났다고 스스로 입 밖에 냈던 심정을 쥐어뜯듯 아버진 가슴팍의 옷을 움켜쥐며 하얗게 질린 얼굴로 가슴을 거세게 친다.

"아버지! 괜찮아?"

내가 놀라 무릎으로 가까이 기어가자 아버진 손을 들어 오지 말라고 한다. 정우가 대신 아버지를 일으켜 소파에 앉히고 물을 가져다주었다.

"정우야, 오늘 가게 문 닫아라. 그리고 오늘 일은 못 들은 걸로 해."

"네."

"경희, 넌 이 서방 불러."

"아버지, 사실 확실한 거 아니에요. 아직 병원에서 이 서방 상태를 보지 않아서 뭐라……."

"불러! 당장 이 서방 불러!"

내 말을 끊는 아버지 고함 소리에 놀라 후딱 휴대전화를 집어 들었다. 이놈의 자동반사신경!

다행이도 남편의 휴대전화는 연결되지 않는다. 내가 사고치긴 했지만 아직 수습할 정신도 들지 않았는데, 사태를 봐야 하기에 차라리 잘됐다.

"안 받아요."

내 말을 의심하는지 아버진 휴대전화를 꺼내 전화를 건다. 몇 번이나 계속 걸지만 남편의 전화는 연결되지 않는다. 휴, 잠잠히 넘어가려나 싶더니 아버지 인상이 심하게 험악해졌다. 남편이 전화를 받은 것이다. 초절정 분노 모드! 이 서방 죽었네.

"이 서방인가?"

아버지도 참 남편 전화번호로 전화해 놓고 이 서방이냐고 묻는 건 또 뭐래. 아버지가 무슨 말을 할지 조마조마하다.

"자네, 지금 바쁜가?"

아니, 바쁘니 전화를 안 받았겠지. 그냥 모른 척 넘어가 주면 내가 처리할 수 있을 것 같은데 아버지 성정에 턱도 없을 듯하다.

"그렇군. 그럼 내 딸은 오늘부터 우리 집으로 도로 데려가겠네."

헉! 부전여전이 왜 머리에 떠오르나. 아무래도 저 성격 급한 아버지를 내가 딱 빼닮은 것 같다.

"아니, 특별한 일은 아니고 자네가 출장에서 돌아오면 그때마저 이야기하세."

남편이 출장 중이었나. 그러고 보니 어제저녁에 못 본 것 같긴 한데 가면 간다고 말이라고 하고 가지 사람 민망하게 만든다.

"출가외인이라는 자네 마음은 이해하지만 내 딸하고 긴히 할 이야기가 있어서 그러네. 일 잘보고 돌아오게."

아버지는 가차없이 휴대전화를 탁 닫아버리곤 한숨을 쉰다. 아직도 믿어야 하는 이야기인가 의심하며 날 본다.

"우선 김 박사부터 보자. 네 상태부터 다시 확인해 보고, 그 뒤에 이 서방하고 이야기해야겠다."

"가게는?"

"정우가 맡아줄 게다. 그렇지?"

정우는 아버지한테 잔뜩 쫄아선 고개를 끄덕이며 끌려가는 날 말리지도 않는다. 흑, 나도 돈 버는 게 좋은데 왜 이렇게 꼬이나.

"아버지."

"아무 말 하지 마라. 사실이라면 이 서방 가만 안 둘 테니 걱정 마. 언제부터 알고 있었어?"

"좀 됐어요."

"왜 진작 말 안 했어?"

"그냥 잘살아보려고요."

"네 시댁 등살에 잘살 수나 있었겠어?"

오랜만에 아버지 손을 잡고 주차장까지 걸어갔다. 꽉 잡은 아버지 손이 따뜻하다. 아버지 눈가에 고인 눈물을 내가 대신 흘렸다. 그런데 한편으론 남편이 걱정된다. 이 사람, 괜찮을까?

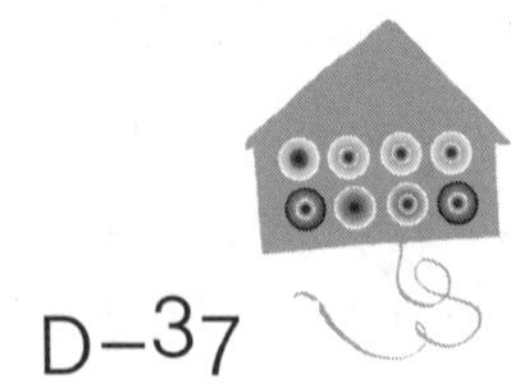

D-37

원래 이십여 년 넘게 살았던 친정, 집안엔 온통 익숙한 냄새가 풍겨 보이지 않게 내 마음을 만져 주는 듯하다. 그러나 이 집이 편하지만 왠지 어색하다. 달랑 이 년 넘게 산 내 집의 침대가 그립고 거실이 생각나는 건 아직 내 마음이 정리되지 않았다는 이유일까. 잠자리가 바뀌어 잠을 제대로 이루지 못해서 며칠째 피곤에 시달리고 있다.

한낮의 햇살이 너무 강해 점심 준비하는 엄마는 눈에 띌 정도로 땀을 뚝뚝 흘리고 있다. 딸인 난 그런 엄마의 뒷모습을 보며 식탁 의자에 다리를 올려 무릎팍을 가슴께로 당긴 후 티셔츠로 감싸 안고 앉아 있다. 티셔츠 밑이 늘어난다는 엄마의 투덜거림에도 꿋꿋하게 버티며 바라보기만 한다. 왠지 엄마 냄새가 음식 냄새보다 진하게 풍겨온다.

"엄마, 엄마는 원래 그렇게 요리를 잘했어?"

흠, 내 질문이 이상했나. 엄마는 가스레인지 앞에 서서 분주하게 손만 놀릴 뿐 뒤도 안 돌아본다. 하나뿐인 딸의 질문을 무시하는 거야!

"엄마, 내 말 안 들려?"

"질문 같은 걸 해야 대답하지."

내 질문이 어디가 어때서! 엄마, 겁나 웃긴다.

"내 질문이 왜, 왜?"

"처음부터 잘하는 사람이 어디 있어? 다 너희들 먹이려고 하다 보니 자연히 늘었지."

나도 남편 먹이려고 무진장 많이 만들었는데, 내가 먹기 힘들 정도로 맛없었다.

"난 원래 못하나. 해도 안 늘던데."

"애가 없어서 그래. 애 먹이려고 이것저것 시도……. 앗, 뜨거!"

엄마는 말하다 당황해 냄비를 급하게 만지는 바람에 손을 데고 말았다. 하여간 엄마도 그럴 수 있지 뭘 그리 눈치를 보는지 내가 다 불편하다.

"엄마, 신경 쓰지 마. 이젠 익숙해져서 아무렇지 않아."

"네 속이라고 편하겠니? 엄마가 이런 말이나 하고 미안해."

엄마는 날 보지 않고 훌쩍거리기 시작한다. 내가 울리기라도 했나 사람 처량하게 왜 저러는지 볼썽사납다. 쳇, 이래서 이 집이 불편한 거야. 내가 당장 죽는 것도 아니고 왜들 이래! 좀 편하게 삽시다!

"네 아버지는 뭐 해?"

엄마는 이상하게 꼭 아버지라고 안 하고 네 아버지라고 한다. 엄마 남편 아니우?

"아까 정원에 골프채 가지고 나갔어. 오랫동안 손을 안 댔더니 그립 잡는 게 불편하다던데."

"저번 주에도 필드 갔다 오고 오랫동안? 웃기네. 하여간 이 서방 오면 죽었다. 네 아버지 아주 단단히 화났던데 어떻게 풀려나."

오호, 아버지! 폭력 장인으로 거듭나시는군요. 파이팅!

"아버지 성미도 별나."

"말리지 마라. 아버지, 분 안 풀리면 속병 나는 성격이야."

문득 불같은 성정을 가진 아버지와 산 엄마의 결혼 생활은 행복했을지 궁금해졌다. 그러나 묻지 않았다. 내가 크는 내내 행복했기 때문에 의심하지 않는다.

"엄마, 근데 누가 나 가게 한다고 아버지한테 말한 거야?"

"그게 정우 엄마가……. 그 여편네하고 못 놀겠어."

무슨 사연이 숨어 있기에 그렇게 친하게 붙어 다니다 여편네로 전락한 건지 궁금했다.

"왜?"

"웃긴 여편네라니까. 저번 주에 나보고 밥을 사라고 전화가 온 거야. 그래서 내가 지금 밥 살 이유가 없다고 싫다 했지. 안 그래도 네 아버지가 내 용돈을 대폭 삭감해서 돈도 없었거든."

엄마가 홈쇼핑에서 오죽 사들였으면 아버지가 그랬겠어. 엄마는 홈쇼핑 중독 기미가 보인다. 그 바람에 우리 집엔 저번 달부터 케이블이 안 나온단다. 그런 면에서 본다면 용돈이 삭감될 만하다.

"그래서?"

"뭘 그래서야. 하도 사라고 그러기에 뭔 일인가 궁금하기도 하고 속는 셈치고 네 아버지한테 카드 빌려 짱깨집에 갔지."

아버지 카드가 지갑에서 한번 나오기가 얼마나 힘든데 갈려면 호텔 뷔페나 가서 잔뜩 드시지 짱깨집이라니…… 엄마도 참 소심하우.

"그랬더니 고량주를 시키더라. 그 여편네 술 좋아하는 것부터 내가 마음에 안 들었어."

좋다고 술친구 할 때는 언제고 이제 와서 술타령하긴. 뭔들 지금 마음에 들겠어.

"그러더니 정우가 네 가게 차려줬다면서 자기 아들 자랑하는 거 있지. 아니, 정우가 돈 대준 것도 아니고 듣다 보니 웃기잖아. 자기 남편이 교수면 뭐 하냐고, 아들은 대학도 못 가고 장사한다고 저러고 사는데."

“에이, 못 간 게 아니라 안 간 거야. 성적은 좋았어.”

“어쨌거나! 너는 대학 갔잖아.”

빽 소리를 지르는 엄마 때문에 깜짝 놀라 입을 다물었다. 하여간 그놈의 대학은 두 분 사이를 평생 앙숙으로 만들고도 남지.

“알았어. 거참, 왜 소리를 지르고 그래.”

“그 여편네 얘기하다 보니 또 열 받잖아.”

엄마는 아예 가스레인지 불을 끄고 식탁에 와 의자에 앉는다. 본격적으로 가장 친하게 지내는 아줌마 씹기! 시작이다!

“하여간 누군 아들 없냐? 내가 아들만 넷에다가 사위까지 빵빵하다 못해 터지는데 어디서 함부로 덤벼. 그래서 내가 막 쏘아줬지. 네 아들도 하는 건데 내 딸이 장사하는 게 뭐 어떠냐고 이 서방이 사람 좋으니 그런 거 하나쯤 심심풀이로 차려준 거지 네 아들한테 고마울 게 뭐가 있냐고 했다. 그랬더니 나보고 그렇게 말하면 안 된다는 거야. 사실 자기 큰딸이 이혼녀이면서 감히 어디 내 딸한테 장사한다고 시비야. 진짜 웃기지도 않아. 잘사니까 그런 것도 하고 사는 거지, 자기 딸처럼 살았다면 그런 거 차려나 주겠니? 안 그래?”

이혼녀에 내 가슴이 뜨끔했다. 곧 있으면 우리 엄마도 이제 기죽어 지내겠구나. 어째 난 이렇게 부모한테 평생 죄인일까.

사실 정우가 아니었으면 내가 가게를 할 엄두도 못 냈을 거라는 걸 엄마는 분명 알고 있다. 하지만 그놈의 자존심, 자식으로 우열을 가리는 자존심이 문제다.

내가 빨리 대답 안 한다고 혼낼 듯이 쏘아보는 엄마 때문에 고개를 끄덕였다. 엄마의 말에는 무조건 옹호해 줘야지, 괜히 이래저래 토 달면 감정 상해서 밥도 안 해준다. 그러니 당장 맞다고 하는 게 속 편하다.

"맞아. 그래."

"그랬더니 자기 아들이 뭐 그 바닥에서 성공한 거라더라. 명품 가방 장사해서 돈 번 사람 별로 없는데 수단이 좋다면서 또 잘난 척하잖아."

엄마의 사설이 또 길어진다. 이만 잘라야지, 안 그러면 밥도 못 얻어먹겠네.

"그런데 왜 아버지한테 말한 건데?"

"그게 뭐 열 받아서 마시다 보니까 고량주가 오죽 독하냐? 그냥 취해서 네 아버지 붙잡고 한탄하다가 나도 모르게 다 말해 버렸지 뭐."

사단을 냈구먼, 냈어! 그러게 술이 문제라니까! 술이 과하셨으면 곤히 주무시지 왜 술주정은 해가지고 나까지 피해를 주냐고!

"내가 엄마 때문에 못 살아. 그렇다고 그걸 불면 나는 어쩌라고! 이제 어쩔 거야."

"야! 일부러 그런 것도 아니고 지금 보니 네 아버지 그냥 가게 하게 내버려 둘 것 같은데 어디서 신경질이야! 차라리 잘된 거지. 엄마가 나서서 안 되는 일 있어? 다 내가 나서서 너도 지금 무사한 거 아냐?"

그건 또 그러네. 생각해 보니 엄마 말이 맞는 것 같다. 헤헤거리며 방긋 웃으니 엄마도 좋은지 손을 뻗어 내 머리를 쓰다듬는다. 엄마의 손길은 이상하게도 언제나 따뜻하고 포근하다. 그래서 내 엄마인가 보다.

"어머, 김 박사 왔네."

주방에서 바로 내다보이는 큰 창밖으로 아버지 옆에 서 있는 김 박사가 보인다. 김 박사가 양복 안주머니에서 봉투를 꺼내 아버지에게 건네준다. 저게 내 검사 결과일까. 마주 보아야 할 현실이 두렵기만 하고 너무나 떨린다. 제발 하늘이 날 버리지 않기를 바란다.

재빨리 옷을 갈아입은 엄마에 비해 후줄근한 티셔츠에 추리닝 바지를 입은 나를 아버지가 째려본다. 아니, 한두 해 딸하고 살았나. 누가 왔다고 조르륵 엄마처럼 사모님 행세할 딸이 아닌 걸 뻔히 알면서 도끼눈은 왜 뜨고 그러시나!

"흠, 어려운 말을 꺼내야겠습니다."

김 박사는 아버지가 다니는 병원의 유명한 산부인과 전문의다. 이틀에 걸친 검사 결과가 나오면 주말에 걸려 늦는다고 성질 급한 아버지가 김 박사를 집으로 불러들였다. 처음 남편의 사촌이 산부인과를 하지 않았다면 당연히 김 박사를 찾았을 텐데, 늦은 후회가 쏟아진다.

"김 박사, 자네가 그리 어려워하면 듣는 우리가 힘들지 않겠나. 편하게 이야기하게."

뜸을 들이며 뜨거운 녹차만 홀짝대는 김 박사를 보는 내 심장은 피가 쏠려 감당하지 못하게 부풀어 오른다.

"간단히 말씀드린다면 현재 경희 양 상태는 불임입니다."

"불임이긴 하나 가능성은 있겠지?"

"가능성은…… 없다고 여겨집니다."

절대 그럴 리가 없다. 가능성이 없다고 여기라는 건 제로라는 말이잖아. 설마, 아니야!

"제가 소견서 드리고 초진했을 때는 그런 말씀 안 하셨잖아요. 분명 이 상태라면 불가능하지 않을 거라고 하셨는데 왜 그러세요?"

허탈한 표정의 아버지, 나와 눈을 맞추지 못하고 피하는 엄마, 유일하게 내 동아줄인 김 박사 입에서 나온 말을 믿을 수 없다.

"소견서와 초진만 봤을 때는 가능성이 있다고 생각했습니다. 나이도 젊고 유산이나 피임 경험이 전무하니 괜찮을 줄 알았는데, 정밀검사 결과 나팔관 양쪽 다 막힌 난관 패쇄에다, 자궁벽도 지나치게 얇아 착상이 될 수 없는 상태입니다."

"그럴 리가요? 전 원래 한쪽만 막혔었어요. 다른 쪽은 반 이상 기능을 하고 있었고요. 결과가 이렇게 나왔다는 건 말이 안 돼요."

"제 소견으로는 과도한 시술에 의한 부작용인 것 같습니다. 이전 병원 초진 결과를 보면 자궁이 약하고 활동하는 나팔관도 위험한 축에 속했는데 무리하게 연속으로 시술을 진행하다 보니 나팔관이 붓고 쉬지를 못해 기능 상실로 이어진 듯합니다. 이럴 땐 의사가 시술을 말렸어야 했는데 왜 계속 진행했는지……."

난색을 표하며 김 박사는 뒷말을 잇지 않았다. 같은 의사로서 다른 의사의 오진을 폄하하는 일은 금기시되어 있기에 말하지 않았음을 이 자리에 앉아 있는 사람은 다 알았다.

"이정철 씨에 대한 소견서 진단은 강 사장님께 드렸으니 나중에 경희 양에게 직접 말씀해 주시는 게 나을 것 같습니다. 지금 제가 나서기에는 경희 양의 쇼크가 상당히 큰 듯해 더 하고 싶지 않습니다."

공황에 빠진 내 모습이 더는 보기 힘든지 김 박사는 아버지와 잠시 더 이야기를 나누고 자리를 떴다.

불볕에 뜨겁게 달궈진 거실 바닥에 앉아 난 어떤 말도 할 수 없었다. 그런 날 내려다보는 부모님의 한숨 소리가 간간이 들린다. 나에겐 이제 희망이란 존재하지 않는다. 절대적으로 붙잡았던 희망은 허망하게 헛되고 말았다.

왜, 왜 내 인생은 이렇게 됐을까. 왜 나는 태어났고 살아가야만 할까. 왜 나는 남들이 하는 그 평범한 것조차 할 기회가 아예 박탈된 걸까. 그 견기 힘든 시술을 억지로 참으며 몸이 부서질 것 같던 날에도 끝까지 이겨내고선 여기까지 왔는데 왜! 왜 안 된다는 거야! 이해할 수 없다. 왜라는 물음표만 머리에 둥둥 떠 있다.

불현듯 앉아 있는 엉덩이가 데일 듯한 뜨거움을 느낀 나는 참지 못하고 자리에서 일어났다. 그리고 주저없이 집을 나왔다. 지갑도 휴대전화도 들지 않은 채 정신 나간 여자처럼 막무가내로 뛰어가는 날 따라오는 부모님의 발걸음 소리가 뒤에서 들린다. 하지만 내 불규칙한 발걸음은 멈춰지지 않는다.

이정철, 그 사람을 만나고 여자로서 난 모든 걸 잃었다. 이정철을 좋아하고 일신을 편하고자 선택한 결혼의 대가치고는 너무 비참하다. 절대로 용서할 수 없다! 내 인생을 이렇게 비참하게 구겨놓은 남편을 용서할 수가 없다!

맨발바닥에서 다리를 타오르는 통증이 멈추라 발악해 잠시 서보니 횡단보도 앞이다. 빨간 신호등과 텅 빈 주말의 한산한 도로를 차들이 쏜살같은 속력으로 지나가고 있다.

난 아픈 발바닥을 무시하고 앞으로 슬쩍 내밀어 차도의 아스팔트를 밟아봤다. 내 발바닥은 아스팔트의 타 들어갈 듯한 뜨거움조차 느끼지 못한 채 한 발 더 앞으로 이끈다. 한발두발 내디딜 때마다 달리는 저 차들 사이로 가 몸을 탁 부딪치고 싶다. 그러면 편할 것 같다. 아무것도 모르는 애초의 상태로 되돌아가고 싶다. 이정철을 만나지 않고 강경희가 태어나지 않은 오래전 그 때로 가 다시 태어나고 싶다.

"경희야!"

뒤에서 들리는 아버지의 목소리에 발이 저절로 멈추었다. 아 버지, 아버지! 내 아버지!

"너 지금 무슨 짓을 하는 거야? 무슨 짓을!"

아버지 손에 끌려 나온 난 인도 바닥에 주저앉았다. 새카만 내 발바닥이 보인다. 마음속과 같은 색깔이 날 움찔하게 한다. 내가 무섭다.

"세상에! 내 딸, 경희야. 아고, 세상에! 내 딸."

엄마는 옆에 앉아 헐떡거리는 숨을 내쉬며 내 등을 때린다. 엄마 냄새가 진하게 나 마구 숨을 들이마신다.

"엄마, 이제 나 정말 안 된대."

길바닥에 앉아 창피함도 모른 채 펑펑 울었다. 지나가는 사람 들이 쳐다보든 말든 내 엄마 품에 안겨 실컷 울었다. 엄마 가슴 은 푹신하고 포근하다. 처음으로 엄마 품에 안긴 아이의 울음소 리 같은 울음을 내지른다. 더 크게 소리 내 토해내라고 두들기 는 엄마의 손이 너무 정겹다.

아버지, 엄마 못난 딸로 살아야 해서 너무 미안해.

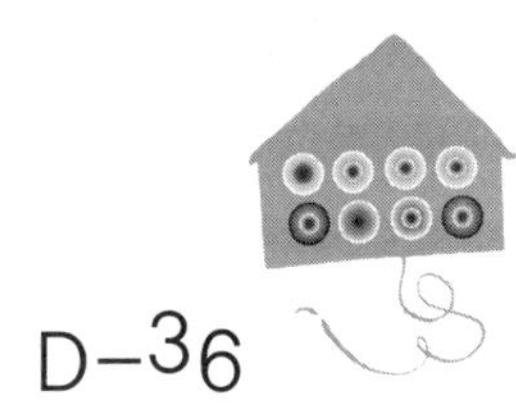

D-36

아버진 침대에 누워 천장만 쳐다보는 나를 문간에서 서서 지켜보신다. 뭐라 말씀도 못하시고 한숨조차 삭이신 채 그저 불쌍한 딸을 묵묵히 바라보신다. 그 눈길이 고스란히 내 위로 전해져 내 눈에 절로 눈물이 흐른다. 왜 나만 사는 게 이리도 복잡한지 모르겠다.

"이혼할 생각인 게냐?"

아버진 한참 만에 기운없이 한마디를 툭 던져 놓으신다.

"안 할 이유가 없잖아요."

거칠게 쏘아 뱉은 내 말은 그저 한숨과 동반된 포기다. 어차피 남편은 날 사랑하지 않는다. 이제 와 사랑도 없는데 아이마저 없다면 남편을 어떻게 바라보고 살 수 있는지 가망없다.

"김 박사 소견대로라면……."

"이미 예상하고 있었어요. 그리고 나가주세요. 지금은 조용히 혼자 있고 싶어요."

나는 아버지 말을 재빨리 끊었다. 더는 듣고 싶지 않다. 다른 사람에게 확인하고 싶지 않다. 내 남편 입으로 듣고 싶다. 어떤 표정으로 말할지 남편에게 듣고 싶다.

"그래, 쉬어라."

온종일 쉬고 있었는데 뭘 또 쉬라고 하는지 문을 닫는 소리가 들린다.

내 사랑의 시작은 나 혼자 했고 또 끝마저 나 혼자 하고 있다. 혼자 하는 사랑은 벽에 부딪힐 때 부수고 나갈 힘이 없다. 그래서 주저앉게 되고 나 또한 그렇다.

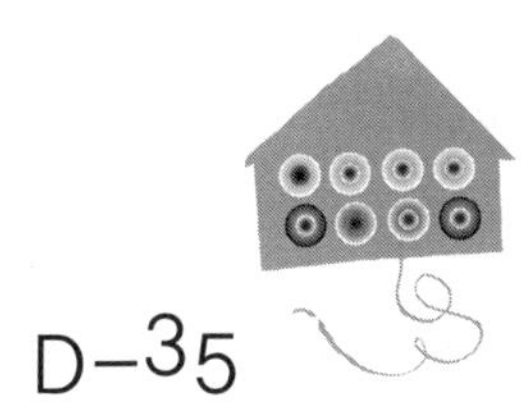

D-35

거실 창에 기대앉아 푸르른 잔디밭만 넋 놓고 보다 보니 남편이 나타났다. 간편한 차림으로 나타난 남편, 간지작살이다. 남편은 쪼그려 앉아 거실 창에 기댄 채 노려보는 날 놀란 눈으로 본다. 흥, 내 이 분노의 레이저에 놀랐겠지.

"이 서방 왔어요."

남편에게서 눈을 떼지 않고 굳은 채로 말이 내뱉어졌다. 아버진 보고 있던 신문을 접고 엄마는 홈쇼핑을 끄면서 숨을 크게 들이쉬었다. 준비 완료! 군대도 이렇게 긴장할까.

"오랜만에 뵙습니다."

잔뜩 긴장한 남편이 반기지도 않는 인사를 하며 소파에 앉는다. 쳐다보기도 싫은 남자라지만 자꾸 눈길이 간다. 밥도 안 챙겨 먹나 왜 저리 헬쑥해진 건지 얼굴이 안쓰럽다. 창가에 기대 있던 몸을 느긋하게 일으켜 남편의 앞자리, 아버지 옆에 앉았다. 소파가 왜 이리 높은지 다리가 바닥에 닿지 않아 폼 안 나게 대롱대롱거린다. 소파가 아무리 외국에서 들여왔다지만 외국엔 다리 짧은 사람은 살지도 않나, 세상엔 왜 이리 배려들이 없는 거야. 어쩔 수 없이 다리를 올려 양반다리를 하고 강인한 표정으로 남편을 보았다.

"사업은 잘되는가?"

아버지 사업이 잘되든 말든 지금 그게 문제가 아니잖아요!

"네, 장인어른 덕분에 별탈없습니다."

우리 아버지가 투자해 준 돈이 얼마인데! 잘 안 되면 그게 다 당신 탓이야! 아, 강경희 진짜 한참 꼬였다.

"긴말하긴 서로 피곤하니 짧게 하겠네. 경희는 불임이라네."

남편의 표정엔 별 변화가 없다. 굳이 알고 있는 걸 상기시키는 아버지에게 의아함만 비출 뿐이다.

"내 딸과 이혼하게."

"경희 아버지!"

"장인어른."

헉, 아버지! 망치로 도자기 깨듯 이리 단번에 쩍 갈라 버리시다니 놀랍다.

"이대로 자네 집안의 대를 끊어놓을 수 없지 않는가? 곰곰이

생각해 보았는데 조금이라도 더 나이 들기 전에 자네도 자손을
봐야지. 자네 본가에서도 그렇게 애타게 기다리는데 더 이상 부
모에게 죄짓지 말고 더 정들기 전에 끝을 맺는 게 좋을 것 같
네.”

남편의 무표정 속에서 눈동자가 심하게 흔들리는 걸 난 보았
다.

“장인어른께서 갑자기 왜 이런 말씀을 꺼내시는지, 혼란스럽
습니다.”

“난 내 자식이 자네 본가에서 천덕꾸러기로 지내는 거 더는
못 보겠네. 자네가 불임이 아니라면 새 장가를 가야 자손을 보
지 않겠는가? 이쯤에서 이혼하는 게 서로에게 득일세.”

“장인어른.”

다짜고짜 이혼하라는 아버지와 장인어른만 속 타게 부르는
남편. 남편의 표정에 불안이 드리운다.

“자네는 불임이 아니지 않는가?”

컥, 아버지! 갈수록 왜 이러십니까. 울고 싶다, 정말!

“제가 설명해 드리겠습니다.”

“자네는 불임이 아니지 않는가? 그렇지?”

아버지의 되풀이되는 질문에 남편은 날 쳐다본다. 난 아무것
도 몰라, 진실은 당신만이 알고 있잖아.

“장인어른.”

“왜 대답을 못해!”

아버지가 자리에서 벌떡 일어나 지르는 고함 소리에 집이 다 떠나갈 듯하다. 우리 집이 튼튼해 무너지지 않겠지만 그 분노가 담긴 목소리는 겁에 질리도록 우렁차다. 나라면 움츠러들 텐데 남편은 당혹한 표정을 하며 입을 꾹 다물고 있다.

"아니라면 아니라고 하면 되지 설명이 뭐에 필요해! 자네에게 아니라는 대답 말고 내가 뭘 더 들어야 해?"

남편을 향해 뿜어내는 아버지의 화가 하늘을 찌를 듯하다. 거실 탁자에 놓여 있는 둥글둥글한 찻잔이 왠지 불안하다. 흉기가 될 소지가 있으니 당장 치워야지. 둘을 지켜보는 내 심장이 다 오그라들겠다.

"…… 불임입니다."

남편은 이 순간을 포기한 표정으로 힘없이 대답했다. 찻잔으로 뻗어지던 내 손이 찻잔에 닿지도 못하고 맥없이 떨어졌다. 그리도 우려하던 진실은 끝내 우리 앞에 모습을 드러냈다. 결국 그 서재에서 보았던 서류들이 사실이었다. 그때의 덜덜 떨리도록 치솟던 분노는 사라지고 오히려 지금 난 담담하다. 이상하리만큼 놀라지 않고 그저 진실에 허탈하다. 아니, 그동안 그리도 진실을 갈구했는데 이렇게 털어놓는 남편이 몸서리치게 밉다.

"이런 개만도 못한 자식."

내가 치우려던 찻잔이 드디어 사고 쳤다. 아버지 손에 들려 남편 머리에 충돌! 맞아도 싸다.

"죄송합니다."

"죄송? 이 서방, 지금 죄송하다고 했나?"

아버지는 분이 안 풀렸는지 서서 씩씩거리며 남편을 노려보다 이내 손에 들려 있는 찻잔으로 남편의 머리를 또 치려고 한다. 아고, 저러다 이 서방 죽어 나가겠네.

"아버지, 진정하시고 이 서방 이야기 좀 들어보세요."

내 말이 거실에 찬물 끼얹은 듯 일순간에 분위기가 싸해졌다. 아버지는 내 싸늘한 표정을 보곤 소파에 앉았다. 이렇게 열 내 봤자 돌이킬 수 없게 되었으니 소용없다는 걸 느끼신 걸까. 그걸 아는 내가 뭐가 더 필요하다고 열 내며 악착같이 싸울까. 그저 이대로 조용히 덮어버리고 싶다.

"뭐가 죄송하다는 건가?"

"드릴 말씀이 없습니다."

"왜 없어? 할 말이 있어야지. 지금껏 내 딸을 속이고 살았으면 뭐라고 변명이라도 해야지. 그게 도리지!"

그래, 변명해. 멋들어진 변명을 해봐. 내가 다 들어줄게. 이 밤이 다 새더라도 졸지 않고 들어줄 테니 뭐든 말해봐!

굳어버린 석조물처럼 남편은 자리에 앉아 있기만 한다. 그런 남편을 보는 내 마음은 타 들어간다. 마지막 기회다. 이젠 더 이상은 기회가 없는데 왜 잡지 못하는지 답답하다.

"자네 정신과 치료 기록이 있던데 불임과 상관있는 건가?"

정신과, 내 남편이 정신과 치료를? 내가 지금 꿈꾸는 것은 아닌지 의심이 든다. 완벽한 내 남편에게 무슨 일이 있던 거야! 나 여태껏 누구랑 산 거야! 아무리 미스터리 남편이라고 불렀었지만 이건 아니다.

"경희 엄마, 서랍에서 그거 가져와."

엄마는 자리에서 일어나 거실 서랍장에서 하얀 봉투를 가져왔다. 아버진 그 봉투를 탁자에 척 내려놓고는 남편에게 내밀었다. 남편은 봉투에서 종이를 꺼내 읽고는 한동안 멍한 표정을 지었다.

"나는 정신병자랑 내 딸을 결혼시킬 생각은 추호도 없었네."

"아버지, 진정하세요."

"자네가 내 딸을 속이고, 본가에서 그 숱한 원망의 눈길을 받을 때 뭐 했는가? 자네 젊은 시절의 기록은 또 어찌 설명할 건가?"

남편은 아직 정신을 못 차리고 있는지 아버지의 말에 대답도 않고 종이만 내려다보고 있다. 세상에 알려지지 않을 비밀이란 게 존재할까. 불임을 말할 때보다 더 충격을 받은 듯한 남편의 모습에 난 고개를 돌리고 말았다.

"자네 본가에서도 이 사실을 알고 있는가?"

아버지도 뻔한 대답을 묻는다. 시댁에서 알고 있었으면 내가 그리 당했을까.

"모르십니다."

"내가 어떻게 해주길 바라나?"

난 남편의 결정을 기다렸다. 그리고 남편을 봤다. 눈에 가득 담겨 넘치려는 상처, 하지만 나도 내 눈에 가득 상처를 담고 있다.

"장인어른의 뜻을 따르고 싶으나 이혼은 안 됩니다."

남편은 날 빤히 쳐다본다. 이러지 마. 난 이미 당신이 날 사랑하지 않는 걸 아는데 그리 힘든 표정으로 억지를 부려봐야 소용없어.

"여보, 그만 해. 난 이제 당신과 못 살아."

"우린 이혼 안 해."

"그럼 법정으로 가세. 자네가 원하는 게 그렇다면 난 우리 딸이 원하는 대로 하겠네."

하, 내 남편은 늦었다는 걸 모르는 걸까. 당신 눈에 내가 보이지 않니, 나 이렇게 아파 힘들어 죽을 것 같은데 정말 내가 안 보여?

"여보, 나 힘들어서 싫어. 편한 게 좋아."

"설명할게. 내가 왜 그랬는지 설명할게."

내가 남편에게 뭘 들을 수 있을까. 무엇을 듣는다고 해서 내 마음이 변할까. 입술을 잘근잘근 물어뜯는 불안한 남편을 한참 보았다. 너무나 사랑하는 사람이 앞에 있어 손만 뻗으면 되는데, 내 몸이 굳은 것 같다.

"듣는다고 변하지 않아. 갑자기 왜 이래?"

"그래서 변하지 말라고 했잖아. 변하지 말고 살자고 했잖아!"

거참, 어디서 버럭질이야! 그래, 맘대로 해라. 이젠 나와 상관

없는 사이지.

"항상 같은 자리에 있을 수 없잖아. 당신이 조금 더 솔직했다면 난 이렇게 변하지 않았을 거야. 당신이 감추고 있는 것들 때문에 내가 변한 거야."

남편의 숙여진 고개를 통해 얹어진 무게가 보인다. 내 남편은 정말 미스터리였다. 불임에 더해진 정신과. 정말 남편은 나에게 솔직해질 수 있을까. 모든 걸 다 숨김없이 말해줄 수 있을까. 너무 늦은 고백은 사실이 아니라 허무다.

"이 서방, 자네가 내 딸 인생을 이리 힘하게 만들어놓은 만큼 자네에게 고스란히 돌려줄 걸세. 가끔 자네가 경희에게 차가운 이유가 아이를 낳지 못해서라고 여기며 서운해하지 않으려 했는데, 지금은 자네가 누구인지 모르겠군."

"제 병력을 말씀드렸다면 경희를 주지 않으셨을 겁니다."

"당연한 소리를 왜 하는가?"

그러게 말이다. 남편 같지 않아 혼란스럽다. 이러지 마. 가슴이 죄짓는 것처럼 막 따끔거려.

"제가 일부러 말씀드리지 않은 죗값을 받으라면 받겠지만, 이런 식으로 이혼은 싫습니다. 죄송합니다."

"자네 왜 정신과 치료를 받았는가? 것도 젊은 나이에 왜!"

아버진 분에 받쳐 얼굴이 벌게졌다. 엄마는 그저 한숨만 연달아 쉬며 애써 우리에게 눈길을 거두고 있다. 한동안 거실엔 무거운 침묵만 흘렀다. 아무도 말을 꺼내지 못하고 답을 가진 남

편만 본다. 당혹스러운 표정의 남편, 당신에게 진실이란 있을
까?

"불임으로 인한 정신적 충격과 스트레스 때문입니다."

이런, 내 앞이 어지럽다. 지진이라도 났나 왜 이리 흔들리는
기분이 들지. 숨이 턱 막혀 쉬기가 힘들다.

"가게나. 더는 자네랑 할 말이 없네. 앞으론 법정에서 보세."

매몰찬 아버지 앞에 남편은 상처받은 표정을 고스란히 드러
낸다. 여보, 이제 느껴져? 내가 이런 심정이야.

"아버지, 저 이 서방하고 잠시 집에 갔다 올게요."

남편을 보고 있다 보니 더 들어야 할 이야기가 있을 것 같다.
가야겠다. 아직 저 슬픈 표정을 하는 남자가 내 남편이기에 꼭
들어야만 한다.

"가긴 어딜 가!"

"들어야 할 것 같아요. 마지막으로 들을 게 있다면 다 들어야
할 것 같아요."

부모님의 반대를 무릅쓰고 남편을 끌고 나와 차에 올라탔다.

"여보, 상처받은 표정 하지 마. 지금 누구보다 아픈 사람은 나
고, 내 남편을 잃은 사람은 나야. 과거의 당신을 보여달라고 하
지 않아. 하지만 현재의 당신을 보여줘야 해. 정말 날 아내로 생
각했다면 지금의 당신을 보여줘."

세상 누구나 각기 상처를 받고 산다. 우리도 각자에게 상처를
받았다. 부부라는 이름으로 같이 산 시간에 온통 거짓이 칠해져

있다. 하지만 상처는 끝내 아물고 말 것이다. 그러려면 지금은 더 큰 진실의 안을 들여다보아야 한다. 그래야 과거로부터 벗어나 상처가 아무는 현재가 될 수 있을 것 같다.

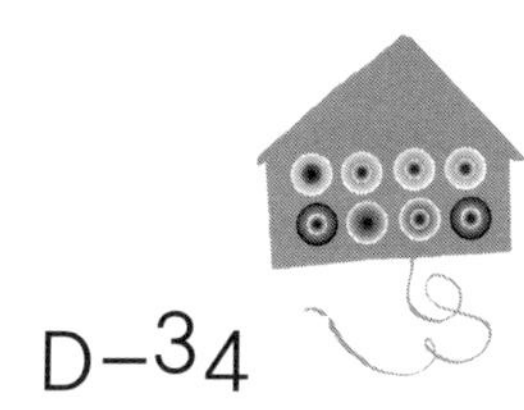

D-34

어제 늦은 오후에 집에 돌아와선 남편과 단 한 마디도 나누지 않았다.

온 집안이 난장판 같고 역겨운 술 냄새와 상한 음식 냄새가 곳곳에서 진동했다. 더구나 남편이 피우지도 않는 담배 냄새까지 나고 있어 견딜 수가 없었다. 어떻게 며칠 만에 집을 이 꼴로 만들어놨는지 기막힌 헛웃음이 나올 정도였다.

"이렇게 어질러 놓으면 누가 치우라고? 내가 평생 당신 뒤치다꺼리나 하고 살아야 해?"

뒤따라 들어와 현관에서 묵묵히 신발을 벗고 소파에 앉는 남편을 난 씨늘하게 째려보았다. 남편은 내 신경질 가득한 목소리를 듣지 못했는지 대꾸도 안 한다. 잘못했으면 반성을 해야지 어디서 냉랭하게 굴고 난리래!

그래, 마지막이야. 마지막으로 내 집 청소하는 거야. 저기 앉아서 우울포스 날리는 남편과 상관없는 내 집부터 치우자.

심란한 내 마음을 고스란히 꺼내 일부러 펼쳐 놓은 것 같은 집안을 치우다 보니 자정을 넘겼다. 그 시간까지 꿈적 않고 앉아 있던 남편은 침실로 향하는 날 불렀지만 급격히 피곤해진 난 무시했다. 그러고는 제대로 먹지도 자지도 못했던 난 편안한 내 침대 위에서 죽은 듯이 잠들었다.

꿈속에선 난 허공에 대고 외친다.

이야기를 하자고 집에 와서는 도우미 아줌마처럼 청소나 하고, 이래서 무슨 이혼이야! 왜 이리 난 구질한 거야!

휑한 방에서 잠을 깨니 창밖은 어둑어둑하다. 시간을 보니 늦은 오후다. 어제 집에 왔을 때의 시간하고 비슷하다. 죽은 듯이 잤다지만 너무 오랜 시간 잤다.

머리에 묵직한 돌무더기가 들어 있는 것같이 일어나기 힘들어 침대에 누워 천장만 줄곧 봤다. 떠오르는 생각도 없이 그저 천장에 발라진 벽지의 문양을 따라 머릿속에 그리며 그렇게 한참을 누워만 있었다.

집 안을 시끄럽게 울리는 벨소리에 퍼뜩 정신이 들어 협탁 위의 전화기를 집어 들었다.

[뭐 해?]

정우다. 어찌 내가 여기 있는지 알았을까. 이놈도 작두 타나.

"하긴 뭘 해. 그냥 있지. 가게는 어때?"

[매상은 나쁜 편이 아닌데 서울 매장만큼 올라가려면 시간 좀 걸릴 것 같아. 다음 주부터 서울 직원이 이쪽으로 파견 나오기로 했어. 사람 괜찮으니까 나중에 보고 결정해.]

"미안해. 너도 바쁜데 내 가게에 묶어놓고, 내가 친구가 아니라 웬수지?"

[알면 됐어. 정신이나 바짝 차려. 마음 약하게 굴지 말고, 너 내 말 무슨 뜻인지 알지?]

"응."

[대답은 잘하지. 끊는다.]

전화를 끊고 침대에 앉아 한참을 또 멍하게 있었다. 이번엔 이불에 새겨진 문양을 머릿속에 그리며 시간을 흘려보냈다. 내 머릿속은 텅 빈 도화지같이 어떤 생각도 나지 않는다. 앞으로 해야 할 일들이 더 많은데, 난 왜 여기서 주저앉아 버린 듯 기운 하나 없을까.

찌뿌듯한 몸을 일으켜 침실을 나오다가 남편의 서재를 보았다. 저 방에서부터 시작된 일이다. 차라리 보지 않았다면 난 지금 어떻게 살고 있을까 생각하다 아마 여전할 거란 결론에 도달했다. 존재하지 않을 미래를 그리다 난 바보처럼 눈물이 맺힌다.

서재 문을 여니 안은 어제의 집만큼이나 엉망진창이다. 책상 서랍들은 바닥에 뒹굴고 사진부터 작은 메모지까지 널브러져 있다. 불에 탄 거뭇거뭇한 재들이 열린 창에서 들어온 바람에 쓸려 방바닥을 훑고 다닌다.

내가 없는 사이 남편은 뭘 했던 걸까. 무엇이 깔끔하던 내 남편을 이리 엉망으로 만들었는지 궁금하다.

내 집을 치웠지만 남편의 공간은 치우고 싶지 않아 방문을 닫으려다 생각을 바꿨다. 내가 모르는 진실, 미스터리한 남편의 진실, 그것이 알고 싶다.

바닥에 나뒹구는 것들을 몇 개 주워보았지만 별로 중요해 보이지 않는 것들이었다. 영어로 휘갈겨 쓴 메모들, 대학 시절로 보이는 남편의 찢겨진 사진들, 종류가 다른 몇 개의 약통, 우리 결혼식 사진, 신혼여행지에서 찍었던 사진들, 온통 지난 시긴들뿐이다.

〈나는 남자가 아니라 병신이다.〉

남편의 오래돼 보이는 대학노트에 적힌 글귀가 눈에 들어왔다. 페이지들이 온통 찢겨 조각조각 나 있지만 대충 맞춰보았다.

〈나는 왜 속 빈 강정일까? 왜 나는 남자인데 남자일 수 없을까? 형이 차라리 날 찾아오지 않았다면 좋았을 걸. 혹 내가 모르는 사이에 형한테 큰 잘못을 저질렀나? 아무래도 장난치는 것 같다. 가서 다시 확인해 봐야지 도저히 믿을 수가 없다.〉

무슨 공돌이가 일기도 쓰냐, 구구절절하게 적은 듯한 노트의 년도를 계산해 보니 남편이 대학 1학년 때다. 이때 알게 된 걸까, 생각보다 너무 이르다. 다른 페이지를 찾아봤지만 너무 작은 조각들로 찢겨진 데다 불에 타다 말아서 도저히 알아볼 수가 없다. 상처, 나와 같은 상처, 내 남편은 훨씬 이전부터 이 좌절의 상처를 가지고 있다는 걸 알게 됐다. 하지만 그 상처로 인해 상처 입은 난 뭔데?

진실의 문아 열려라. 그리하여 나와 내 남편이 더 이상 반목하지 않고 마주 보고 웃으며 헤어질 수 있기를. 내가 너무 쿨한 척하는 건가? 사실 나 쿨하지 않고 뒤끝 무지 심하다. 하지만 더 이상 내가 남편에게 바랄 수 있는 게 없다.

늦은 저녁을 혼자 먹고 조용한 거실에서 남편을 기다리고 있다. 시계는 아홉 시를 넘어가는데 남편은 나타나지 않는다. 딱 십 분만 더 기다리다 안 오면 가련다. 기회를 줘도 도망가는 남자, 비겁해!

굳게 다짐하고 시계를 노려본 지 십 초도 안 되어 현관문이 철컥 열리는 소리가 난다. 타이밍 한번 기막히게 죽이네.

어두운 거실에 들어온 남편은 결연한 의지로 소파에 앉아 있는 날 보고 흠칫 놀라며 내 옆에 온다.

"들을 준비 했으니까 하고 싶은 말 다 해. 오늘이 정말 마지막이야."

남편은 바닥에 마주 앉아선 탁자를 끌어당겨 재떨이를 꺼내고 담배를 피우기 시작했다. 남편은 담배 냄새도 무척 싫어하던 사람인데 언제부터 피운 걸까. 어째서 저렇게 담배를 자연스럽게 피우고, 또 재떨이는 어디서 난 건지 온통 의심스럽다.

"여보, 나 몰래 담배 피웠었어?"

"끊었었어."

"언제?"

"대학 들어가고 얼마 안 돼서."

헉, 그럼 고등학교 때부터 담배를 피우던 불량학생이었다는 거잖아. 아, 나 정말 이 미스더리를 어찌 해체하랴. 해체하려다 터져 버리면 나만 죽는 거 아냐?

"왜 끊었어?"

"담배가 정자를 죽인다고 해서."

흠, 이해되는 듯 그러나 아리송하다.

"왜 나랑 결혼했어?"

처음 남편에게 묻는다. 그렇게 초고속으로 결혼할 때도 묻지 않았다. 신혼 때 남들처럼 설탕이 죽죽 흐르는 단물이 넘치지 않아도 묻지 않았다. 그리고 불임으로 일 년간 죽어라 뺑뺑이

돌 때도 묻지 않았다. 진즉 물었다면 더 나은 결과가 나왔을까.

"경희야, 내가 무슨 말을 해도 믿을 거니?"

남편에게 뭐라 대답해야 할지 모르겠다. 아니, 대답해 주기 싫다. 믿든 말든 그건 내 마음이야!

"무의미한 말로 기운 빼지 말고 할 말만 해."

단칼에 잘라내지 못하고 늘어지면 또 흐지부지되는 내 성격, 그래서 이 모양으로 살지. 하지만 남편이 작정하고 물고 늘어지면 난 끌려갈 게 뻔해 더 싸늘하게 대할 수밖에 없다.

"용기가 필요해서."

"난 진실이 필요해. 내가 들어야 할 진실을 듣기 위해 당신에게 사탕발림할 정도로 정신 나간 여자 아니야."

내가 말해놓고도 참 싸가지없다는 걸 느낀다. 근데 싸가지 좀 없으면 어때, 자기 잘못한 걸 어디서 포장하려고! 나도 심각하게 남편을 대하고 있다. 남편만 보면 한없이 촉촉한 눈으로 졸졸 따라다니던 강아지가 아닌 매서운 독수리로 잡아먹을 듯 노려보려고 난 눈에 힘을 팍 주었다.

"대학 막 입학하고 얼마 안 됐을 때였는데 아는 형이 대학 부설병원에서 연구원으로 있었어. 중요한 실험에 정자가 필요하다며 기증하라고 하더라. 그 후에 알게 됐어. 불임의 징후가 보인다고 정밀검사 하자는데 어이가 없었지. 스무 살 때, 것도 막 여자 친구를 만났는데 말이야."

남편은 천천히 이야기를 풀어나가려 물꼬를 틀었다. 담배를 입에서 한시도 떼지 못하고 연방 줄담배를 피워댄다.

남편이 십삼 년 만에 피는 담배 맛은 어떨까 싶지만 너무 쓴지 바짝 마른 입술엔 피가 방울방울 맺혔다.

"여보, 왜 나랑 결혼했어?"

동문서답같이 남편의 말을 끊었다. 난 구구절절한 사연보다 당장 내가 궁금한 게 우선이었다. 우리의 시발점은 남편의 사연이 아니었다. 결혼, 왜 남편은 나와 결혼했는지부터였다.

"솔직히 밝고 통통 튀어 보이는 널 닮은 아이가 어떻게 생겼을까 궁금해졌어."

"그게 무슨 뜻이야?"

"그때까지 누구에게서 내 아이를 떠올려 본 적이 없었어. 맹세코 단 한 번도. 하지만 집에 가는 길에 널 닮은 여자 아이면 엄청 귀여울 것 같아서 웃음이 나는 거야. 그게 나쁘지 않다고 생각했고 시작이었어."

뭐야, 이거 지금 말이 되는 건가. 남편의 마음에 변화가 나로 인해서라니. 에이, 말도 안 돼. 나 또 중뿔난 거야. 만약 남편 말이 맞다면 우리가 이런 결혼 생활을 할 이유가 없었지. 그런데도 헷갈린다.

남편에게 말리지 말자. 이대로 말리면 죽도 밥도 안 된다. 정신 똑바로 차리고 몰아붙여야 해!

"왜 말하지 않았어?"

"처음부터 말할 자신이 없었어. 네가 정말 결혼하겠다는 걸 보고 말해야 한다고 생각했어. 그런데 문득 넌 어쩌면 1%의 가능성을 찾아주지 않을까 하는 욕심이 들어서 우선은 감추었고, 그게 여기까지 왔어. 미안해.”

겨우 그런 마음으로 결혼한 여자가 나였다니 남편도 참 안됐다. 당신도 나처럼 운이 지지리도 없는 인생인가 봐. 그러니 우리가 부부였겠지.

“당신의 1%가 날 만나 제로가 되었네.”

내 허탈한 마음이 남편의 입에서 뿜어 나오는 담배 연기처럼 우리 주변을 맴돈다. 사람이 어떻게 저렇게 이기적일 수 있을까. 뭐라 말을 해야 하는데 말이 나오지 않는다. 내 가슴이 진즉에 뻥 뚫려서 화가 그 사이로 빠져나간 것 같다.

“고해성사 하는 기분이야.”

고해성사, 남편은 굉장히 진지한 표정으로 앉은 자세를 고쳐 무릎을 꿇었다.

허, 이젠 별짓거리를 다 하는구나. 내가 당신 무릎 앞에 놀라 용서라도 할 줄 알았나 보지. 기막히고 기막히다. 이정철, 이 기막힌 인간아! 어디까지 그렇게 이기적으로 굴래.

2-2

이정철, 강경희에게
지난날을 고해성사하다

나는 아주 오래전 너무나 놀란 첫 자위행위를 하곤 신부가 된 삼촌에게 달려가 지옥에서 꺼내달라 울며 고백했던 고해성사를 기억한다. 난 아내 앞에 그와 같은 심정으로 무릎을 꿇었다. 아니, 그보다 더 절실한 심정이다.

이런 날 보는 아내의 표정엔 같잖게 군다는 냉소가 가득하다. 난 아내에게 죄인이다. 짓지 말아야 하며 씻지 못할 죄를 짓고도 그동안 죄인 줄도 몰랐다. 내 아내는 그저 갓 대학을 졸업한 풋내기 아가씨였는데 내가 저렇게 세상 다 산 듯 허탈한 인상을 가지게 만들었다. 죽을죄, 분명 존재한다는 걸 알겠다.

남자 고등학교를 다니는 동급생들에겐 금지된 술과 담배를 즐기는 것은 멋이었다. 지나치지 않게 즐기며 높은 성적을 유지하면 동급생들 사이에선 우월한 대접도 받는다. 난 그런 겉멋에 한껏 고취된 평범한 놈이었다.

대학 입학 후, 중학교 때 과외를 맡아주었던 대학원생 형이 어엿한 의사 가운을 입고 날 찾아왔다. 친구들 사이에 있는 날 부르며 반가운 기색을 가득 나타내자 친구들은 날 또 한단계 높게 올려다보았다. 그런 그들의 눈빛을 난 충분히 즐겼다. 우월한 기분에 도취된 내 대학 생활은 평탄했고 자유에 신났었다.

어느 날 그 형이 날 찾아와 도움을 요청했었다. 나만이 해줄 수 있다면 한참 치켜올렸고, 나 또한 도취되었다.

'정자 기증.'

과대표를 하고 있는 내 부탁에도 남학생들이 미적대며 가타부타 대답을 못하자 형은 실험 목적 외에는 전부 폐기할 거라며 우릴 실득했다. 난 친구들 앞에서 용기있고 진보된 격이 다른 학생처럼 선동했고, 우린 단체로 병원에 가 어두운 밀실에서 신나게 자위를 했다.

그 일이 있은 후 한참 지나 잊고 있던 학기 막바지에 형이 나만 급히 찾아 대학부설병원으로 갔다. 그리고 내 인생을 송두리째 암흑으로 떨어뜨리는 말을 들었다.

"너 아무래도 남자 구실 못하게 생겼다. 우선 정밀검사부터 받자."

내가 남자 구실을 못한다니 머리가 띵해졌다. 한참 성욕이 넘쳐나 새벽이면 무의식중에도 자위를 하는데 말이 안 되는 소리였다. 더구나 난 여자 친구도 있고 곧 있으면 섹스를 할 수 있을 만큼 나에게 넘어왔는데, 형의 말이 농담 같았다.

곧 만나게 된 나이 든 전문의는 나에게 부모님을 불러오라며 내 증세에 대해 심각하게 설명해 주었다. 하지만 난 부모님을 불러올 수 없었다. 외아들의 불임 가능성을 검사 받는 것 자체가 충격이고 쓰러지고도 남을 분들이었다. 세상에서 가장 잘난 아들에게 병신이라는 병명이 붙는다니 귀신이 곡할 노릇이었다.

어차피 스무 살이 넘었기에 난 모든 검사를 혼자 진행했다. 두렵고 소름 끼칠 정도로 무서운 시간들을 보냈다. 매일 밤 원치 않는 악몽을 꿨다. 꿈에선 죽어 있는 정자들이 성기에서 분출돼 내 얼굴을 덮치고 난 더럽혀진 얼굴을 손으로 닦아낸다. 그리고 손에 묻은 정자들을 하나하나씩 들어 흔들고는 살아 움직이라고 소리치며 울부짖는다. 하루하루를 맨정신으로 버틴다는 게 미칠 지경이었다. 강의실에 앉아 있지만 전혀 집중할 수 없고, 친구들과 술을 마셔도 취하지 않고, 그들이 떠드는 이야기는 모두 다 한심했다.

"검사 결과로는 정자무력증입니다."

세상을 비추던 빛이 일순간에 사라진 기분이었다. 찬란한 태양은 사라지고 컴컴한 어둠속에 빠져 헤어나오지 못하는 것 같은 그 절망감에 날 빠뜨렸다.

의사는 작은 화면을 통해 내 정자들을 보여주며 정자무력증에 대해 말했다.

"세 번에 걸쳐 채취한 정자를 보면 90% 이상 활동성이 없습니다. 정자가 움직여 여성의 난소에 진입해야 하는데 그럴 힘이 거의 없다고 보면 됩니다. 그리고 곳곳에 사멸된 정자들도 눈에 띄는데, 보통 남성 불임은 복합적으로 나타나기에 보이는 현상입니다."

"전 사정하는 양도 많고 지금껏 자위할 때 아무런 문제가 없었는데, 왜 이런 결과가 나오죠? 병이라면 이상징후라는 게 있었어야죠."

"사정은 그저 정액을 분출하는 것뿐입니다. 그리고 무정자증이 아닌 불임의 경우는 사정하고 일반적인 성관계도 정상적으로 합니다. 자위나 성관계 시 사정이 안 되는 무정자증이라면 아예 정자 사체가 없습니다. 하지만 이정철 학생 같은 경우는 정자는 있으나 그 정자가 유명무실한 겁니다."

매일 꾸던 악몽은 내 현실이 되었다. 난 진짜 병신이었다. 유명무실, 머리가 양쪽으로 쪼개져 쫙 갈라지는 듯한 느낌에 심한 통증이 그 사이로 파고들어 왔다.

"혹시 고열에 시달렸던 적 있습니까? 최근이 아니더라도 부모님한테 어릴 적에 고열로 인한 입원이나 어려운 고비가 있었다는 말을 들은 적 없습니까?"

내 기억의 필름을 천천히 역으로 돌려보았다. 이 병원에 들어서기 전, 대학 입학식, 고등학교 졸업식, 고3 수능생 시절, 그리고 마침내 고등학교 이 학년 가을 때의 일이 생각났다.

난 원인불명의 심한 열병을 앓는 바람에 학교를 한 달가량 결석한 적이 있었다. 고열이 잡히지 않아 중환자실까지 들어갔다가 겨우 살아나왔었다. 하지만 그 뒤 가벼운 후유증조차 없었기에 잊고 있었다.

의사는 내 말을 듣더니 고열로 인한 고환의 기능 문제에 가능성도 짚었다. 지금 한창 젊은 내 정자는 콘크리트 벽도 뚫고 갈 정도로 힘이 넘쳐야 하는데, 딱히 원인을 규명하기 힘들었었다.

"고칠 순 없는 건가요?"

"우선 금연과 정자 운동성을 향상시키는 호르몬제나 황산화제를 복용하고 추후를 보는 게 좋을 것 같습니다. 아직 젊으니 늦지 않았다고 생각하는데, 어떻게 하겠습니까?"

"완치되는 거죠?"

"확률은 4, 50%입니다."

내겐 선택의 여지가 없었다. 동전의 양면 같은 확률이지만 난 병신으로 살기 싫었다.

내가 그동안 쏟아냈던 정자들이 다 온전치 못한 것들이라니 충격은 점차 온몸으로 확산되고 날 잠식해 버렸다. 남성이라는 자존심은 깡그리 무너져 내렸다. 발기만 될 뿐 전혀 소용없는 이상한 몸을 가진 날 누가 사랑하겠는가. 아니, 언제까지 버틸 수 있을까.

　난 스무 살 절망의 늪에 빠져 누가 속 빈 강정이란 걸 알게 될까 봐 조릿조릿한 생활을 했다. 미나를 만나는 것도 경계하며 두려워했지만 오히려 더 가까워지게 됐다. 그로 인해 우리 학교 신입생 중 최고의 퀸카로 꼽히는 미나는 자신을 소중히 여겨 내가 섹스를 하지 않는다는 착각을 했다. 만약 내가 정자 기증을 거부하고 내 몸의 비밀을 몰랐다면 난 미나를 벌써 탐하고도 남았을 거다.

　여섯 달 동안 열심히 치료를 받았다. 담배도 끊고 술도 마시지 않으며 식생활도 최대한 인스턴트는 피했다. 또 혼자 한의원에 가 허약체질의 정자를 개선해 준다는 고가의 보약을 지었다. 남의 눈에 띄지 않게 치료를 받는 건 살얼음판을 마구 뛰어가는 심정이었다.

　"이런 석이 드문데, 전혀 진전이 없다는 게 더 이상할 정도입니다. 다른 방법을 선택해 보는 건 어떻겠습니까?"

　기대하며 떨리는 마음으로 다시 받은 검진에선 아무 효과가 나타나지 않았다. 절망, 절벽에서 줄이 없는 번지점프를 하기 위해 뛰기 직전의 심정이었다. 남성으로서 죽음이란 견딜 수 없는 치욕을 받아들여야 했다. 모순되게 난 동기들 사이에서 가장 매력적인 남자로 꼽혔다. 하지만 나는 겉은 남자일지라도 속은 남자가 아니었다.

"자기야, 오늘 나 집에 가기 싫어."

미나를 만난 지 일 년이 넘어갈 때쯤 유혹은 계속되었다. 거부하기엔 쓸모없는 내 성욕은 끝내 참지 못하고 화려한 특급 호텔로 향했다.

나체가 된 미나의 몸을 보자 오랜만에 난 뻣뻣이 발기했다. 미나의 몸을 더듬으면서 점점 피가 몰려 참을 수 없을 정도로 내 성기는 정상이었다. 그리고 삽입하려던 순간, 병신인 내 정자들이 미나의 자궁으로 들어가지 못하고 무기력하게 흘러나오는 모습이 눈앞에 생생히 그려졌다. 그러자 내 성기는 급속히 소실되었다. 수치스럽게 축 늘어진 작은 성기를 미나에게 보일 수 없었다.

"나 아직, 널 지켜주고 싶어."

뜻도 없는 헛된 말로 단지 모면하기 위해 턱없는 변명을 하고 호텔을 빠져나왔다.

며칠 동안 다른 남자를 받아들이는 미나와 정자들이 질을 통해 자궁 안에서 활기차게 돌아다니는 환영에 시달렸다. 그럼 난 역겨워 식사는커녕 물 한 모금 입에 대지 못하고, 미나도 만날 수 없었다. 하지만 내 존재를 부각시키는 미나를 놓을 순 없었다. 미나란 다른 남자의 눈으로 하여금 날 특별한 존재로 보게 만들었다.

그 후로 미나가 다른 남학생들과 이야기 나누는 모습만 봐도 싸웠다. 그 남자의 싱싱한 정자를 탐한다는 생각까지 들어 미나를 부정한 여자로 몰았었다. 그리고 화해와 거짓 사랑을 위해 미나를 안으려고 여러 번 시도했지만 매번 삽입하려는 순간 푹 힘이 빠져 버렸다. 몇 번의 주저함에 미나는 끝내 날 의심하기 시작했다.

어느새 난 혼전순결을 지키는 남자로 여학생들 사이에 소문나기 시작했다. 미나는 방어의식이었는지, 아니면 정말 그리 생각했는지 알 수 없지만 내 말을 곧이곧대로 믿고 자기 친구들에게 나의 순결을 떠들어댔다. 그러고는 얼마 지나지 않아 여학생들은 날 동경의 눈으로 보기 시작했다. 하지만 나에겐 그 눈빛들이 나의 무능력을 질타하는 걸로 보였다.

술자리며 식당이고 내가 나타나는 곳마다 그 소문이 사실인지 유혹해 보려는 여자애들이 늘어나자 같은 과 남자애들은 날 비난하기 시작했다. 그리고 그 비난은 곧 나의 정자무력증에 대한 것이라고 여겼다. 난 점점 폐쇄되어 갔다. 술자릴 찾는 일도 거의 없어졌고, 동기들과도 어울리지 않았다.

난 점점 이성을 상실한 채 내 남성성의 대변이라고 여긴 미나에게만 심하게 집착하기 시작했다. 군대에 가서도 시간만 되면 수시로 전화하고, 휴가 때는 집 앞에서 감시까지 했었다. 이대로 가다간 위험해진다는 걸 알고 헤어지려 마음먹었지만 동기들보다 우월하고 싶은 욕망에 끝내는 미나를 놓지 못했다. 그러면서도 미나에게는 점차 마음을 잃어갔고 내 성격도 차갑게 변했다. 미나에게 무관심해지자 이번엔 미나가 나에게 안달했다. 우린 서로를 이해할 수 없는 관계였다.

그렇게 시간은 별다를 거 없이 흘러가고 어느 날 미나는 몇 번 근접했던 섹스에 대한 추측을 조심스럽게 털어놓았다.

"자기, 혹시 발기부전이라고 알아? 나도 우연히 알게 됐는데 우리 관계랑 비슷한 것 같고 아닌 것도 같아서. 자기는 그런 거 아니지?"

미나의 말에 번개를 맞은 듯 눈앞이 번쩍거렸다. 막판에 그만두는 나 때문에 실망감을 감추지 못하는 미나의 표정이 떠올랐다. 그리고 그 순간 수많은 정자들이 빠르게 움직이며 돌아다니는 환영이 생겼다. 그 정자들을 받아들이며 절정에 오르는 미나의 모습에 난 치를 떨었다.

정자무력증에 뭘 더해야 할까. 나는 병신에 발기부전, 그리고 환영까지 가진 미친놈일까?

서울에서 떨어진 먼 곳에 요양원과 같이 운영하는 정신과를 찾았다. 의사의 진단은 스트레스성 발기부전, 의처증이었다. 불임을 받아들이지 못한 극심한 스트레스가 성에 대해 부정적으로 만들고, 나란 존재는 남자가 아닌 무가치로 스스로 평가절하하고 있다고 했다. 또한 다른 남성에 대한 열등의식이 표출되지 않고 잠재 속에 비틀려 정신분열을 동반할 위험이 있다는 경고까지 받았다.

섹스를 위해서만 존재하는 성기, 사랑하는 사람을 만나 사랑을 나누는 것이 아니라 동물적 움직임밖에 할 수 없는 나. 난 사랑을 할 자격이 애초부터 없었다.

그 후 학교를 한 학기 휴학했다. 부모님과 주변엔 유럽여행을 간다는 명목으로 떠나 요양원에서 꾸준히 치료를 받았다.

"효과는 있었어?"

아내는 궁금한 표정으로 묻는다. 아내를 만나기 전까지 발기부전이었으니 효과는 없었다. 다만 난 남자로서 사랑하는 자식을 두지 못하는 병신이라는 걸 인정하고 말았을 뿐이다.

학교로 돌아오니 미나는 이미 졸업학기였다. 그리고 나와 같이 유학 가길 원했다. 하지만 미나와 난 더 이상 같이할 수 없는 인연이었다. 그때만 해도 난 결혼을 전혀 고려하지 않았기에 미나가 내 인생의 마지막 여자라고 생각했다.

미나에게 난 반만 고백을 했다. 발기부전으로 인해 성관계를 할 수 없고 치료도 불확실하니 좋은 사람 만나 행복하라고 했다.

"왜 반만 고백했어?"

아내가 또 묻는다. 참 질문이 많은 만큼 순수한 아내다. 그때는 치욕스럽다고 여긴 불임을 말할 자신이 없었고, 내가 불구자로 기억되길 바라지 않았다. 그리고 다시 만나지 않을 테니까 다 말할 필요가 없었다.

그 말을 들은 미나는 충격받아 연락을 끊고 유학 준비에만 집중했다. 그렇게 미나와의 연이 끊기는구나 생각했다. 그러나 출국 며칠 전 미나는 날 찾아왔었다.

"자기야, 나 사실 다른 남자랑 잤어. 섹스 없인 못 살 것 같아. 그러나 섹스가 먼저이긴 하나 나에겐 당신 역시 그런 존재야. 만약 자기가 완치된다면 나 돌아와도 될까?"

오히려 난 미나의 말에 큰 충격을 받지 않았다. 감정은 이미 오래전에 모두 정리되었고 숱한 환영의 실체 중 하나라 여기며 자위했다. 그래서 되레 한결 홀가분했다.

"자기야, 우리 나중에 다시 만나게 된다면 그건 운명이라고 생각하자. 이렇게 헤어지지만 다시 만나게 된다면 그땐 꼭 완치돼서 함께하자."

그때의 허전하고 미안한 마음과 한때 사랑했다고 믿었던 여자가 떠나면서 내 감정은 잠시 왜곡되었다.

〈사랑하는 여자가 떠나는 길을 같이 걸었다. 난 눈물을 흘렸고, 내 여인은 웃었다. 우린 다시 만날 거다. 어떤 상황이더라도 다시 만난다면 우린 함께할 것이다.〉

난 그렇게 열렬히 미나를 사랑한 적도 없고, 그렇게 안타깝게 헤어지지도 않았다. 다만 내 무능력에 대한 포장으로 그때 비참했던 내 감정을 절절한 멋진 사랑으로 꾸미려 했다.

아내 입에서 한때 왜곡되었던 감정이 진실인 양 뱉어질 땐 아
찔했다. 잊고 있던 오래전 불안이 발밑에서 밀려 올라오기 시작
했다.

"여보, 왜 불안했어?"

아내에게 뭐라고 말해야 할까. 밝혀질 진실이 두렵고, 사랑할
수 없는 몸을 가진 사람이라 그동안 숨겨왔던 거짓들이 무서웠
고, 지독히도 들키고 싶지 않아 발버둥 치는 내가 무서웠다.

"그럼 이제 우리 결혼에 대해 말해줘."

아내의 냉랭하게 굳었던 표정이 한결 풀렸다. 참 여린 사람이
다.

대학 졸업하고 짧은 직장 생활을 하다가 회사를 차렸다. 이른
나이에 시작한 회사라 작았으나 제법 잘되었다. 그러니 안정적
인 생활을 위해 어머니는 혼자인 아들에게 줄기차게 선을 강요
했다. 집안의 외아들로서 가정을 꾸려야 한다는 압박은 점점 심
해져 마지못해 선을 보았다. 상대 여자들은 모두 모자랄 것 없
는 귀한 여식들이었다. 하지만 누구 하나 날 제대로 보지 않았
다. 내 배경, 직업, 학벌 등에 기대가 커 불임이라고 말할 수 없
을 정도였다. 아니, 불임인 남자와 결혼할 마음을 먹을 여자도
없었을 거였다. 애초부터 욕심이 없던지라 선을 볼수록 지치기
만 했다.

"어머니, 선보는 것 그만두겠습니다. 인연이 있다면 후에라도

만나겠죠.”

“그럼 딱 한 번만 더 보고 관둬라. 하도 들이밀기에 마지못해 승낙했는데 이제 와서 거절하기에는 어렵지 않겠니?”

어머니에게 사정을 다 듣고 난 후 아내가 누구인지는 알고 있었지만 내 머릿속엔 잘 떠오르지 않았다. 친구 여동생이라 더 관심이 없었던 탓인지 외모조차 가물거렸다.

호텔 커피숍에서 만난 아내는 조신해 보이려 다리를 배배 꼬며 노력하는 게 내 눈에도 보였다. 어린 사람이라 그런지 마냥 귀여웠다. 예쁘게만 보이려고 부단히 신경 쓰는 것 같지만 하는 말마다 어찌나 톡톡 튀며 재밌던지 나중엔 헤어지기가 아쉬울 정도였다. 하지만 너무나 귀엽고 맑은 웃음을 가진 여자라 나 같은 남자가 탐내기에는 아까웠다.

차를 몰고 집에 오는 내내 내 머릿속엔 동글동글한 아내의 얼굴과 작은 아이가 떠올랐다. 그리고 작은 여자 아이가 아내의 손을 잡고 깔깔거리며 웃는 소리가 머릿속을 울려 귀에 들리는 듯했다. 참 오랜만에 아이에 대해 생각해 본 것 같았다. 나는 아이를 가질 수 없는 남자라는 걸 잠시 잊었었다. 아쉬움 가득히 잠시 들뜬 기분은 축 가라앉았다.

“그런데 왜 나랑 결혼했어? 안 되는 걸 알면서 왜 했어!”

억울해하는 아내를 이젠 이해한다. 분에 못 이겨 눈물이 맺히는 아내를 위해 해줄 수 있는 게 아무것도 없다. 그저 미안하고 미안할 뿐이다.

집에선 기분에 내뱉은 뜻밖의 말을 호재로 여겼는지 내 의사도 묻지 않고 서둘러 결혼을 진행했다. 나에겐 알리지도 않고 아내를 불러내 그 자리에서 결혼을 확정한 듯했다. 황당하고 어이없기도 하지만 결혼만은 절대 안 되는 것이었다.

어머니에게 전화로 결혼 소식을 전해 들은 난 어머니께 잔뜩 화낸 후 고심하며 수습하려 했다. 때마침 아내에게 연락이 와 남산으로 향했다. 늦은 시간 멀리서 추적추적 걸어오는 아내의 발걸음이 무거워 보였다. 한눈에도 내 부모님이 세상물정 모르는 아내를 짓눌렀다는 걸 알 수 있었다. 아내에게 사과하고 깨끗하게 돌아서려고 마음먹었었다. 순수하고 아직 어린 아가씨에게 상처를 준 게 아닐까 조바심이 들었는데, 눈물 흘리는 모습이 어찌나 애처롭던지 여름밤의 바람마저 서글프도록 쌀쌀했다.

아내의 흐르는 눈물을 닦아주려 뻗은 내 손에 닿은 피부는 마치 아이같이 곱고 보드라웠다. 손바닥에 눈물 젖은 피부가 닿는데, 이가 악물어질 정도로 짜릿했다. 내 몸이 몸서리치는 게 이상했다. 서럽게 울면서 날 보는 아내의 눈이 너무나 사랑스러웠다. 표현이 이상하지만 이렇게밖에 표현할 단어를 찾지 못하겠다. 날 위로하는 듯, 나에게 기대하는 듯, 날 뼛속까지 끌어안는 듯 내 모든 걸 알고 날 받아들일 준비가 되어 보였다. 그러나 허망함을 아는 난 쓸쓸했다. 아내는 내 사람이 될 수 없기에 어쩔 수 없이 웃으며 헤어졌다.

머칠 후 예상과 달리 아내는 결혼을 진행시켰고, 난 날짜가 가까워질수록 여러 번 불임에 대해 실토하려 노력했다. 하지만 만날 때마다 두 눈 반짝이며 행복하게 웃는 아내에게 난 차마 진실을 말할 수 없었다. 나와 같이 있기에 저절로 웃음이 난다고 폴짝 뛰며 좋아하는 아내에게 욕심이 생겨 버렸다. 혹시라도 건강하고 젊은 아내가 내 불임을, 아니, 발기부전이라도 치료해 주지 않을까 하는 망상에 빠졌다.

아내와 첫날밤은 내 첫 경험이었다. 만약 아내와 잠자리를 할 수 없다면 진실을 전부 다 고백하리라 결심했었다, 그러나 아내와의 첫날밤은 내게 신세계 같은 새로운 가능성을 보여주었다. 오히려 격정적이고 이런 열정이 내 안에 있었는지 놀랄 만큼 날 흥분시켰다.

수줍어하는 아내와 잠자리는 그동안 내 금욕에 대한 보상 같았다. 달뜬 숨과 뜨거운 여체에 순식간에 중독되었다. 나는 내 마음대로 아내를 하늘에서 내린 선녀로 여겼다. 하지만 같이 살수록 난 죄의식에 시달렸다. 아무것도 모르고 날 받아들이는 아내 안으로 죽은 정자를 마음껏 들여보내는 내 자신이 악인 같았다.

아내는 결혼하자마자 아이를 원했고 당연한 수순으로 여겼다. 게다가 아이를 너무나 좋아했다. 난 사촌의 병원을 찾아 어렵게 불임을 털어놓고 의논해 비밀리에 다시 약을 복용하고 아이를 얻기 위해 노력했다. 미약하게나마 살아 있는 기형이 아닌 정자들이 난자와 만날 가능성이 있다는 희망은 날 과도하게 비틀어 버렸다. 뻔히 알면서 난 당연히 될 거라 믿었다.

같이 살면 살수록 한편으론 아내를 대하는 게 어려웠다. 혹시라도 내가 병신 남편이라는 걸 알게 되었을 때를 생각해 처음엔 마음을 주지 않으려 노력했다. 남들 앞에서 아내에 대한 내 애정을 폄훼하며 우리의 이혼 가능성을 배제시키지 않았다. 언제든지 날 떠난다면 적어도 붙잡고 늘어지고 싶지 않았다.

"거짓말! 날 그렇게 생각했다면 내가 받은 고통은 왜 몰랐어? 왜 날 힘들게 버려뒀어? 그렇다 한들 내가 떠나지 않을 걸 당신은 알고 있었잖아!"

아내의 말이 옳다. 난 알고 있었는지도 모른다. 아내에 대해선 늘 자신감에 차 있었다. 아내는 나만 보는 눈을 가진 여자라고 여겼다.

평탄했던 결혼 생활은 아내의 불임 소식과 함께 깨졌다. 매일같이 아파 눈물을 흘리는 아내의 배란 주사를 말리지 않았다. 이렇게라도 우리 아이가 생긴다면 영원히 날 떠나지 않을 거라는 삐뚤어진 마음으로 아내의 치료를 방치했다.

난 사랑을 몰랐다. 그리고 지금도 사랑을 모르겠다. 어떤 감정과 행동이 사랑인지 다른 사람들을 봐도 모르겠다. 우리와 다를 바 없는 거 같으면서도 천지 차이가 나는 것 같다. 그래서 내 아내가 사랑하느냐고 물으면 확신해 줄 수 없다. 그리고 나 같은 놈에겐 사랑 같은 건 원래 없었을지도 모른다.

아내가 가슴을 쥐어뜯으며 운다. 목에서부터 터져 나오는 피울음 소리가 내 살갗에 박힌다.

"용서하지 않을 거야! 당신이란 남자, 내 인생을 당신의 비틀린 정신으로 망쳐 놓은 내 인생을! 절대 용서하지 않을 거야!"

아내에게 미안하다는 말도 나오지 않았다. 나란 사람은 미친 짐승이다. 한 여자를 이렇게 망쳐 놓고 내 희망만 보며 괴롭혔다. 죄를 받아야 하지만 아내를 잃고 싶지 않다.

나는 정말 미친 걸까? 나는 정말 정신병자이기에 아내를 탐하는 걸까?

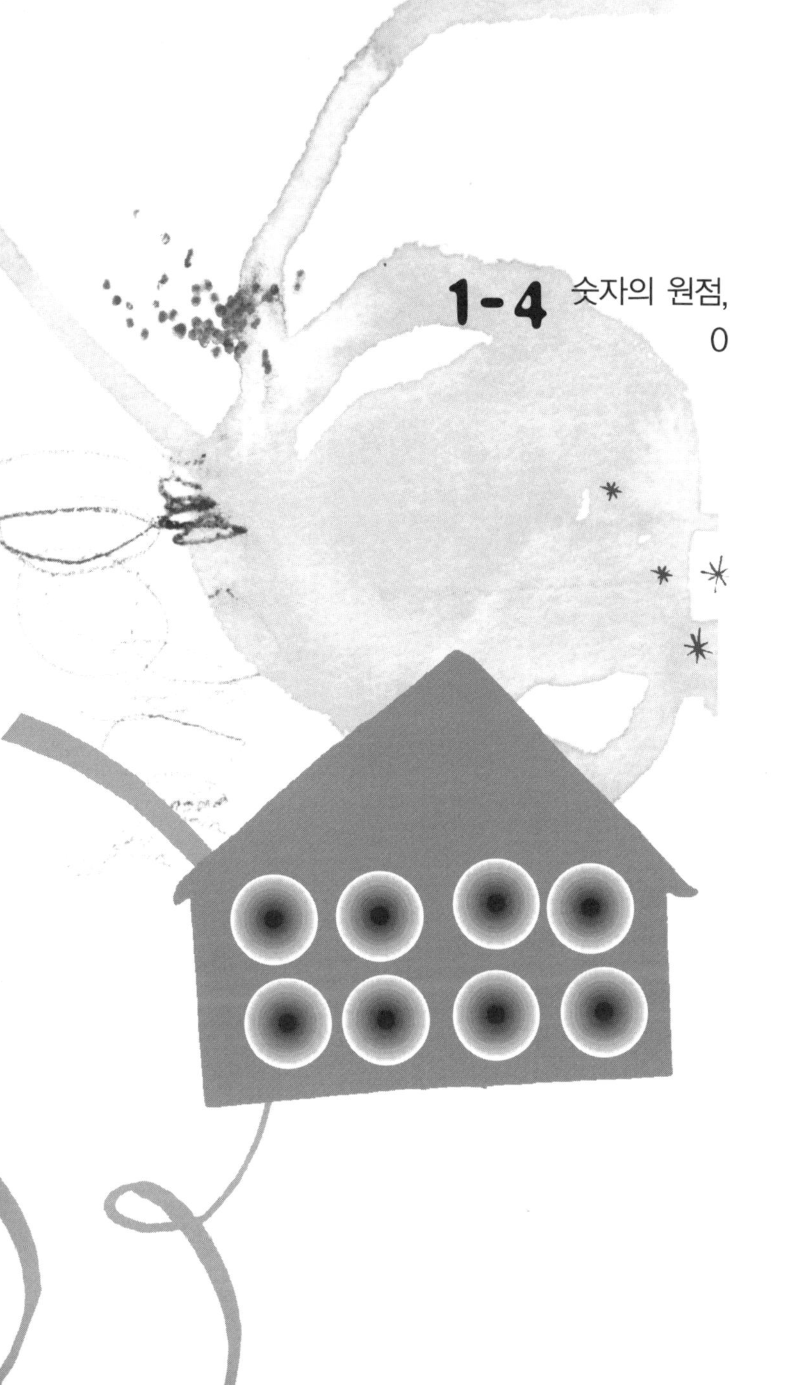
1-4 숫자의 원점,
0

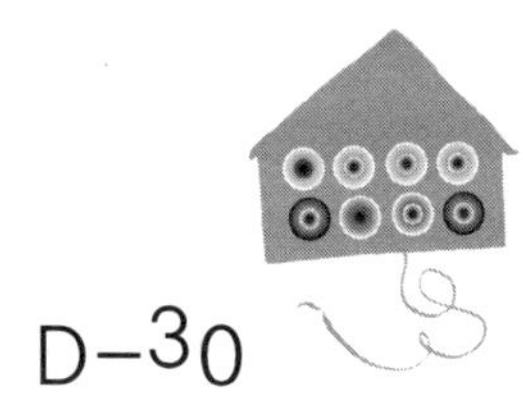

D-30

상처가 곪아 문드러진 채 새살이 돋지 못한 썩은 가슴을 가진 남자, 나이만 먹고 소태같이 쓴 가슴 그대로인 남자, 과거에서 벗어나지 못하고 휘둘리는 남자, 손 내밀 줄 모르는 바보, 내 앞에 무릎을 꿇었던 남자의 진실이었다. 이렇게 처음으로 들어난 남편의 추악한 진실은 낯부끄러운 줄 모르고 내게 다 내보였다.

모두 토해낸 남편의 입이 다시 굳게 다물어진 후, 난 죽어도 용서도 이해도 할 수 없는 남편이라 여기고 냉정히 돌아섰다.

"혹시라도 날 사랑한다는 말 할 자격은 당신에겐 평생 없어.

사랑에 자격이 필요하냐고? 필요해. 왜냐고? 당신은 당신 괴로움을 느끼면서 같은 상처를 가진 내 아픔은 보지 않았어. 당신이 그렇게 아플 동안 나도 아파서 죽을 것 같았었는데 날 외면했잖아. 이젠 끝이야. 날 당신의 미친 정신세계에 가둬놓고 맘대로 휘두르던 시간은 끝이야! 다시는 당신 보지 않을 거야! 미치려면 혼자 미치란 말이야! 왜 나까지 불행하게 만든 거야! 왜! 왜! 당신 지독히도 이기적인 남편이야. 난 이혼할 거야!"

내가 목이 터져라 악다구니를 퍼붓는 동안 남편은 나에게 잠시도 눈을 떼지 않았다. 그러고는 충격이 더해지고 더해져 심한 충격에 무너져 갔다. 그런 남편을 뒤로하고 난 집을 나와 버렸다.

미친놈, 날 속였어! 이건 사기야!

새벽녘, 지친 정신을 겨우 붙잡아 친정으로 돌아왔다. 고요한 거실에 홀로 넋 놓고 앉아 있는 날 아버지가 먼저 발견했다.

"돌아온 거냐?"

"네, 완전히 돌아왔어요."

아버진 날 소파에 앉히곤 장식장에서 술 한 병을 꺼내왔다. 독한 위스키를 잔에 가득 채워 아버지와 난 단숨에 비워냈다. 예전엔 대작도 자주 했는데 불임치료 받는다고 한동안 술을 끊어서인지 한 잔에도 벌써 가슴이 벌렁거린다.

"하고 싶은 말이 있는가 본데, 해보거라."

난 남편에게 들었던 모든 이야기를 어렵게 아버지에게 전했다. 한동안 아버진 잔에 술을 채워 마실 뿐 우리가 앉아 있는 거실엔 거친 숨소리만 울렸다. 한이 서려 억눌린 숨소리가 점령한 거실에서 난 울지 않으려 꾹 버텼다.

"사는 게 참 어려워. 이 나이쯤 되면 세상을 다 알 것 같았는데, 어째 점점 더 모르겠으니 말이다. 네가 그리된 게 다 내 욕심 탓이야. 더 가르치고 내 품에 나뒀어야 했는데, 남편 잘 만나 떵떵거리며 살라고 보낸 내 헛된 욕심이 부른 결과다. 내가 죄인이지. 아비라고 한 치 앞을 보지 못했으니 내 자식만 불쌍한 걸, 돌이킬 수 없는 걸 누굴 탓해. 내가 누굴 탓해. 아고, 이 답답한 속을 어찌할꼬. 내 자식 불쌍해서 이제 어찌 살아."

고개를 떨어뜨리며 가슴을 치는 아버지의 깊은 한숨에 참았던 눈물이 끝내 흐르고 말았다.

"아버지, 나 남편 잘못 만나 불쌍한 거 맞지? 난 원래 행복했어야 했는데……."

내게 짊어져 있는 짐이 안쓰러워 차마 말 못하는 아버지 가슴에 안겨 난 한참 동안 울기만 했다. 간간이 머리에 떨어지는 아버지의 뜨거운 눈물 때문에 더 쏟아지는 눈물은 어떻게 막을 수가 없었다. 너무 허무하고 어이없는 내 결혼 생활이 슬프고, 이런 딸로 아버지 가슴을 찌르는 가시가 되어 슬피 우는 것밖에 할 수 없었다.

이게 다 이정철 때문이야! 아니, 너무 편히 누리고 살려던 내 무지한 과욕 때문이다. 지금은 그냥 모든 게 다 억울할 뿐이다.

문득 이렇게 기대 울 가슴이라도 있는 난 남편보다 나은 게 아닌가 싶다. 혼자 텅 빈 거실에 있을 남편이 왜 떠오르는지 목구멍이 긁혀 나가는 듯 아프다.

며칠 심한 열병을 앓고 나니 남편을 조금 아주 조금은 이해할 수 있을 것 같았다. 막 싹이 움틀 나이에 겪었을 오열과 절망을 아는 난 남편이 참 딱했다. 아버지 말대로 전생에 뭔 죄가 그리 커 자식도 못 볼 나와 같은 운명으로 태어났는지 남편이 애처로웠다. 하지만 특별히 나만이 아닌 누구나 상처를 가지고 산다. 너도 아프고 나도 아프고 숨이 붙어 있는 한 우리는 고통의 연속에서 벗어날 수 없다.

내 가슴에 생채기가 났다고 남의 가슴이 갈가리 찢기는 걸 무관심하게 외면한다면 지독한 이기가 아닐까. 누구나 자신이 아픈 게 당연히 가장 크게 느껴지는 것이지만 남의 상처도 아우르며 살아가야 하는 게 아닐까. 그게 부부고 연인이고 친구며 모든 사람과 관계의 기본이 아닐까. 남편은 몸만 불쑥 커버린 어린아이와 다를 바 없는 것 같다.

내 결혼 생활은 이제 확실한 마침표를 찍기 시작했다. 정말 끝을 보고 나니 가슴 한가득 허전한 마음이 든다. 그렇게 아프면서 나한테 아프다고 한 마디라도 했다면 같이 갈 수 있었을 텐데, 미련도 아닌 괜한 생각이 머릿속에 들어찬다.

단칼에 떨어져 나갈 수 없는 남편, 이래서 부부였겠지.

아파트를 처분하기 위해 분당으로 가 부동산에 내놓았다. 남편의 동의는 없었지만 어차피 공동명의라 상관없을 것 같다.

지금 자기 처지에 나한테 반항했다간 죽지! 고스란히 돌려받을 거야. 한 푼도 손해 보지 않고 다!

분당 간 김에 집에 들러 내 짐을 꾸렸다. 아직 남편이 들어오지 않아 후다닥 짐만 챙겨 나오려고 했는데, 다신 들어오지 않을 집이 발걸음을 멈추게 해 괜스레 둘러보았다. 그동안 이곳에 들인 공이 아쉽다. 내 집이라고 얼마나 쓸고 닦으며 애지중지했던지 곳곳에 지난 나만의 행복이 양껏 묻어 있었다.

늦은 시각 짐을 차 트렁크에 넣어두고 가게로 향했다. 전면 창 안으로 매대에 기대 혼자 꾸벅꾸벅 졸고 있는 정우가 보인다. 저놈한테 가게를 맡긴 내 죄지! 그렇게 처자빠져 자면 손님이 참도 들어오겠다.

"아주 손님을 쫓아라, 쫓아!"

정우는 큰 소리에 놀라 벌떡 일어나다가 날 보고 다시 주저앉는다.

"웬일이냐? 다 죽어간다더니 얼굴이 핼쑥해졌네. 그렇게 볼 살이 빠지니까 이제야 사람 같다."

저 자식, 말이라도 못하면 밉지라도 않지. 내가 이 난리 속에서 살이 안 빠지면 정상이겠냐!

"포장마차 안 갈래? 소주 땅기지 않냐?"

"기껏 포장마차? 네 가게 봐주고 있는데 적어도 룸으로는 가야 하지 않겠냐?"

룸 좋아하고 있네. 그럴 돈 먹고 죽으라고 해도 없다!

"위자료 받으면 크게 쏠 테니 당분간은 소주나 마시자."

"실연엔 소주가 최고지. 가자."

실연, 친구란 놈이 어찌 저리 직설적일까. 아주 가슴을 후벼 파라.

포장마차가 눈에 띄지 않아 분당을 한 바퀴 다 돌고 나서야 겨우 찾을 수 있었다. 어쩐지 살면서 이 동네에 정이 안 갔어. 어쩜 이렇게 포장마차가 없을 수가 있나. 간신히 찾아낸 포장마차는 공터 위에 허름한 비닐 천막이 씌워진 곳으로 예전 대학 때 친구들하고 가던 곳과 비슷하다.

"소주 한 병하고 오돌뼈요."

기본 안주로 준 생오이랑 당근을 아작아작 씹어 먹고 있으니 벌건 양념이 된 오돌뼈가 호일 깔린 철판 위에 얹어져 휴대용 버너와 같이 간이 탁자에 놓여졌다. 세상에, 얼마 만에 먹는 건지 달달 구워지자 저절로 젓가락이 빨라졌다.

오돌오돌 입 안에서 돌다가 콱 씹으면 오도독 소리를 내며 으그러지는 이 맛, 게다가 달달한 소주까지. 캬, 좋다!

"빠졌던 볼살 다시 붙겠다. 작작 먹어라."

자기도 무지 먹고 있으면서 나한테 뒤집어씌우기는.

"술이나 따라라."

농담 따먹기나 하면서 술을 퍼마시자 어느새 술병이 다 비어
졌다. 그러나 우린 서로 눈치만 보며 하고 싶은 말을 쉽게 꺼내
지 못한다.

"야, 위자료 얼마 준대?"

그럼 그렇지. 네가 돈부터 관심 가질 줄 알았다.

"몰라. 아직 서류작성도 안 했어. 아버지가 변호사 통해서 한
다고 기다리래."

"네 남편은 이혼한대?"

"자기가 안 하면 어쩔 거야. 해야지."

"안 하면 뭐, 그냥 사는 거지."

말하는 꼬락서니 하고는. 네 마누라 얻을 때 두고 보자!

"내가 인생이 불쌍해서 살아줄려고 했는데, 괘씸해서 안 돼."

"뭐가 그리 괘씸해?"

흠, 뭐가 그리 괘씸하냐. 생각해 보면 겁나 많다.

"우리 시악마가 나 무지 구박하던 거 몰랐다는 거야. 그저 탐
탁지 않아하는 줄만 알았지 그렇게 시집살이당하고 있을 줄은
의심도 안 했단다. 내가 자기 엄마한테 얼마나 당하고 살았는
데, 재수없어."

"그래?"

"그렇다니까. 자기 엄마가 그럴 줄은 몰랐대. 생각지도 않고
있어서 눈치도 못 챘다는데, 자기 엄마는 무슨 교양의 교과서인

줄 아나. 웃기지 않냐. 왜 몰라? 자기가 관심없으니까 그렇지.”

“그리고?”

“내가 키가 조금 작잖아.”

“조금이 아니라 많이.”

에라, 이 솔직한 놈아. 내가 무슨 말을 하랴!

“그래. 그건 그렇다 치고, 어디 같이 나가면 자기는 다리 길다고 막 걸어간다. 그럼 난 쫓아가려고 거의 뛰다시피 하지. 다리 길이 차이 나는 거, 하루 이틀 사냐? 그래서 그걸 말했더니 뭐라는 줄 알아?”

혼자 억울한 걸 성토하다 보니 목이 탄다. 술잔을 몇 번째 비우는지도 모른 채 젓가락으로 간이 탁자를 두드려 가면서 열을 내는데, 포장마차 안에 우리밖에 없어 다행이다.

“뒤에서 힘들어하는 걸 알면서도 쉽지 않았대. 자기 마음이 내 옆에 설까 겁나고, 내가 마음이 깊어질까 봐 방어적이었다더라. 그러려면 뭐 하러 결혼하냐? 평생 같이 살려고 결혼하는데 옆에 서야지 뒤에서 나만 자기 쳐다보고 사나. 이러니 내가 억장이 무너지지.”

“개자식이네.”

원색적인 욕이 시원하긴 하지만 정우가 내 남편을 욕하자 기분 상했다.

“됐어. 그만 할래.”

쩝. 소주 맛이 왜 이리 쓰지.

“네 남편 편드냐?”

“뭔 소리야?”

“내가 네 남편 욕 했다고 뿌루퉁한 거 아냐?”

“아냐!”

“아니긴! 아직도 편드니? 정신 안 차릴래?”

그런 건 아닌데, 그냥 나만이 오로지 나만이 남편을 욕하는 사람이고 싶다. 다른 사람들에게까지 비난받게 하고 싶지 않다. 그러면서 정우한테 씹고 있는 난 뭐냐. 속 터지는 걸 어떻게! 그냥 쳐들을 것이지, 자기가 뭘 안다고 맞장구쳐.

“차렸어.”

푹 땅으로 꺼지는 내 목소리, 정신 차린 지 오래다. 그런데도 찌꺼기들이 걸려 있는 걸 어째. 말처럼 마음이 그리 간단하면 오죽 좋으리.

“언제 불임인 거 알았대?”

흠, 말하지 말아야 하는데. 남편이 그렇게 감추려던 걸 끄집어 술안주 삼으면 나도 똑같은 인간인 거잖아. 그래, 하면 나도 나쁜 년인 거다. 내 고상한 인격을 위해 참자.

“비밀로 해줄게. 네가 나한테라도 말 안 하면 답답해 어찌 사냐?”

이놈의 유혹, 팔랑귀 또 무지 팔랑거리게 하네.

“너 진짜 비밀로 해야 해. 응?”

너는 남자니까 알 수 있겠지. 너라도 나를 이해시켜 봐라.

“알았어.”

“대학 막 들어가서래.”

정우는 잔에 술을 따르다 말고 날 올려다본다. 잔에 술이 넘치는데도 놀란 정우는 모른다. 얘, 왜 이런다니?

“정말?”

“그렇대.”

정우는 넘친 술잔을 미안해하며 술병을 내려놓았다. 말없이 그저 축 처진 분위기로 어묵 국물만 수저로 휘휘 저었다.

“네 남편도 힘들었겠구나.”

“응.”

“힘들었고, 아직도 힘들어하지.”

또 우린 말이 없다. 우리가 이렇게 조용할 수 있다니 새삼 놀랍네.

“만약 네가 그랬다면 넌 어땠을 것 같아?”

정우와 내 남편은 많이 다르지만 궁금했다. 남자란 어떤 사람들인지 내가 이해 못하는 게 있는 걸까.

“미치지 않으면 다행인 거 아냐?”

“왜?”

“흠, 설명하기 어려운데.”

학교 다닐 때 공부도 잘하던 놈이 왜 설명하기 어려울까. 그게 그렇게 내 영역을 넘어서는 일인가.

“자존심이잖아. 남들과 같아도 바둥거리는데 내가 남들보다 부족한 걸 알면 그 나이에 심하게 충격이지. 지금도 별반 다르지 않겠지만 차라리 늦게 알았다면 받아들이는 폭이 커져서 나을지 몰라도, 그때 나라면 왜 나에게 이런 일이 생긴 걸까. 그런 생각을 하면 세상이 다 미워질 것 같아. 한마디로 시련이잖아. 생각해 봐. 본능이잖아. 쾌락을 위한 섹스만을 하지 않듯이 나라는 존재가 더 이상 이어지지 않는 무의미라고 할까. 의미없는 분탕질이 될 가능성도 높지.”

이해할 듯 말 듯 애매하다. 내 고통보다 크다고 믿지 않지만 내 남편의 고통을 외면할 수도 없다. 지치지도 않고 도돌이표처럼 분하고 화나고 억울하다가 남편이 불쌍하기도 하다.

“하지만 네 남편은 분명 잘못된 사람이지. 애초에 글러먹은 거야. 결혼이 뭔데? 왜 한 여자 인생을 불행하게 만들어? 무슨 자격으로? 자기가 아프다고 너까지 아프게 만든 거 막돼먹은 놈이야. 솔직하지 못한 놈들, 자기만 위해서 사는 놈들, 옆에 있는데도 보지 않는 놈들은 다 쓰레기야.”

“잊을 수 있을까? 죽여 버리고 싶은 생각이 들다가도 순간 남편을 잊을 수 있을까 고민이 돼. 그냥 의미도 없는 결혼 생활이었는데도 이렇게 헤어져도 되는 건가 싶어.”

“처음부터 잘못된 거였잖아. 다 지난 일에 미련 두지 마.”

그렇지, 돌아서면 되는 걸 왜 미련을 둘까.

“사랑은 그런 게 아닌가 봐. 그렇게 쉽게 아무렇지 않게 돌아서지지 않아.”

"그렇다고 같이 살 수 있어?"

"아니."

내 눈이 고장났는지 또 눈물이 나온다. 하나부터 열까지 다 틀어져 버려서 이젠 같이 산다면 지옥 같을 것 같다.

"용서할 수 있어?"

"……못할 것 같아."

"울지 마. 술 취한 사람 같잖아."

"정우야, 나 아파. 많이 좋아하고 사랑하면서도 이렇게 평생 못 살 것 같아. 어쩌면 좋아. 나 길을 못 찾는 미로에 들어와 있는 것 같아. 생각하면 할수록 머릿속이 꼬여."

난 지나치게 혼란스럽다. 죽도록 미우면서 미치도록 증오할 것 같으면서도 이젠 끝났다고 되새기면서도 남편이 문득문득 생각나 혼란스럽다. 밥은 먹었는지, 옷은 누가 다려주는지, 아까 더럽던 집은 누가 치울지 걱정하는 내가 바보 같다.

"나 너무 멍청해."

술에 취해 한참을 정우 앞에서 펑펑 울고 있는데 아버지가 나타났다.

"정우 네가 고생이 많구나. 미안하지만 앞으로 좀 부탁하마. 마음 잡기 그리 쉽진 않을 게야."

"걱정 마세요. 이럴 때마다 재깍 연락드릴게요."

탁자에 엎어져 울고 있는 날 아버진 말없이 등에 업는다. 차라리 혼이라도 내지 왜 이렇게 처량한 짓을 하냐고 호통이라도

칠 것이지, 무거운 날 업고 걸어가는 아버지 때문에 더 가슴이
찢겨진다.

"아버지, 미안해."

"너라고 안 힘들겠냐. 그게 사는 건가 보다 하고 살아."

"아버지, 이 서방 미워?"

"안 미우면, 예쁘겠냐?"

"예쁘진 않지. 근데 아버지, 나 잊을 수 있을까?"

"살다 보면 잊겠지. 이제부터 독하게 살아. 그럼 되지. 암, 내
딸인데 왜 못 살아. 보란 듯이 잘살 거야. 이 서방 보란 듯이 잘
살아야지. 내 딸인데, 내 딸은 할 수 있어."

아버지 등이 흠뻑 젖었다. 내 눈물과 아버지 땀이 섞여 축축
하다. 밤은 깊고 술은 취했는데 잠은 오지 않는다. 그래, 살다
보면 잊는 날도 오겠지. 그날이 내일이었으면 좋겠다.

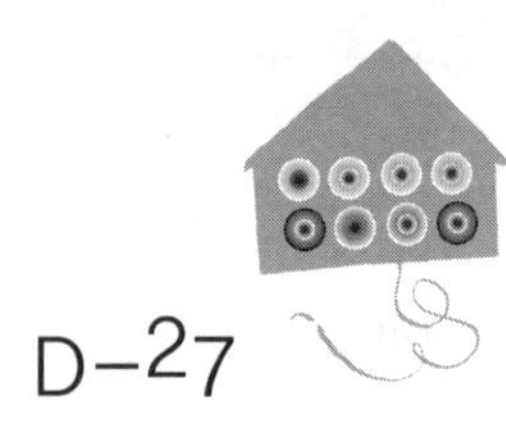

D-27

협의 이혼의사확인 신청서, 이혼신고서, 호적등본, 주민
등록등본.

난 이혼에 필요한 서류를 앞에 놓고 한자한자 꾹꾹 눌러 써
내려갔다. 웃기게도 친권행사자 지정이라는 칸이 텅 비었다. 텅
텅 빈 칸, 쓸쓸한 내 마음 같아 보이니 청승이다.

이혼 사유를 쓰는 칸을 보니 이유가 일곱 가지나 된다. 그중
정신적·육체적 학대와 성격 차이가 눈에 들어왔다. 학대, 뜻
모를 쓸쓸한 웃음이 난다. 그냥 성격 차이에 표시하자.

"경희야, 전화 왔어."

도우미 아줌마가 거실에 뒀던 휴대전화를 들고 쪼르륵 내 방

으로 들어왔다.

"아까부터 계속 오던데, 어서 받아."

휴대전화를 건네받아 액정을 확인하니 아찔했다. 시악마, 예상했던 뻔한 전화이면서도 괜히 입술을 깨물게 된다.

"어머님, 웬일이세요?"

달갑지 않은 내 목소리, 시어머니인 줄 알면서도 짐짓 낯설게 받았다.

[아가, 이게 어찌 된 일이야?]

잘난 아드님한테 물어보시지 왜 나한테 그런데. 쳇!

"무슨 일이요?"

[정철이 회사가 갑자기 부도가 나게 생겼단다. 사돈댁에서 이제껏 투자하셨던 돈을 회수한다고 했다는데 이게 뭔 일이니? 바깥사돈 어디 계시니? 내 전화를 피하는지 받지도 않으신다.]

"어머님, 이미 말씀드렸듯이 저희 이혼해요."

[아가, 내가 지금 널 이해 못하는 건 아니지만 멀쩡한 회사를 저렇게 쑥대밭으로 만들어놓으면 너는 잘될 것 같니?]

흥, 잘되면 어쩌시려고 저러나 두고 봐야겠다.

"어머님, 제가 돌려보낸 폐물들 택배로 받으셨죠? 하나도 빼놓지 않고 보냈으니 어머님도 챙겨 보내주세요."

[아가, 정말 이럴 거니? 정철이가 불임인 걸 숨겼다고는 하지만 차라리 잘됐지 않니? 너도 불임이고 정철이도 불임이니 재혼하기도 힘들 텐데 왜 그렇게 독하게 굴어. 이제부터 서로 이해

하고 잘살면 되지. 오죽 괴로웠으면 숨겼겠어. 네가 그것도 이해 못해주면 쓰니?]

그것도라니. 시악마, 내가 이래서 시어머니를 시악마라고 부를 수밖에 없다.

"어머니, 사기결혼이란 말 들어보셨어요? 아범 일은 제가 속았던 이 년이 넘는 시간에 대한 대가예요. 그리고 어머님이 만날 하셨던 애도 못 낳는 식충이라는 모욕에 대한 되돌림이고요. 정리는 확실하게 해야 하잖아요."

[아가, 그건 오해다. 내가 그때는 뭣도 모르고 그랬지. 정철이한테 문제가 있는지 알았다면 내가 너한테 그런 말을 했겠니? 내가 부탁하마. 회사만이라도 제발 놔두면 안 되겠니? 그 회사 키우느냐고 정철이가 얼마나 고생했는지 네가 더 잘 알지 않니?]

"저 몰라요. 그리고 그리 중요한 거면 더 하고 싶은데요."

아, 내 속엔 악마의 피가 흐르고 있었나 보다. 어쩜 이리 몸서리치게 할까. 나도 나한테 놀랍다.

[이런 못된 년! 너는 애 낳을 수 있어? 너도 애 못 낳는 몸으로 시집온 거 아냐? 나중에 밝혀진 건 마찬가지인데, 너도 말짱하지 않으면서 뭐가 문제야?]

휴, 한숨만 나온다. 전화를 이대로 확 끊어버릴까 고민이 든다.

"어머님, 전 애 못 낳는 몸으로 시집간 만큼 어머님한테 고스란히 미움받아 고생했어요. 그리고 처음엔 아이 낳을 가능성이 있던 몸이었어요. 씨 없는 남자랑 살다 보니 밭도 가물었나 보죠. 그러니 저한테 뭐라 마시고 그리 중요한 거면 아범보고 직접 와서 제 아버지한테 무릎 꿇고 싹싹 빌라고 하세요. 그게 더 빠를 거예요."

[뭐? 싹싹 빌라고? 배은망덕한 것 같으니라고! 내가 멍청한 년을 집에 들인 줄 알았더니 속이 시커먼 여우였구나. 됐다. 내가 돈이 없어서 그러는 줄 아니?]

"어머님, 지금 어머님이 아무리 현금 돌리셔도 그 액수는 못 채우세요. 그냥 제 아버지한테 어머님이라도 빌어보시든지요."

오오오! 강경희 나이스 샷, 아주 싸가지없다.

[너 아주 독한 애구나. 아무렴 내가 내 아들 회사 못 구하겠니. 요망한 것 같으니라고. 얼마나 잘살지 내 두고 보마.]

살벌한 말이 끝나자 전화가 툭 끊겼다. 통쾌해야 하는데 그다지 기분 좋지 않다. 이건 아버지가 강조하던 인성교육 탓이다. 만날 어른한테 예의 바르게 해야 한다고 가르쳐서 양심에 찔리잖아.

다시 본 이혼신고서에는 왜 이리 어려운 말이 많은지 컴퓨터를 켜 사천만의 구라장소 네이년에 접속했다.

〈복적/부흥할가가 뭔가요?〉

검색하자마자 주르륵 뜨는 걸 골라보니 이혼 후 호적 정정 시복적은 아버지 밑으로 다시 들어가는 것이고, 부흥은 독립이다.

그렇다면 당연히 아버지 밑이지. 내가 아버지 놔두고 독립한다고 했다간 경을 칠 텐데, 화는 일단 피하고 봐야 한다.

이혼신고서엔 혼인신고서랑 동일하게 두 명의 증인란이 있다. 그땐 큰오빠와 남편 사촌이 해준 것 같은데 이번엔 비워놓아야 할 것 같다. 뭐 좋은 일이라고 집안 식구 다 불러들이기도 꺼려진다. 변호사가 대신 채워주겠지 뭐. 패스~!

작성하다 보니 열 받는 게 최종 학력하고 직업은 왜 적으라는 거야. 별걸 다 나라에서 따지고 드네. 거참, 이혼 한번 하기 복잡하다. 복잡해.

휴대전화가 또 시끄럽게 울린다. 나리병원, 남편 사촌의 산부인과다. 아버지 완전 특급 태풍이시네.

[제수씨.]

다급한 남편의 사촌 목소리에 또 한숨만 나온다. 사실 이렇게 서로 칼날이 서는 일엔 평화주의자인 난 피하고 싶다. 하지만 이런 일들이라도 하지 않으면 난 할 수 있는 게 없다. 아버지가 해주지 않으면 되갚아줄 능력이 존재하지 않는다.

"잘 지내셨어요?"

[제수씨 친정의 고문 변호사라는 분이 왔다 갔는데, 이게 어찌 된 일입니까?]

어찌 되긴, 넌 황 된 거야!

"고소장 못 보셨어요?"

[제가 무슨 오진을 했다고 이러십니까? 분명 시술에 대해선 제수씨 동의서도 다 있고, 부작용에 대해선 제가 충분히 설명드렸습니다.]

"무리한 시술이었다는 증거 못 보셨나요? 의사 분이 그 정도는 아실 줄 알았는데, 전문의 불러다 대질할까요?"

아, 이 비난계의 새로운 별. 아무래도 나 이쪽 길로 나가면 대박 칠 것 같은 예감이다.

[무리한 시술이라뇨? 전 최선을 다한 겁니다.]

한 말이 없는 듯 최선을 다했다고? 그래 넌 다했겠지, 난 것도 모르고 좋다고 내 난자 다 뽑아줬으니 내가 병신이다.

"법정에서 그렇게 말씀하세요. 무리한 시술이 아니었다면 무죄겠죠. 뭘 그렇게 걱정하세요. 저는 더 이상 이씨 집안사람들하고 말 섞고 싶지 않아요. 전화 끊겠습니다."

[제수씨!]

급하긴 급한가 보다. 숨넘어갈 듯한 남편 사촌 목소리에 전화를 끊으려다 인자한 내가 참았다.

"왜요?"

[정철이가 원체 불임에 대해 비밀로 지켜달라고 해서 어쩔 수 없이 그랬습니다. 지금 정철이 정신 상태가 올바르지 않다는 걸 아시잖습니까? 괜히 분풀이한다고 정철이 망가뜨리지 말고 정도껏 하세요. 적당히.]

이런 미친 지랄을 해라. 나는 이미 망가졌는데 왜 남편은 망가지면 안 돼? 욕을 안 하려고 해도 이씨 족속들은 아주 욕먹을 소리들을 골라 한다.

"상관없어요. 저도 그리 좋은 정신 상태는 아니니까요. 다시는 통화할 일 없기를 바라요. 참, 한 번 더 전화하신다면 고소 취하 협박으로 여길 거니 알아서 하세요. 그럼 끊겠습니다."

진 빠지게 힘들다. 아무리 미워도 알던 사람에게 냉연하긴 여간 어려운 일이 아니다. 이대로 정말 법으로 간다면 시간이 오래 걸릴 텐데 내가 잘 버틸 수 있을까. 아니, 버텨야 한다. 가진 능력 하나 없이 아버지 손 빌려 쓰는 주제에 마음이라도 독해야지. 그럼 독해져야지!

"경희야, 사모님이 부르셔."

엄마가 들어오면 되지 거실에서 여기가 무슨 천리길이라고 나오라고 하냐.

"엄마 왜?"

"바깥사돈 쓰러지셨단다."

시아버님이 왜, 설마 그럴 리가 없다. 우리 마음 약해지라고 하는 괜한 수작일 거야. 안 믿는 게 아니라 못 믿는다.

"누가 그래?"

"장 박사가 방금 전에 구급차로 실려 온 거 봤다네."

"왜?"

"모르지. 연락만 왔어."

"신경 쓰지 마. 어차피 이혼할 거잖아."

말은 독하게 해도 마음이 쓰이는 건 어쩔 수 없다. 그래도 마음을 다잡으려 독하게 말을 내뱉었지만 뱉어낼수록 마음만 더 불편해진다.

"그래도 어른이 쓰러지셨다는데, 이 서방한테 전화라도 해봐. 아무리 미워도 사람이 아프다는데 모른 척하는 것도 도리가 아니야."

"도리는 무슨! 싫어."

"그럼 내가 할까?"

"엄마, 왜 그래? 나 이 서방 싫어."

"그래도 한이불 덮고 산 부부고 며느리였는데, 아직 도장 찍기 전이니 전화만 한 통화해. 안 그럼 내가 한다."

저놈의 고집, 도리, 예의! 다 지켜봤자 나만 만만한 사람 취급받지.

"나중에 할게."

"내가 볼 때 해."

안 그래도 심란해 죽겠는데, 진짜 화딱지나!

"알았어."

집 전화로 남편의 휴대전화 번호를 눌렀다. 머리도 나쁜데 이 번호는 어찌 이리 잘도 기억하는지. 신호음이 길게 울릴 뿐 받지 않는다. 그냥 받지 마라. 편하게 안 받으면 돼.

[여보세요?]

에구, 애초에 우리는 텔레파시라는 게 없다. 그럼 그렇지!

“나.”

[잘 지내?]

맥없는 목소리, 차라리 당당한 당신이 더 어울려. 잘 그러고 살더니 단번에 왜 기죽어서 그래.

“응. 아버님 쓰러지셨다면서?”

[쇼크래. 어떻게 알았어?]

“그 병원에 아버지 주치의 계시잖아. 장 박사님이 저번에 어머님 편찮으실 때 보셨는데 기억하셨나 봐.”

[그랬구나.]

“아버님 지병도 없으셨는데 왜 갑자기 쓰러지신 거야?”

[나 때문이지 뭐.]

자식이 원수다. 그래, 없이 사는 나나 남편은 이런 맘고생 평생 안 하고 살 테니 편하겠지.

“괜찮아지실 거야. 원래 정정하셨잖아.”

[곧 깨어나시겠지.]

“그래. 간병 잘해.”

[경희야.]

부르지 마. 나 전화 못 끊잖아. 왜 사람 애간장 녹이듯 다정하게 불러.

“왜?”

[한번 보자.]

“싫어.”

[내가 찾아갈게.]

"왔다간 아버지 손에 죽어. 오지 마."

우리 아버지 폭력 장인으로 신문에 날 일 있니. 긁어 부스럼 만들지 마.

[그럼 밖에서 보자.]

"나중에, 지금은 싫어. 생각도 하기 싫고."

[집이 엉망이야.]

내가 도우미 아줌마니, 어쩌라고!

"그래서?"

[그냥 네가 있을 때가 좋았어.]

나도 그 집 살 때가 좋긴 했어. 다는 아니더라도 참 행복했던 때가 있었어. 그런데 돌이키기엔 이미 늦었지.

"밥 잘 챙겨 먹고, 옷 구질하게 입고 다니지 마. 사업하는 사람이 구저분하게 다니면 손해나잖아. 단지 입구에 있는 세탁소 내가 잘 가던 곳인데, 거기 가서 우리 집 호수 대고 맡기면 집에 있는 시간에 배달해 주거든. 아니면 경비실에 맡아달라고 부탁하든지. 아버님 쾌차하시면 연락하든지 해. 끊을게."

전화기를 후다닥 끊어버렸다. 말하고 나니 너무 구차하다. 이놈의 습관, 어련히 알아서 잘할까. 나도 걱정이 팔자고 오지랖만 넓다.

"어떻대?"

혀를 쯧쯧 차며 묻는 엄마, 딸내미 표정 안 보이우? 속상해 죽겠고만 산통 다 깨네.

"쇼크라는데 곧 깨어날 거래."

"아들이 그 모양인 걸 알았으니 그럴 만도 하지. 외아들인데 오죽 충격이 크겠어. 그 집도 안됐다."

"팔자지 뭐."

죄 없는 엄마한테 나도 모르게 톡 쏘아버렸다.

근데 불임이면 죄인 거야? 왜들 그렇게 못 잡아먹어 안달이야. 그냥 어쩔 수 없는 거잖아. 원해서 걸리는 병도 아니고 고칠 수 있다면 좋지만 안 되는 거 어쩔 거야. 그냥 사는 거지. 아이 못 낳는 우린 사람도 아냐? 우리도 아파. 우리도 힘들고 아프고 원하지만 안 돼서 쓰린 가슴 누르고 산다고!

"그래. 다 제 팔자지."

"몰라. 내 가게도 못 가고 집구석에 틀어박혀 있으려니 답답해 죽겠어!"

왜 엄마한테 이토록 성질내는지 내가 더 잘 안다. 아버지한테 개기면 혼나지만 엄마는 항상 끌어안으니 만만해졌다. 내 기분이 요상하다고 엄마한테 성질내는 딸, 엄마도 속상할 텐데 자꾸 마음하고 따로 노니 나도 환장하겠다.

"경식이 저녁에 올 거야. 어디 나가지 말고 집에 있어."

어라, 오늘 막내 오빠 제삿날이네. 아버지한테 죽도록 맞아봐라. 만날 남편 편들더니 막판 뒤집기에 제대로 당했지. 아주 꼴 좋다.

"응. 꼭 집에 있을게."

저녁에 정말 몰랐다는 오빠의 변명은 먹히지 않고 '아이고, 이러다 우리 아들 죽네'라는 엄마의 과장된 연기가 나올 때까지 오빠는 흠씬 혼나고 얻어터졌다. 다 큰 아들 때려도 죄다 피하고 아버지가 슬슬 시늉만 하는 게 내 눈에 다 보이는데, 확실히 오빠나 나나 애물단지다. 그러고 오빠는 내게 사과했다.

"나 정말 정철이가 그런 놈인 줄 몰랐다. 나도 배신감 느끼거든. 그러니 너도 이 오빠 오해하지 마. 사실 걔가 처음엔 너랑 동급은 아니었잖아."

사과랍시고 하는 말하고는, 됐다. 안 들은 척하련다. 지금은 뭐 동급이냐. 한 대 더 맞아야 정신 차리지.

퍽!

아버지 손바닥이 내 의중을 알고 오빠의 뒤통수를 강타했다. 소리가 엄청 큰 것이 이번엔 제대로 맞은 듯해 고소하다.

"아버지, 왜 저한테만 그러세요. 저도 피해자예요."

피해자라…… 가해자는 누구고 피해자는 누구일까. 그렇게 이분법으로 나눌 일일까. 남편은 우리 집의 공공의 적이 되었고 아버진 그에 응당한 조치를 하나하나 취하고 계셨다.

아버지를 말리려는 마음 조금 들다가도 외면하는 나는 잘하는 걸까. 몰라. 지금은 내 속이 시원한 게 우선이다.

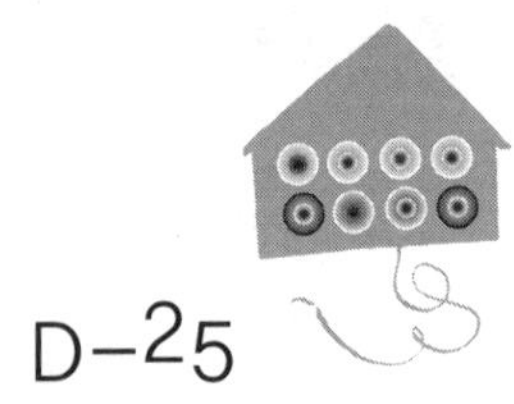

D-25

결혼으로 인해 가족에 더해진 남편과 시댁 식구들, 이렇게 맺어진 인연은 나 혼자 뒤돌아선다고 쉽사리 끊어지지 않는 것 같다. 밉고 꼴 보기 싫어도 계속 주변에 맴돌고 그들을 걱정하는 걸 보면 애초에 결혼이란 서로 깊이 얽혀 홀가분하게 털어낼 수 없는 상흔이 된 듯하다. 더구나 내 아버지가 감기만 걸려도 밤새 걱정돼 잠을 이룰 수 없는데, 아무리 '시' 자라지만 아버님을 모른 척하기 힘들다. 혹시 크게 아프신 건 아닌지, 아직 도장 찍지도 않았는데 찾아뵈어야 하는 게 도리가 아닌지 싶은 갈등에 머리가 어수선하다.

급매로 집을 내놓아선지 며칠 만에 부동산에서 연락이 왔다.

당장 살 사람이 있으니 집을 보여달라는 말에 순간 주저하고 말았다. 막상 팔린다니 찝찝해 망설이는 반면 점점 마지막을 향해 한 발자국씩 더 빠르게 뛰어가는 것 같다. 걸어가도 될 일을 굳이 뛰어가고 있는 나, 잘하는 걸까. 시간을 보니 지금 출발해야 집 보러 온다는 시각에 늦지 않을 텐데 왜 이리 발이 떨어지지 않는지 모르겠다.

현관에 있는 아버지 차 키를 슬쩍 가져가려고 소리 나지 않게 조심히 방문을 열었다.

"병원에 경희 보내야 하지 않아요?"

"장 박사는 뭐래?"

욱하던 화가 가라앉은 부모님도 시댁을 걱정하고 있다. 그러게 나도 가봐야 하지 않나 한참 고민했지만 답이 없다. 어느 쪽이든 지금은 모두를 다 불편하게 만들 뿐이다.

"쇼크라는 게 원래 특별한 증세는 안 나타나잖아요. 아직 기력을 못 차리신다나 봐요."

"애들이 좋게 갈라서는 것도 아니고 굳이 보낼 필요 있을까? 그쪽에서도 반가워하지 않을 테고 서로 얼굴 붉혀야 좋을 거 없잖아. 사부인 성깔에 경희 봤다가는 가만두지 않으려고 할 텐데 괜히 경희만 또 상처받는 거 아닌가 걱정도 되고."

아버지가 내뱉는 깊고 무거운 한숨에 고심이 실려 있다. 살금살금 집을 나가려다가 방문 앞에 붙어 서서 부모님 대화를 엿듣는다. 툭 터놓고 얘기하지 못하니 이렇게라도 같이 고민해 보자는 심사다.

"우리도 경희를 생각해서 그럼 안 되는 거 아닌가 싶어요. 처음 경희 소식 듣고 당신이나 나나 얼마나 힘들었어요. 그쪽도 금쪽같은 자식 때문에 저러는데, 역지사지로 봐야지요. 그리고 당신도 너무 이 서방네 몰아붙이지 마요. 젊은 사람 앞으로 살여지는 뒤야죠. 내가 당신 모르는 거 아니지만 이러다 끝까지 갈까 걱정돼요."

하여간 엄마는 너그러운 부처 같은 사람이다. 내 살이 썩어 들어가도 남의 긁힌 상처를 볼 줄 아는 엄마라 아버지가 조언을 구하는 일이 많겠지. 나도 지금 보고 있는 걸까. 나만 아프다고 하는 건 아니겠지.

"경희 가슴에 독이 차지 말라고 하는 거지. 그렇게라도 해줘야 저것도 억울하단 생각 잊고 살 거 아냐. 저 나이에 벌써부터 가슴에 한 쌓이면 앞으로 제대로 살기 힘들어. 당신도 알잖아. 저게 내 성격 고대로 닮아 제 분이 풀려야 살지 담아두지 못하는 거. 나도 마음 편치 않아."

"이 서방이 어째 그런 사람이었는지 아직도 믿어지지 않아요."

엄마가 믿고 싶지 않은 거겠지. 눈앞에 펼쳐져 있는데 왜 못 믿겠어. 엄마도 나처럼 미련이 남아서 그래.

"그래서 열 길 물속은 알아도 한 길 사람 속은 모른다잖아. 나쁜 자식 같으니라고. 진즉에 말했으면 이렇게까지 안 됐을걸."

"그러게요. 뒤늦게 탓하면 뭐 해요. 그저 잘 마무리하고 서로 잘살면 되죠. 너무 마음 상해 마세요."

진즉이라, 가정을 하면 뭐든 안 풀리는 일이 있을까. 가정이 가정으로 끝나고 지난 시간이 되돌아오지 않으니 문제다.

"남의 눈에 눈물 나게 하면 자기 눈에 피눈물 난다고 다 이 서방 몫이야. 경희 저것도 철 좀 들겠지."

피눈물, 순간 남편이 안됐다는 생각이 들었다. 상처 가득 담고 쓰라려 하면서 사는 남편도 불쌍하지. 몸만이 아니라 마음까지 아팠을 남편을 생각하면 기운이 빠진다. 여보, 잘 지내? 아니, 내가 미쳤나. 누굴 걱정하는 거야!

생판 남에게 집을 보이려니 불안해 조금 일찍 분당에 도착했다. 아파트 단지 앞 세탁소에 확인하니 우리 집 호수로 맡겨진 옷이 없었다. 집 안도 얼마나 엉망일까. 며칠 동안 집안일에 손을 놓아선지 치울 생각 하니 귀찮은 한숨만 나온다. 확실히 게을러지는 건 순식간이다.

아파트 입구를 지나가다 우편함이 눈에 띄었다. 다 비어 있는데 우리 집 통에만 잔뜩 쌓여 있는 하얀 봉투들. 별거없는 맨 고지서들뿐이다.

제때 안 내면 연체료 붙는데 이놈의 남편은 알고 있기나 한건지. 내가 없으면 좀 챙겨야지, 어째 이리 무심한 거야. 애고, 이걸 챙길 정신이 있다는 것도 우습지. 어차피 다 남편 앞으로 나오는 것들인데 모른 척 내지 말고 버텨볼까. 흐흐, 이정철 신용불량자 되다! 나도 눈살 찌푸리게 유치해진다.

그러나 현관문을 열고 들어간 나는 내 눈을 의심할 수밖에 없었다. 집 안이 말끔하게 치워져 있었던 것이다. 집이 엉망이라며 전화까지 해대더니 싹 치워놓은 깔끔한 척의 대명사, 이정철답다.

주방에 들어가 보니 냉장고에 붙어 있는 메모가 보였다.

〈안에 있는 음식물은 다 버리고 전원 빼주세요.〉

도우미 아줌마 불렀었나 보네. 냉장고 안을 치우고 바로 문 닫았는지 열자마자 고약한 냄새가 진동한다. 생각해 보니 이 집을 나가기 전부터 냉장고 속을 들여다보지 않아 상한 음식물들이 제법 됐을 거다. 싱크대 밑에 뒀던 참숯을 꺼내려는데 갑자기 부스럭거리는 소리가 났다. 텅 빈 집에서 잘못 난 소리일 수가 없는데 난 움직이지도 못한 채 겁을 먹고 혹시 또 들려올 소리를 기다렸다. 그리고 계속되는 부스럭 소리에 놀라 손에 잔뜩 잡은 참숯을 냉장고에 던지듯이 집어넣었다. 그리곤 천천히 소리가 나는 방문 쪽으로 가 살짝 문을 열었다. 그런데! 방 안에선 남편이 벌거벗고 옷장의 옷들을 바닥에 내팽개치고 있다.

헉! 왜 저래. 미친 거야? 옷이라도 걸치지 보기 흉하게 뭔 짓인지 가지가지 한다.

남편은 방문이 열린 줄도 모르고 여전히 물이 뚝뚝 떨어지는 나체로 씩씩거리며 옷을 헤집어놓는다. 가까이 가기 두려운 화가 보이는 건 내 눈이 이상한 걸까. 옷을 끄집어내는 손길 하나하나가 너무 거칠어 분노에 차 있는 것 같다. 그동안 성질 한 번 내지 않던 남편이다. 언성 높이는 것조차 싫어하던 남편인데 무엇 때문에 저렇게 화가 난 걸까. 설마 나?

"여보, 뭐 하는 거야?"

겁먹은 내가 문틈 사이로 얼굴만 밀어 넣고 묻자 남편의 휘두르던 손이 멈췄다. 자기도 창피하긴 하구나.

"여보, 거기 옷도 많은데 좀 입어주면 안 될까? 보기는 좋지만 좀 부담되거든."

남편은 내 말을 못 들은 건지, 아니면 반항심리인지 나체로 침대에 힘없이 걸터앉는다. 남편의 벗은 몸을 봐도 예전 같지 않다. 몸이 달아오르지 않는 걸 보니 어쩔 수 없이 나도 변했다. 영원한 건 절대 없는 걸까.

"무슨 일 있어?"

"수건을 찾을 수 없어. 아무리 뒤져도 나오지 않아."

내 참, 욕실장 두 번째 서랍에 있는 걸 왜 침실에서 찾아선 이 난장판을 만들어놓는지 황당하다. 차근차근 생각하고 찾으면 될 걸 엄한데 화풀이하곤 우울포스 작렬하기는, 이 답답한 사람아!

"것도 못 찾아?"

성큼 침실로 들어가 욕실장에서 수건과 목욕가운을 찾아다 가져다줬다. 건네받는 남편의 손이 덜덜 떨리고 있다. 찬물로 목욕했나, 왜 이러지. 남편이 목욕가운을 입으며 날 보는 눈빛이 잔뜩 겁먹은 아이와 같다. 전혀 예기치 못한 남편의 새로운 모습들을 마주하는 난 답답하다. 내 남편의 진실은 이렇게 약했던 걸까. 뭘 위해 그동안 그리 얇은 껍질 속에서 숨었던 걸까.

"네가 없으니 수건 하나 못 찾는 게 너무 기막혀. 너 없다고 어느 것 하나 제대로 돌아가지 않고 헤매고 있는 게 너무 웃기다구. 네가 없다고 내가 이렇게 흐트러질 줄 몰랐어. 정말 몰랐어. 이렇게 될 줄은 전혀 몰랐어."

그러게 있을 때 잘하라고 했건만 지난 시간 내가 얼마나 잘해줬는지 이제 기억나 아쉬운가 보다. 이젠 그냥 남편과의 일들은 묻어두고 싶다. 다시 꺼내 들쳐 아파하고 싶지 않고 마주하는 것도 버겁다.

"왜 이렇게 되는 게 없을까? 억울하진 않은데 힘들어."

남편은 바닥에 어질러진 옷을 주섬주섬 집어 든다. 난 아직 억울한데, 남편은 억울하지 않다고 한다. 남편은 왜 모든 걸 체념한 듯 발버둥 한 번 치지 않고 받아들일까. 너무 빠르게 인정하는 남편이 괜히 야속하다. 아, 내 마음도 무지 오락가락하고 있다.

"아버님은 괜찮으셔?"

남편은 대답 않고 옷장에 되는 대로 옷을 쑤셔 넣는다. 그 행동이 억지스러운 게 일부러 날 피하는 티가 역력하다. 저 사람을 꾹꾹 누르고 있는 것들이 벗겨져 가벼워졌으면 좋겠다.

"아버님 금방 회복하실 수 있대?"

평상시엔 낮에 집에 들어오지도 않으면서 가는 날이 장날이라고 하필 이렇게 마주치니 곤혹스럽다. 지난 이 년간 오로지 남편만이 내 세상이라 여기며 사랑했지만 지금은 보고 있자니 가슴이 아프다. 끝을 생각하지 않았던 내 지난 시간이 이렇게 흉하게 되어 온몸을 찌릿찌릿 저리게 만든다.

시아버님이 어떻기에 남편이 저리 되었는지 궁금해 대답을 기다리다 내 마른침이 꿀꺽 넘어갔다. 쥐 죽은 듯 조용하던 침실엔 작은 내 소리가 도리어 크게 울렸다. 뭔 침이 그리도 많이 고였는지 되게 민망하다.

"푸하하하."

갑자기 남편이 미친 듯이 웃는다. 정신병동의 환자같이 몸을 앞뒤로 심하게 흔들며 열린 옷장의 문을 잡고 웃는다. 그러나 웃음도 잠시, 남편은 몸을 돌려 나를 본다. 이 남자 정말 광돌이 된 거 아냐? 아 씨, 구급차를 불러야 하나.

내가 안절부절못하자 남편은 성큼 다가와 내 얼굴을 큰 손으로 부여잡는다.

"너 진짜 귀여운 거 알아?"

헉, 내가 귀여운 건 알긴 하지만 이 상황에 그 말이 어울리니!

"여보, 혹시 앞에 막 환영이 보이거나 몸이 붕 뜨거나 그러지 않아?”

“미치지 않았어. 그냥 긴장한 네가 재밌어서.”

미친 게 아니라면 왜 저럴까. 오랜만에 남편의 얼굴이 코앞에 있으니 어색하다. 날 붙잡고 있는 남편의 손이 너무도 찬 게 혹 병이라도 든 것이 아닌가 걱정된다.

내가 시선을 피하자 남편은 뒤로 물러나 침대에 털썩 걸터앉는다.

“병원 갔다가 담당 의사를 만났어.”

아이고, 남편 표정이 꽤 심각한 게 시아버님 병세에 괜한 불안이 든다.

“아버님 많이 안 좋으신가 봐?”

“아버지 말고 내 담당의.”

엑, 고새 어디 아픈 건가. 사고치고 다니기는!

“당신 담당의도 있었어?”

“정신과 담당 의사. 예전에 내가 요양원 갔을 때 담당하셨는데 서울로 오셨더라고.”

남편이 웬일로 자기 이야기를 먼저 꺼낼까. 생전 묻지 않으면 대답도 잘 안 하더니 심경의 변화가 단단히 생긴 것 같다.

“안 본 지 한 팔구 년 된 거 같은데, 복도에서 지나가는 날 단번에 알아보고 붙잡더라. 처음엔 누군가 하고 의아했는데 하필 그분이더라고. 우연도 참.”

원체 남편이 잘생겼어야지, 그러니 기억할 수밖에 없겠지. 혹시 의사가 여자?

"결혼했냐고 묻기에 했다고 했지. 결혼한 지 이 년 다 됐다니까 묘하게 쳐다보는 게 날 불편하게 만들었어."

남편은 앉은 채 몸을 잔뜩 웅크리며 말한다. 지친 게 역력한 목소리로 날 바라보지도 않고 혼잣말마냥 말을 내뱉는 남편의 곁으로 다가갔다.

"어떻게 쳐다보는 게 묘한데?"

그 의사는 왜 이상하게 쳐다봐서는 이 모양으로 만들어놓았다니.

"그냥 자격지심이지 뭐. 어떻게 결혼했는지 궁금한 눈빛이었어. 문제가 있으면 언제든지 찾아오라고 하는데, 그 말이 넌 결혼했다면 꼭 문제가 있을 거라는 말같이 들리더라. 병실에 돌아와서 가만히 생각해 보니, 그 의사는 아마 알았던 것 같아."

"뭘?"

"내가 자존심 때문에라도 절대 불임이라는 걸 말하지 않을 거라는 걸 말이야. 그때도 이건 병뿐이라고 강조했지만 난 병으로 받아들이지 못했거든. 상담 중에 난 장애인이라고 말했다가 몇 번이나 의사에게 혼났었어. 고자가 결혼이라, 그 의사도 놀랐겠지. 그런 콤플렉스 덩어리가 결혼했다니 아무 문제 없다는 게 오히려 더 이상한 거겠지. 왜 너한테 그토록 숨겼는지 곰곰이 생각해 봤어. 넌 나에게 솔직한 마음을 다 보여줬는데 왜 난 말하지 못했을까. 아니, 왜 말할 생각조차 안 했을까. 결론은 왜인 줄 모르겠어."

그래, 그래야 오만한 당신답지.

"근데 문득 결혼 생활이 나에게 너무 편안했다는 생각이 들더라. 너무 만족스럽고 네가 옆에 있다는 게 나에게 자신감을 불어넣어 주었어. 날 병신으로 알지 않았으면 하는 마음과 날 사랑하는 그 눈빛 그대로 널 옆에 놔두고 싶었어. 날 버릴 수 없도록 차라리 내가 날 사랑했으면 하는 생각도 했었지. 노력은 하나도 안 하고 나만 생각했었어. 널 안을 때마다 나타나는 반응에 나도 다시 남자가 된 기분이 들고, 정말 이 정도로도 충분하다 생각했어. 남자로서 다시 어깨를 당당히 폈는데, 나의 상태를 알면 당장이라도 떠날까 봐 말하지 않았어. 내 안에서 넌 만족한 채로 살 수 있을 거라는 생각도 했고. 정말 속일 의도는 아니었는데 나만 보는 널 놓치고 싶지 않았어. 떠날 걸 알면서 말할 만큼 자신도 없었고 날 보는 네 사랑스러운 눈빛이 변하는 게 싫었어. 나 지금도 이기적인 거 알아. 그리고 넌 이제 내 옆에 있고 싶지 않다는 것도 알고."

그래, 알면 됐다. 더는 바라지 않을 테니 그렇게 알고 있으면 돼.

"경희야, 내가 뭘 해야 하니?"

그걸 나한테 물으면 내가 뭐라고 대답해야 하는데! 남편은 서서히 고개를 들어 나와 눈을 맞추었다. 마주하는 두 눈이 남편에게 고정되는 이 순간이 괴롭다.

그런 눈으로 보지 마. 잔뜩 움츠러들어 겁먹고 자신없는 듯 날 쳐다보지 마. 당신은 잘난 이정철이야.

"경희야, 내가 어떻게 해야 할까?"

남편은 갈 길 잃고 헤매는 애처로운 사람 같다. 그래서 더 내 남편이 아닌 것 같다. 원래 이렇게 나약한 사람이었던가.

"경희야, 이렇게 힘들 줄 정말 몰랐다."

남편은 바닥에 껌딱지라도 묻었는지 고개를 숙인 채 한 곳만 응시하며 눈을 떼지 않는다. 남편도 생각이 많을 수밖에 없겠지. 사면초가의 남편에게 다가가 한번 안아주고 싶은 충동이 들었다.

"경희야, 나 안아줄래?"

어라, 우리가 텔레파시가 통하는 사이는 아니었는데 별일이다. 여기서 약해지면 안 된다. 우린 이미 끝났는데, 정신 차리자, 강경희! 구질하게 굴지 말고 뻥 차버리곤 멋지게 살아보는 거야!

"집 내놨어. 조금 있다가 집 보러 온대."

그 말에 남편이 침대에서 벌떡 일어난다. 먼저 말하지 않아서 미안하다고 해야 하는데, 자존심 때문인지 말이 나오지 않는다.

"집 내놨어?"

놀란 남편의 표정이 부담스럽다. 이건 이혼 순서를 밟아가는 것뿐 아무 의미 없는 거다. 의미없는 일에 찔린 듯 아파하지 말자.

“어, 며칠 전에.”

“왜?”

왜라니, 정말 몰라서 물어?

“정리해야지.”

“이혼은 안 돼.”

남편은 아직도 정신을 덜 차린 것 같다.

“지쳤어. 싸우고 싶지 않아. 당신 거 도장 줘.”

“누구야, 누가 너에게 이혼하라고 시켰어!”

이 남자, 미쳤나 봐. 눈빛이 제정신이 아닌 것 같다. 핏발 가득 선 눈으로 날 향해 한 걸음 한 걸음 다가올 때마다 두렵다. 이정철은 사라지고 다른 사람이 내 앞에 대신 서 있는 것 같아 겁난다.

“이정철, 당신이 이혼하라고 시켰어!”

“아니야!”

남편이 성큼 다가와 내 양 팔뚝을 잡는다. 힘이 잔뜩 들어간 남편의 손아귀 때문에 아리다. 하지만 내 팔을 잡은 손은 떨리고 있다. 남편의 눈동자도 심하게 흔들린다.

“아니긴 뭐가 아냐! 날 속였고 버려뒀잖아!”

“아니야!”

“거짓말! 입만 열면 거짓말! 이젠 안 속아!”

“다시 시작할 수 있어. 경희야, 이젠 안 그럴게. 정말 다시는 안 그럴게.”

"필요없어."

무의미한 약속, 늦었다는 걸 인정하고 싶지 않은 당신 자존심이겠지.

"넌 나만 봤잖아. 아니야?"

그래, 봤지. 지금도 그래. 하지만 더는 보고 싶지 않은 걸 나더러 어쩌라고!

"경희야, 한 번, 딱 한 번만 다시 생각해 봐. 이대로 헤어질 순 없어."

"이대로 헤어질 수 없으면 어떻게 할 건데?"

날 데리고 당신은 뭘 하겠다고, 얼마나 더해야 그 욕심덩어리들을 버릴 건데!

"그래도 이혼은 안 돼."

"난 해. 죽는 한이 있어도 해! 나도 아파. 당신만큼 나도 아파. 말 안 했다고 난 수월했는지 알아? 그만 하자고. 서로 아프니까 그만 보고 살자는데 왜 이래!"

"그래도 안 돼."

"미친놈."

단호한 남편에게 반사적으로 욕이 튀어나왔다. 이기주의자, 너만 세상에서 가장 중요하니!

"당신 회사 때문에 그러니? 아니면 사촌 때문에? 내가 모든 걸 덮어주면 이혼해 줄 거야?"

"경희야."

"부르지 마. 부르지 마! 듣기 싫어! 부르지 말라고!"

"경희야, 행복하게 해줄게. 앞으로 내가 정말 너 행복할 수 있게 해줄게."

"이래서 당신 안 보려고 했어. 안 보고 조용히 끝내고 싶었어."

"이혼하면 우린 정말 끝이야. 다시 되돌릴 기회도 없어. 만날 수도 없고, 너에게 용서를 빌 수도 없어."

"필요없어. 되돌리고 싶지도 용서하고 싶지도 않아. 그리고 다시는 당신 만나고 싶지 않아."

내가 너무 독하다. 입 안을 깨물고 거친 숨을 참았더니 피 맛이 돈다.

"내가 잘할게. 네가 용서할 수 있도록 앞으로 정말 잘할게."

"이러지 마. 제발 이러지 마. 우리 그냥 헤어져. 그게 서로를 위해 좋아. 보기만 해도 아프잖아. 난 당신 보면 아파서 싫어."

"다른 사람 생긴 거야?"

두려운 표정으로 조심스럽게 묻는 남편을 향해 난 웃었다. 미친 듯 가슴에서부터 울려 나오는 웃음을 참지 못하겠다. 이렇게까지 비참해지고 싶을까. 당신도 나와 같이 바닥을 쳐야 우리가 끝이 나는 걸까.

"여보, 누구일 것 같아?"

"미안해."

남편의 손이 내 팔에서 힘없이 떨어져 나갔다. 돌아선 큰 키의 남편이 휘청거린다. 휘청휘청 걷는 남편의 모습이 우리 같다. 그래, 딱 우리다.

"미안하다. 내가 잠시 정신이 나갔었나 봐."

"왜 그래? 잘한 거 하나 없으면서 이제 와서 미안하다는 말로 해결 안 되잖아. 우리 사이가 지금 애 때문에 이 모양이면 그래, 차라리 잘된 거라고 하자. 막말로 진즉에 당신이나 나나 포기했으니까. 아이만 보면 경기하듯 치를 떠는 당신이나 이젠 봐도 부럽지도 않고 덤덤해진 나나 끼리끼리라고 여기고 살면 되지. 하지만 우린……."

우린, 그 뒷말을 해야 하지만 목이 메어 말이 나오지 않는다.

"우린 뭐?"

"우린 애초에 믿음도 신뢰도 없었어. 앞으로 당신 말 얼마나 믿을 수 있을까? 감쪽같이 이 년을 넘게 말하지 않고 모른 척했던 당신인데, 앞으로 몇 십 년 살면서 다른 일은 다 말할 거라고 어떻게 믿어? 혹 감추는 게 없을까, 씨 없는 남자라 뒤탈없으니 다른 여자 만나고 다니는 건 아닐까. 이런 고민해야 하는 결혼 생활이 좋아? 그렇게 하고 싶어? 사랑한다고 붙잡는 것도 아니고, 너 없으면 숨을 못 쉰다는 것도 아니고, 나한테 절절하지도 않는 당신하고 살 수 없어! 지난날을 다 묻고 다시 일어서서 당신과 행복할 자신 따윈 절대 없어."

남편이 뒤돌아 날 본다. 행복할 자신 없는 나와 행복하게 해 주겠다는 남편, 우리가 서로를 바라보는 몇 발자국이 너무 먼

시야 같다.

"경희야, 내 사촌이 어찌 되든 그건 나랑 상관없어. 그건 내 사촌이 너에게 잘못한 짓이니 당연하지. 하지만 너까지 떠나지 마."

"제발! 제발! 날 놔주라고!"

"왜! 왜 날 꼭 떠나야 하는데! 왜!"

"당신은 날 사랑하지 않으니까. 사랑받으며 살고 싶어졌어. 사랑."

남편은 서 있던 자리에서 주저앉듯 무릎 꿇는다. 낮아진 남편, 숙여진 고개, 아직도 남편은 몸을 떨고 있다. 이 사람 겁쟁이였다. 겁이 너무 많아 차마 저지르지도 못하는 소심한 겁쟁이!

"용서해 줘. 잘못했어. 너 떠나면 나 못 살 것 같아."

아, 정말 우리 이렇게까지 추해야져야 하는 건가. 우리가 너무 추해서 눈물이 난다. 너무 추해서!

"일어나. 어떻게 하든 이젠 내 마음 절대 변하지 않아."

한 발 다가가 쭈그려 앉아선 남편을 일으켰다. 남편의 눈에 눈물이 고여 있다. 그때였다. 밖에서는 벨을 누르는 소리가 들렸다. 나가서 문을 열어야 하는데 차마 일어날 수가 없다.

"집 보러 왔나 봐. 얼른 옷 챙겨 입어."

남편은 돌아 나가려는 내 팔을 잡아끈다. 끌려가지 않으려 아무리 힘을 줘도 끝내 남편 품 안에 갇혔다.

"이거 놔. 나가봐야 한다고!"

"안 돼."

"내가 애완견이야? 하지 말라고 하면 안 하게! 돈 없는 당신하고 살고 싶지 않아. 다 잃어버린 쭉정이랑은 싫어!"

남편의 품 안에서 아무리 발버둥 쳐도 힘으로 날 꽉 안고 있어 소용없다. 벨소리가 또 집 안에 울린다.

"경희야, 네가 날 다시 사랑할 수 있도록 노력할게. 사랑받고 산다는 생각 들도록 잘할게."

사랑엔 때가 있다는 말이 뼈저리게 와 닿는다. 늦은 남편의 노력은 귀에 들리지 않는다. 멈추어진 벨소리가 한 번만 더 울리길 기다린다. 하지만 아무리 기다려도 벨은 울리지 않는다.

방 안에선 난 남편에게 안겨 있고 우린 숨만 쉬고 있을 뿐이다. 멈추어진 공간에서 멍하니 앉아 있는 우리가 무엇을 되돌릴 수 있을까. 신이 아닌 우리가!

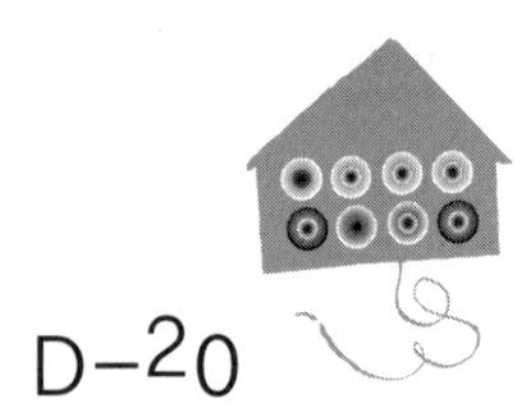

D-20

남편의 무의미한 약속은 머릿속에 남지 않았다. 그저 스쳐 지나가는 말처럼 잊어버렸다. 순간을 위한 영원히 없듯이 그날의 처연했던 남편도 지워 버렸다. 잔흔조차 남기지 않으려 남편이 떠오르면 눈을 감아버린다. 머릿속에 떠오르면 거세게 흔들어 떨쳐 내버린다. 잊는다는 건, 생 뼈를 깎는 것만큼 고통스럽다.

정우가 급한 일이 생겨 더는 가게를 봐줄 수 없다기에 분당으로 내려왔다. 처음보다 드나드는 손님들이 많아져 하루가 정신없이 지나갔다. 간간이 든 남편 생각을 제외하곤 뭘 했는지 모를 정도로 바빴다.

“사장님, 저 퇴근해도 돼요?”

나와 어색한 직원이 주뼛거리며 물어 시계를 보니 벌써 여덟 시가 넘었다.

“뒷정리는 제가 할 테니 퇴근하세요.”

“그럼 내일 봬요.”

가벼운 발걸음으로 신나게 걸어나가는 직원을 보곤 웃음이 났다. 퇴근하는 게 그리도 좋을까.

“경희 씨.”

“어머, 이게 얼마 만이에요.”

간판 불 끄고 가게를 정리하는데 인식이 들어왔다. 아, 저 꽃 미소도 오랜만에 보니 정말 반갑다.

“그동안 여러 번 들렀는데, 어떻게 된 거예요?”

어라, 정우는 그런 말 안 하던데. 이놈이 은근 질투 화신이라 니까.

“뭐, 이런저런 일이 좀 있었어요. 잘 지내셨죠?”

“우리, 이야기 좀 할까요?”

요새 나만 보면 이야기하자는 사람들 많네. 어쩌다 내가 이리 인기인이 됐을까.

만날 도장 찍던 단골 가게 테라스. 늦은 시간임에도 불구하고 산책 나온 다정한 부부들이 거리에 즐비하다. 쳇!

“무슨 이야기를 하고 싶었어요?”

“그냥 어떻게 지내나 궁금해서요. 며칠 전 부동산에 들렀는데 경희 씨 댁이 나왔다더라고요.”

호호, 유부녀에게 관심 가지지 말라니까.

“인식 씨는 모르는 게 없네요. 친정으로 들어가려고 내놨어요.”

“이혼하는군요.”

내 귓가에 바닥에 부딪친 심장의 울림이 들린다. 이혼, 이미 기정사실이 되어버린 일인데 남에게 들으니 왜 이리 충격적일까.

“그렇게 됐어요.”

“잘 모르지만 힘내요.”

“모르면 그런 소리 말라는 말 들어본 적 없죠?”

인식이 또 머리를 긁적인다. 다음에 인식을 만나면 비듬제거용 샴푸를 사주든지 해야지, 되게 찝찝하네.

“힘내고 말 거나 있나요. 어쨌든 고마워요. 근데 어디서 들었어요?”

“엊그제 정우랑 술 먹으면서 들었어요.”

모든 원흉은 정우다. 이놈 오기만 해봐라. 확 다리몽둥이 분질러 버릴 거야!

“저 그만 가야겠어요. 나중에 연락드릴게요.”

인식이 불편한 적은 없었는데 마음이 팍팍해서 그런지, 오늘은 꽃미소도 그다지 환해 보이지 않는다. 꽃돌이 약효는 끗발없나 보다.

주차하고 집에 들어가는데 힘이 하나도 없다. 가게에서 번 돈으로 두둑한 핸드백에 웃는 것도 잠시, 그냥 한숨만 푹푹 나와 축 처진다. 왜 이리 사는 게 재미없을까 싶다가도 그냥 재미없다.

"이 서방, 이러지 말게. 그만 하고 다른 날 보는 게 좋겠어."

대문을 막 닫고 돌아서는데 진땀 빼는 엄마의 목소리가 들린다. 이 서방이라면 내 남편인데? 이 사람이 또 뭔 사고를 친 거야!

후다닥 계단을 올라가니 정원에 남편이 무릎 꿇고 앉아 있다. 진짜 왜 저런다니! 남의 일인 양 거실 창으로 아버지가 남편을 내려다보고만 했다. 무슨 대치상황도 아니고 뭣들 하는 건지. 정말 나를 말려 죽여라!

"엄마, 이 사람 왜 이래? 여보, 뭐 해?"

"아까 저녁 먹고 텔레비전 보고 있는데 나타나서는 몇 시간째 이러고 있다. 네 아버지한테 전해줄 게 있다는데 들어오지 말라고 하도 호통을 치니 여기 앉아 있는 거야."

"그럼 엄마가 받아가지, 왜 여기 앉혀놓고 그래."

"나한테는 안 준대!"

남편은 꿈쩍 않은 채 아버지만 바라볼 뿐 옆에서 떠드는 우리에겐 신경도 안 쓴다. 어휴, 인간아! 속을 썩이다 못해 아예 뭉그러뜨려라.

"여보, 내가 전해줄 테니 이만 가. 아버지 안 나오실 거 알면서 왜 이런 무모한 짓을 하고 그래. 그리고 나도 당신하고 별로 마주치고 싶지 않으니까 이만 가."

"내가 직접 전해 드릴 게 있어."

"내가 준다고! 가라고! 가!"

남편의 팔을 잡아 당겨도 좀체 움직이지 않는다. 키만 큰 줄 알았더니 몸이 무슨 쇳덩이도 아니고 마징가제트냐. 겁나 무거워서 힘 다 빠지네.

"가! 가라고! 보기 싫어. 이렇게 해도 나 당신하고 더 이상은 안 사니까 가라고! 지긋하지도 않니?"

"장인어른께 드릴 말이 있어. 부탁해."

이 인간이 소 쇠심줄을 삶아 먹었나. 내 말을 더럽게 안 처먹네. 애고, 내 팔자야.

"오늘 늦게 경석이 온다고 했어. 이 서방 보면 난리도 아닐 텐데 이를 어쩌니."

헉, 큰오빠! 성깔 더러운 큰오빠 오면 진짜 사단나고도 남는다. 안 그래도 나 이혼한다고 펄펄 끓어오르는 열을 주체 못하는데, 살리는 셈치고 얼른 내보내야겠다.

"여보, 내가 아버지 설득해서 당신 만나보라고 할 테니까 그만 가라. 큰오빠 온다잖아. 당신 정말 그러다 큰일나. 뻔히 성질 알면서 왜 그래.”

“오늘 꼭 장인어른 뵈어야 해. 오늘 아니면 안 돼.”

“진짜 당신 때문에 내 명에 못 살아. 아주 그냥 나를 말려 죽여라, 죽여!”

엄마는 한숨만 쉴 뿐 어쩌지 못하고 발만 동동 구르고 있다. 나도 아버지를 쳐다만 볼 뿐 어쩌지 못하겠다. 정말 미치고 팔짝 뛰겠다는 말이 이리 와 닿을 때가 딱 지금이다.

“기다려.”

발바닥에 불붙은 듯 집 안으로 뛰어들어 갔다. 그래, 차라리 그렇게 해서 큰오빠 오기 진에 보내야지. 세상에서 시악마 다음으로 큰오빠가 젤 무섭다.

“아버지!”

“네 아버지 아직 안 죽었다. 왜 그리 급하게 불러.”

“한 번만, 딱 한 번만 나가봐 주세요. 할 말이 있는데 오늘 해야 한대요.”

“뻔한 말 들을 필요 없어.”

“들어보지 않고 어떻게 알아요. 이 서방, 실없는 사람 아니잖아요. 한 번만, 응?”

아버지 팔짱 끼고 슬슬 구슬리니 마지못해 끌려 나온다. 딸내미 애교에 안 넘어오면 내 아버지가 아니지.

“무슨 할 말이 있기에 이 난리를 부리는 건가?”

아버지가 등장하자마자 남편은 양복 윗주머니에서 하얀 봉투를 꺼내서 아버지께 건넸다. 아버지는 의아한 눈빛을 하며 봉투 안을 보았다. 곁눈질로 보던 난 순간 깜짝 놀라 남편을 바라봤다.

"웬 돈인가?"

"투자하신 금액 중 남은 부분입니다. 오늘 회사 1차부도 처리되었습니다. 그동안 도와주신 만큼 더 드리고 싶지만 지금 제 상황에서 최대한 모은 금액이오니 섭섭해하지 않으셨으면 합니다."

남편은 파상공세에 끝내 버티지 못했다. 자기나 챙길 것이지 뒤늦게 이걸 가져와서 뭐 하겠다고, 미련한 사람.

"알았네. 그만 가게나."

"장인어른, 그간 감사했습니다. 덕분에 어려운 사업체 무난히 끌어왔었습니다. 그 은혜 잊지 않겠습니다."

"알면 됐네. 앞으로 자네도 보란 듯이 잘살게나."

바보, 힘들게 키워놓은 사업체이니만큼 한 번만 용서해 달라고 매달려야지 어쩜 저리 사람이 대나무 같을까.

"장인어른."

"왜 그러는가?"

"마지막으로 절 올리고 물러가겠습니다."

남편은 저린 다리로 비틀거리며 일어나 아버지에게 큰절을 올렸다. 아버지 또한 갑작스러운 남편 때문에 어정쩡하게 반절하고는 돌아서 빠르게 집에 들어갔다. 엄마도 눈치를 보다 쪼르

릌 뒤를 쫓아간다. 사위는 백년손님이라던데 대접도 못 받으면
서 끝내 저리 돌아서는 남편을 보니 짠해 죽겠다. 남편은 고루
고루 내 속을 뒤집어놓는 재주를 가졌다.

"누가 저 사람 집에 들였어?"

큰오빠의 곤두선 목소리에 몸이 부르르 떨린다. 신이여, 오늘
만상형통하게 급 축복을 주면 아니 되시려나요.

"가려고, 방금 간다고 일어나려고 했어. 그치, 여보?"

남편은 아직 정원에 엎드려 있다. 얼른 팔을 잡아 올리지만
장시간 무릎 꿇고 있어서인지 걸음이 온전치 못하다.

"잘 지내셨습니까?"

남편아! 큰오빠 눈에서 레이저빔 쏘아대는 거 보고도 지금 인
사할 정신이 있냐.

"자네 때문에 못 지냈네."

"죄송합니다."

부축하고 있는 남편의 팔을 당기자 날 따라 느리게 걷는다.
그래, 어서 가자. 가. 뒤통수가 따끔거리게 째려보는 큰오빠 때
문에 마음은 급한데 발은 한참 더디다.

"넌 어디 가?"

"이 서방이 잘 못 걷는 것 같아서 요 앞에까지만 데려다 주려
고……."

"들어와."

"어?"

“들어오라고.”

우씨, 하나는 쩔뚝거리고 하나는 째려보고, 나보러 어쩌라고! 오늘 내 제삿날인가.

“아니다. 이 서방, 나 좀 보세.”

“오빠, 이 서방 지금 가.”

남편의 팔을 놓고 가라고 등을 떠밀었지만 또 안 움직이다. 제발 말 좀 들어라. 내 말은 아주 씹어 먹는 껌이냐!

“이 서방!”

“네.”

아니, 큰오빠가 아버지야? 어따 대고 언성을 높여. 좀 웃기네.

“자네 때문에 신세 망친 내 동생, 어떻게 할 셈인가?”

내가 설마 큰오빠한테 밥 먹어달라고 할까 봐, 별 걱정을 다 하네.

“드릴 말씀이 없습니다.”

“자네 때문에 우리 집안 꼴이 얼마나 우스워졌는지 알고나 있나?”

남편은 말이 없다. 그래, 나라도 할 말이 없겠다. 아버지는 아직도 거실 창으로 우릴 내려다볼 뿐 별다른 움직임이 없으시다.

열다섯 살 차이가 나는 큰오빠, 교수라고는 하지만 불같은 성격은 아버지보다 백만 배 더 심하다. 저 성격으로 학생들을 어찌 가르치는지 모두 고개를 절레절레 젓지만 안 잘리는 걸 보니 이중인격자이다.

"이 서방, 이혼하곤 절대 이쪽으로 고개도 돌리지 말게. 괜한 미련 보였다가는 가만두지 않을 줄 알아."

흥, 아버지보다 아주 치 떨리게 더한 독종.

"저희, 이혼 안 합니다."

펑, 폭탄 터졌다.

"자네, 지금 안 한다고 했나? 경희, 네가 말해봐."

"아냐, 우리 이혼해. 하기로 했어. 이 서방이 지금 좀 어렵고 그래서 정신이 혼미해서 말 실수한 거야."

"똑똑한 줄 알았더니 자네도 별수없군."

남편은 고개를 푹 숙이고 만다. 그러게 왜 안 가고 버텨서는 이 험한 꼴을 당해. 내 말 들으면 자다가도 떡이 떨어지지, 인간아!

"저희 문제는 알아서 저희끼리 풀겠습니다. 관심 감사하지만 그만 거둬주심이 옳다는 생각이 듭니다."

오늘 우리 집 정원에서 불꽃놀이 하는구나. 팡팡, 터진다. 터져!

"알아서? 그래서 사기결혼 하고 사촌이란 작자는 멀쩡한 여자를 불임으로 만들어? 그 난자를 가지고 불법연구도 했다던데. 짜고 친 거 아냐?"

"절대 아닙니다. 저도 몰랐던 일이고 그 일에는 무지했던 제가 깊이 사죄드립니다."

"그렇겠지. 사기꾼이 나 사기 쳤다고 말하고 다니는 거 자네는 봤는가?"

"말씀이 심하십니다."

큰오빠야, 안 그래도 힘들어 죽겠는데 왜 이러니. 좋게 헤어지자고!

"나는 요새 아주 창피해서 고개를 못 들고 다니겠어. 어디 감히 너 같은 놈이 우리 집을 한순간에 웃음거리로 만들어? 근본 없는 것들하고 씨가 안 섞인 게 다행이라고 여길 테니 이혼하게. 두 번 말하기 싫으니 내 말을 듣는 게 좋을 거야."

해도 너무한다. 당사자도 아닌 오빠가 내 남편에게 이럴 수는 없다. 상처를 줘도 저렇게 쑤셔 헤집어놓는 말들만 골라 하는지 내가 다 가슴이 찢어지는 것 같다. 난 오빠 복이란 눈곱만큼도 없이 자랐는데 왜 이제 와서 난리야. 자기 체면이 우리 상처보다 그리 중요하면 없는 사람 취급하든지.

"그만 해! 이 서방도 속상해. 오늘 회사 부도 났다는데 오빠까지 왜 난리야? 오빠가 아버지도 아니고 그렇게 심한 말 할 자격 있어?"

"이게 어디서 오빠한테 바락바락 대들어?"

"이 서방 씨 없는 게 오빠한테 죄야? 뭐라 그래도 내가 뭐라 그래. 왜 나서, 나서길! 왜 나서서 아픈 사람 가슴을 그렇게 헤집어놔!"

"돈 바리바리 싸들고 시집가서는 이혼이나 하는 주제에. 부모님이 떠받드니까 앞뒤 모르는 천방지축이지. 네가 뭘 잘했다고 지금 어디서 언성을 높여?"

"그래, 나 못났어. 못나서 못난 남편 얻어서 인생 뒤집어졌어. 그래서 오빠가 뭔 상관인데? 내가 오빠한테 돈을 달라고 해, 아니면 내 인생 책임져 달라고 해? 왜 이 서방을 쥐 잡듯이 잡아. 이 사람도 불쌍한 사람인데 오빠가 나서서 왜 짓밟아. 왜!"

찰싹! 내 뺨에 오빠 손이 닿았다. 화끈거리는 뺨에 손을 대고 오빠를 노려봤다. 세상에, 나 아버지한테도 여태껏 맞아본 적 없는데 오빠가 날?

"왜 때려? 오빠가 뭔데? 왜! 오빠가 뭐라고 우리를 이렇게 함부로 대하는 건데! 우리가 오빠한테 뭘 잘못했다고! 그깟 애 낳는 게 참도 유세다! 왜, 아예 우리 죽이지? 그렇게 창피하면 우리 죽여. 아픈 사람한테 오빠도 그러는 거 아냐. 이 서방 나한테 잘못했을지 몰라도 오빠한테는 티끌만큼도 잘못한 거 없는 사람이야! 제발 함부로 하지 말라고!"

내가 계속 바락바락 대들자 오빠가 또 손을 든다.

"죄송합니다. 나중에 찾아뵙겠습니다."

남편은 오빠 앞으로 날 막아서고 집 밖으로 끌고 나왔다.

"왜 찾아와서 사람 초라하게 만들어. 왜! 이래서 당신하고 못 살아. 이래서 나 당신하고 못 산다고!"

"미안하다. 정말 미안해."

"멍청아, 아버지한테 잘못했다고 빌어야지. 그래야 당신도 살 거 아냐. 이왕 헤어지는 거면 그 돈 안 돌려줘도 누가 뭐라 안 하는데 왜! 이 바보, 멍청아. 왜 사니? 그냥 죽자. 당신이나 나나 이리 사느니 그냥 죽자고!"

남편의 가슴팍을 주먹으로 치며 쏟아져 나오는 말을 마구잡이로 다 뱉어냈다. 한참이나 내 모진 소리를 다 받아주던 남편은 입을 열었다.

"깨끗해야 너도 홀가분하게 새 출발할 것 같아서."

쾅, 머릿속이 터지는 것 같다. 새 출발, 누구랑?

"새 출발? 내가?"

"나 같은 놈 용서하지 말고."

"용서 안 해! 누가 하기나 한대? 됐어. 가!"

안과를 가든지 해야지 왜 눈물이 폭포수처럼 쏟아지는 거야. 뒤도 돌아보지 않고 성큼성큼 집으로 들어왔다. 씩씩거리는 오빠가 들어오는 날 노려본다.

"나한테 말 걸지 마. 오빠가 아니라 오빠 할아비라고 해도 오늘은 상대하고 싶지 않아."

방문을 거세게 닫고 들어와 이불을 뒤집어쓰고 소리를 내질렀다. 왜 우는지 모르겠다. 왜 남편 편을 들었는지 모르겠다. 그리고 왜 내가 화를 내고 있는지도 모르겠다. 아무것도 모르겠지만 너무나 슬프다.

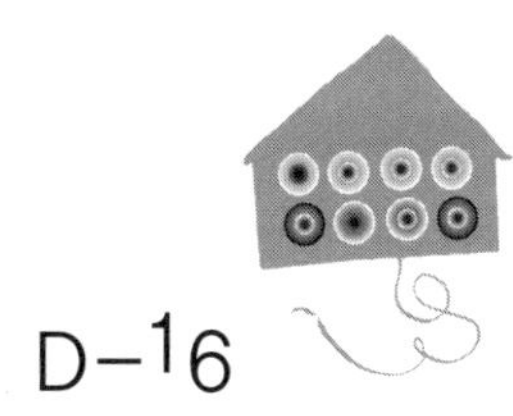

D-16

〈갑자기 자금난에 시달린 취공(翠空)테크가 최종부도처리 됐다.

취공테크는 지난 15일 기업은행 강남중앙지점에 돌아온 24억 원의 만기도래 약속어음을 막지 못해 1차부도가 났고, 18일 영업시간 안에 이를 막지 못해 최종부도처리 됐다. ……(중략)……지난해 'IT신화'로 불리며 반도체로 세계최초 특허와 기술개발 투자유치까지 받던 취공테크가 불과 몇 주 사이에 심각한 자금난을 맞은 것을 증권가에서도 의아해하며 노심초사하게 후속여파를 지켜보고 있다.〉

어제 날짜의 경제신문을 또 들춰보다 내려놓고 창밖을 봤다.

싱그럽고 평화로워 보이는 한가한 토요일 오후다. 계절은 이제 나뭇잎들을 춤추게 하고 선선하고 햇살은 한없이 너그럽다. 하지만 내 마음은 아직 살이 타 들어가는 뙤약볕 아래 놓여 있으니 시간만 흐르고 말았다.

연달아 오빠들이 집으로 들이닥치던 바람에 골머리 썩은 엄마는 몸져누웠다가 이제야 방을 나온다. 오빠들이 얼마나 닦달하던지. 내가 이혼하는 거지, 자기들이 이혼하나. 굳이 가족이란 이유로 내 이혼을 짊어질 이유도 없는데 왜들 그리 난리들인지 이해가 안 간다. 어차피 인생, 홀로 가는 거야!

"봤니? 끝내 이 서방이 못 막았나 보더구나. 너라도 말렸으면 달라졌을 텐데, 둘 다 뭔 고집들인지. 이 서방도 안쓰러운 사람이야."

"놔둬. 이래야 서로 질려서 안 보지."

"어째 우리 식구들은 하나같이 이리 독할까."

독한 게 아니라 발버둥이다. 정말 독하다면 이렇게 다같이 가슴에 생채기 내지 않고 미련없이 무시한다. 하지만 난 그게 안 된다. 나도 괴롭고, 남편도 괴롭고 다같이 괴로워 죽을 만큼 헐떡거리며 처절해져야 돌아서는 미련한 사람이 나인 걸 어째.

"오빠들은 별말없어?"

"내 자식들이지만 하나같이 성질머리가 왜들 그리 야박한지. 신경 쓰지 마. 제들이 잘나봤자 얼마나 잘났다고 집안이고 체면을 들먹거려. 아버지한테 제대로 혼나봐야 정신 차릴 것들이지."

“엄마, 다들 그래. 그래도 오빠들 나름 걱정하잖아. 붙들고 위로할 성질이 안 되니까 더 화나서 그러는 걸 뭐.”

“세상 눈이 이혼녀에게 곱지 않아도 가족이니까 감싸줘야지. 감히 어디서 타박이야. 하도 기막혀서 말이 안 나온다. 내가 그리 키웠나 싶은 게 정말 자식 다 소용없어. 너도 마찬가지야. 알아?”

엄마는 그렇게 말하곤 은근슬쩍 신문을 들고 가 휴지통에 버려 버린다. 보고 또 보고 온종일 들여다본 걸 알고 있었나 보다. 괜히 난 머쓱해져 머리를 긁었다. 어라, 이건 건물 주인하고 똑같은 짓이잖아. 나도 비듬제거제를 사야 하나.

“엄마, 영화 보러 갈까?”

“다 늙어서 뭔 영화관이야. 그리고 케이블에서 다 해줘서 돈 아까워.”

“엄마 영화 보러 가는 거 좋아했다면서?”

“누가 그래?”

“아버지가.”

“그랬지. 내가 수원 바닥에서 좀 놀긴 했어.”

또 엄마의 거만한 젊은 시절 레퍼토리 나오네. 가만 보면 난 내 무덤을 파는 것 같다.

“어구, 우리 엄마 그랬어요?”

“야, 말도 마라. 내가 수원 남문 앞에 있는 극장에 도착하면 다들 나만 봤어. 그때 14인치 나팔바지 한 벌로 맞춰 입고 고고

장 가면 죽음이었지. 그땐 막걸리 팔았거든. 그거 마시면서 신나게 흔들면 열 시가 훌쩍 넘어. 그럼 또 네 외할아버지가 만날 차부에서 기다리고 있으니 놀다 말고 후다닥 뛰쳐나가는 거야. 막차가 열 시 십오 분이니."

묻지도 않은 옛날이야기라지만 엄마 기분도 안 좋은 것 같으니 들어주지 뭐.

"택시는 비싸서 엄두도 못 내니까 죽어라 뛰어서 막차 타고 갔지. 그럼 겨울에 외할아버지가 눈 왔다고 다음날 출근하는데 눈 들어간 축축한 구두 신을까 봐 그 길 다 치워놓고 기다리고 계셔. 사실 그래서 제대로 놀지 못했지."

아버지도 나 학교 다닐 때 비나 눈 오면 항상 차로 데려다 주고 그랬는데. 부모는 다 비슷한가 보다.

"그러다가 네 아빠 만나서 요렇게 살고 있지. 그때 영자의 전성시대를 안 봤으면 다른 남자랑 살고 있을 텐데 말이야."

오호, 이건 또 새로운 사실이네.

"왜?"

"그때 영자의 전성시대 보려고 수원극장 앞에서 네 이모랑 둘이 서 있었는데 네 아버지가 나타나서는 영화표 끊어줄 테니까 같이 놀자는 거야. 언니는 싫다고 하는데도 내가 바득바득 우겼지. 네 아빠가 키는 좀 작아도 얼굴은 또 끝내주잖아. 혹해서는 영화표 천오백 원에 넘어가 버렸어."

"정말 이 서방보다 더 잘생겼었어?"

난 또 왜 여기서 남편을 들먹거리는지, 이것도 습관이다. 엄마는 것도 모르고 신났다. 지난 추억이 엄마를 즐겁게 하듯이 나도 시간 지나면 지금처럼 쓰리지 않고 웃으며 이야기할 수 있을까.

"애 봐라, 이 서방보다 훨씬 낫었지. 그때 네 아버지 양복 당고바지 꽉 붙게 입고 파랑 와이셔츠에 잠바 걸쳤는데 얼마나 멋있었다구. 게다가 그때는 머리카락 짧으면 촌스럽다고 목까지 딱 길러서는 음악다방 같은데 엄마 데리고 다녔지. 가면 또 회사 끝나고 가니 저녁이잖아. 난 먹으면 살찐다고 제일 비싼 쌍화차에 계란 반숙으로 저녁 때우고 그랬어. 그때가 참 좋았지. 머리 길러서 묶고 목소리 허스키한 DJ 있는 음악다방에 진짜 만날 도장 찍었었다. 나중에 네 아버지가 그 돈 대느라고 월급 다 날려먹었다고 하더라."

"그렇게 결혼하니까 좋았어?"

"그때는 네 아버지밖에 없었지. 살면서 내가 왜 결혼했나 싶을 때가 왜 없겠어. 그땐 싫어도 내 남편이니까 하고 살았긴 한데 돌이켜 보면 참 잘 참고 살았다 싶기도 하고 네들 보면 또 행복하고 그래. 네 아버지는 가정밖에 모르는 사람이라서 그거 하나 만족하고 살았어."

갑자기 분위기가 싸하다. 애고, 웃자고 시작해 놓고는 왜 우울해지는 건지. 뭔 이야기를 못해.

"너도 그런 사람 만나면 돼. 시간 지나면 이 서방 금방 잊는다. 너 아직 젊잖아. 너만 위해주고 네 가정 지키려고 애쓰는 그런 사람 만나면 돼.”

정말 금방 잊을 수 있을까. 젊으니까 더 많은 시간을 추억 속에 잠겨 있어야 해 배로 힘든 게 아닐까.

“그냥 혼자 살래. 어차피 결혼하면 애 문제 또 불거질 텐데 결혼이란 두 번씩이나 할 건 아닌 거 같아.”

“늙어서 외로울까 봐 그렇지. 우리가 천년만년 살 것도 아니고 우리 가고 나면 너 쓸쓸할까 봐 더 걱정이야.”

“별 걱정을 다해.”

휴대전화가 거실 탁자에서 덜덜 떨리고 있다. 때맞춰 울려줘 숨이 트인다.

〈나는 널 보지 않았지만, 지금은 보여. 네가 얼마나 아파했을지 보여서 미안해.〉

남편의 문자다. 그렇게 말해놓고 뭔 쓸데없는 짓을 대낮부터 하는지 갑갑하다.

〈쭉 보지 마. 안 봐도 상관없어.〉

안 보내려다 나도 쓸데없이 답 문자 보냈다. 그래, 지금 봐준다고 해서 달라질 게 없지. 자꾸 이러면 우린 삽질하는 거다.

〈술이 쓰다. 그리고 나란 인간도 써. 그래서 달콤했던 너랑 어울리
지 못했나 봐.〉

　부도났으면 해결하기 바쁠 텐데 대낮부터 술이나 처먹고 진짜
가지가지다. 달콤했더라, 글쎄 그건 나도 모르겠다. 아고, 두(頭)
야!
　"엄마, 이 대낮부터 이 서방 술 먹는대."
　"너도 이젠 신경 쓰지 마. 이렇게 된 마당에 서로 확실히 정리
해야지."
　"나 나갔다 올게."
　"어디?"
　"그냥 바람이나 쐬고 가게 좀 들렀다 올게."
　"맘대로 해라. 내 자식들이 내 말 듣는 꼴은 못 봤다."

　한참을 돌아다니다가 가게로 갔지만 막상 웃으며 손님 대하
기가 너무 버거웠다. 그래서 무작정 행선지 없이 차를 끌고 다
니다 결국 시아버지가 입원해 계신 병원으로 왔다. 도저히 체한
듯 마음에 걸리고 걸려 못 들은 척 그냥 지나칠 수 없었다. 오지
랖 넓은 내 인생 어쩌다 보니 이렇게 맹탕으로 산다.
　반기지 않을 것을 알면서도 병실 앞에 서서 네모난 작은 유리
창으로 안을 살폈다.

오, 시악마가 없네. 하늘이 주신 기회다. 후딱 들어갔다 나온다면 마주칠 일 없겠지.

문을 드르륵 열고 살며시 안으로 들어가자 시아버님이 고개를 내 쪽으로 돌려 눈이 마주쳤다. 아버님은 깜짝 놀란 표정을 잠시 짓더니 언제나 뵙던 근엄한 표정으로 돌아오신다. 저 근엄한 표정 속에 가끔은 따뜻한 눈길이 숨어 있었다. 시악마가 호되게 난리칠 때 말리며 미안해하던 그 표정이 오늘도 보이는 것 같다.

"아버님, 저 빈손으로 왔는데 괜찮죠?"

"어서 들어와. 어서."

아버님은 침대에서 일어나 비스듬히 기대앉으시곤 서 있는 날 물끄러미 보신다. 참 근엄하시고 점잖은 학자의 고풍이 느껴지는 분이다. 시악마와 다른 아버님은 남편과 같은 무심함을 가졌다. 대하기 어렵다기보다 근접하기 힘든 차가움이 흐르는 아버님은 어쨌든 남편과 비슷한 과이다.

"여러 번 연락을 넣을까 하다 차마 낯이 없어 못했단다. 그동안 잘 지냈지?"

"그럭저럭 잘 지냈어요. 편찮으신 거 알면서도 늦게 찾아뵈어서 죄송해요."

"아니다, 아냐. 찾아오길 바랐다면 내가 몹쓸 시아버지지. 이렇게라도 얼굴 보게 되니 반갑구나."

곁으로 더 가까이 오라고 손짓하는 아버님 때문에 멀찍이 서 있던 난 침대 옆에 놓인 의자를 끌어다 앉았다. 가까이서 뵈니 고새 얼굴색이 거뭇해 마음고생 크신 게 눈에 띄었다.

아버님하고 이렇게 둘만 있어본 적이 드물어선지 한동안 말없이 주신 음료수만 마셨다. 아버님도 어찌나 안절부절못하시는지 역시나 내가 잘못 찾아온 것임을 알았다. 그냥 얼굴이나 한번 뵙고 나면 마음이 편할 줄 알았는데 백 톤의 돌덩이를 가슴에 얹어놓은 듯 불편하기만 하다.

"저 보기 불편하시죠?"

"아니다. 찾아온 네 마음이 더 불편하겠지. 아가, 날 찾아온 이유가 있는 게지?"

그냥 발길 닿아 온 건데 뭔가 풀어놓으라는 아버님 눈길이 너무 심각하시다.

"바람 쐬러 나왔는데 병원이 보여서요. 뻔히 아는데 그냥 지나쳐 가기도 그렇고 해서 겸사겸사 온 건데. 아버님, 몸은 괜찮으신 거죠?"

나 왜 이리 횡설수설하는지, 갑자기 온몸에 빳빳하게 긴장이 감돈다.

"그래, 그랬구나. 이제 곧 퇴원할 것 같다. 신경 써줘서 고맙구나."

저 실망하는 아버님 표정을 보니 도저히 안 되겠다. 객기 부린 불편함이 가시방석 같다.

"저 그만 가볼게요. 몸조리 잘하세요."

의자 끌리는 소리가 병실에 크게 퍼지든 말든 꾸벅 인사하고 돌아섰다.

"아가, 잠깐만."

미쳤다, 미쳤어. 왜 와서는 다 늙은 아버님에게 일말의 기대 감을 가지게 만든 거야. 정신머리없는 강경희!

"아가, 내가 할 말이 있어서 그런다. 잠시면 돼."

문을 열려던 내 손이 멈추었다. 할 말을 들어야 할까. 뻔한 이 야기라도 들어야 한다면 들어보는 것도 나쁘지 않을 것 같다.

"이야기 좀 하자꾸나. 내가 할 말이 있단다. 그냥 듣기만 해도 좋으니 이리 오렴."

난 죄진 게 없는데 왜 이리 가슴이 두근거리는지. 차마 아버 님을 외면할 수 없어 다시 자리로 돌아갔다. 우유부단의 대명사 는 강경희로 국어사전을 개정해야 해.

"아가, 부담 줄 생각 없다. 그러니 오해하지 말거라."

원래 오해하지 말라는 말이 더 무섭다.

"아마 내가 너에게 정철이에 대한 기대를 걸고 있다고 생각했 겠지."

"네."

"아니다. 난 절대 그런 생각 안 한다. 이혼 백번 생각해도 잘 결정한 거야. 너희들 이제 와서 같이 못 살지. 내가 안다."

아버님 의중을 어떻게 받아들여야 할지 도통 모르겠다.

"정철인 네게 받은 게 참 많았으니 그만큼 잃어야 하는 게 이

치겠지. 그 몹쓸 놈이 다 제 죗값 치르는 거라고 여긴단다. 난 절대 이 일로 서운하거나 악한 마음 없어. 그동안 네 고생을 몰라서 미안했구나. 사는 게 한 치 앞을 모른다고 우리가 너에게 큰 죄를 지었어. 어떻게 용서를 구해야 할지 모르겠다. 아무리 생각해도 어찌 그렇게까지 사람을 속일 수 있었는지. 내 아들이지만 차마 용서가 안 되더구나."

아무리 시악마와 다른 아버님이지만 내 역성을 드는 게 께름칙하다. 아, 헷갈리네. 왠지 이씨 집안은 믿음 가지 않는 그런 미묘한 느낌이 있다.

"아버님, 아범 회사 부도 났대요. 왜 안 도와주셨어요? 아버님이 나서면 구해주실 수 있었잖아요."

아무래도 내가 오늘 여기 온 이유는 이것 때문인 것 같다. 너무나 쉽게 무너진 공든 탑, 가족마저 왜 남편을 버려두는 건지 그게 날 여기로 이끈 거다.

"그놈 회사는 혼자 키운 게 아냐. 바깥사돈의 힘이 컸고 내가 뒤를 봐줬지 않니. 우리를 그렇게 속이고 네 인생을 망쳐 놓았는데 그놈도 뭔가 대등해져야지. 제 능력이 있으면 다시 일어서겠지. 어떻게 그런 잡놈이 내 자식이라니…… 내가 정말 네 앞에서 고개를 들 수가 없구나."

고개 들고 계시면서 속에 없는 말씀 하시긴. 세상에서 제일로 치던 아들에게 든 실망감이 아버님 얼굴에 고스란히 드러났다.

"하지만."

"아가, 그놈에겐 누굴 탓할 자격이란 것도 없다. 그러니 마음 쓰지 말거라. 너보고 잘한 일이라고는 나도 차마 입이 떨어지지 않아 말 못하지만 인과응보인 게야. 다시 시작하면 되지. 너도, 정철이도 새롭게 살면 되지 않겠니?"

남편을 감쌀 줄 알았는데 아버님에게 이리 냉대받고 있다니 마음 한편이 저릿하다.

"아범은 이혼 못한다고 버텼었어요."

"알고 있다. 며칠 전에 보니 정철이가 많이 오락가락 헤매고 있더구나. 내가 이혼서류에 도장 찍게 만들 테니 걱정 말아라. 넌 그저 네 살길만 잘 찾아."

"아버님은 아범을 왜 그리 매몰차게 대하세요?"

아버님의 학자적 자존심일까, 너무 냉정하게 말씀하셔서 오히려 가슴에 와 닿지 않는다.

"여전히 넌 순하구나."

에이, 이렇게 독하게 구는데 어디가 순하다고. 아버님도 실없는 소리 하신다.

"정철이도 안됐지. 그 나이에 그런 상처 가졌을 줄 꿈엔들 알았겠니. 하지만 해독제도 없는 독을 품어서 몇 사람을 상처 입혔니. 내 자식이라도 용서할 수 없는 부분은 있단다. 애타지만 내가 감싸고 돌수록 지금보다 더 약해질 뿐이야. 내가 정철일 너무 약하게 키웠어. 그렇게까지 무너질 놈으로 키워다는 게 참 할 말이 없을 정도로 너에게 미안하고 나 또한 안타깝단다."

무슨 말을 해야 할지 모르겠다. 몸 둘 바를 모르겠다는 말이 딱 이 상황이다.

"그간 마음고생 많았지?"

"그럭저럭요."

"우리 집 와서 고생 많았지. 네 시어머니 자리가 보통은 아니었잖니. 그래도 그리 악한 여자는 아니었는데 뭐가 씌인 건지. 내가 너무 늦게 알았어. 되돌릴 수 없게 늦게 알아서 미안하구나. 그렇게까지 되도록 내버려 둔 내 잘못이 너무 큰 것 같아. 얼마나 그 여린 마음속으로 우릴 원망했겠니. 아가, 미안하다."

아버님은 말할 사람이 필요했던 것 같다. 속에 받친 자식 흠을 편하게 풀어놓고 싶었던 듯 내게 푸신다.

"아버님, 너무 아범 내치지 마세요. 전 제 부모님이 품어준다지만 아버님이 아범 내치면 정말 혼자잖아요. 그저 저 잃은 건 잊으시고 아범 다독여 주세요."

"넌 좋은 며느리라기보다 보기에 참 밝은 아이였어. 환하게 웃는 모습이 참 예뻤는데 정철이도 그래서 그랬겠지. 그래, 좋게 이해해 주니 우리도 잘 마무리하도록 노력하자. 그간 참 많이 고생했고 고마웠다. 우리 다시 볼 일 없겠지? 아가, 손 한번 잡아주렴."

아버님이 손을 내밀어 어색하게 나도 손을 위에 얹었다. 부드러운 주름이 잡힌 손이 내 손을 덮는다. 참 따뜻한 손이다. 처음 내 남편이 잡아주었던 그 따뜻함을 아버님도 가지고 계신다.

"아가, 잘살아야 해. 우리가 미안해하고 속죄할 테니 싹 잊고 좋은 사람 만나서 행복하게 살 거라. 이렇게 네 인생을 망쳐 놓아 너무 미안하고 미안하지만 아가, 부디 우리 때문에 생긴 독이 있다면 어서 버려. 정철이처럼 되지 말고 예쁘게 살아. 알았지?"

"아버님이 이렇게 말씀하시니까 가끔 생각날 것 같은데요."

"차차 잊겠지. 그리고 이거 가져가렴."

아버님이 베개 근처에서 큰 노란 봉투를 꺼내주신다. 뭔지 몰라도 주시니 아니 받을 수도 없고 내가 어정쩡하게 들고 있으니 아버님 입가에 미소가 지어진다.

"그 미친놈하고 법정으로 갈 때 요긴할 게다."

미친놈이라면 혹시 사촌 의사?

"사촌 시숙 말씀하시는 거예요?"

"시숙은 무슨 시숙. 미친놈이지. 내가 듣기엔 거기 간호사들의 증언도 있고 하여간 정철이가 준비했다고 하더라. 우리 집안 사람들이 정신적으론 여태 문제가 없었는데, 어쩌다 이리 됐는지……."

멀게만 느껴지던 아버님이 갑자기 가까워져 내 사람인 기분이 든다. 진즉에 이렇게 친해져 볼 걸, 그러면 덜 힘들었을지도 모르는데. 결과가 이렇게 나지 않았을지도 모르는데.

"이제 네 시어머니 올 시간 다 됐다. 네가 좋은 꼴 볼 것 같지 않으니 그만 가거라. 혹 나중에 볼 수 있으면 웃으며 보자꾸나."

"네. 아버님도 건강하시고 또 감사합니다."

"이렇게라도 보게 돼서 오히려 내가 고맙지. 정철인 내가 잘 타이르고 있으니 네 앞길 잘 살펴가거라. 알았지?"

고개를 끄덕거리며 마지막으로 인사하고 병실을 나왔다. 손에 든 봉투 때문이 아니라 아버님 때문에 홀가분한 기분이 들었다.

가족과 가족의 만남, 그것이 결혼이었다면 이혼은 가족과 가족의 이별인 것 같다. 두루두루 맺었던 인연을 차례대로 끊어내는 이혼. 휴, 이혼 한번 하기 너무 힘들다.

텔레비전의 시끄러운 웃음소리가 가득한 어두운 거실에 혼자 앉아 있으니 괜히 술 생각이 난다. 부부 동반 모임을 나간 부모님 때문에 고요하기만 한 집 안이 편안하다. 분당 살던 집은 항상 이렇게 고요했는데 친정은 북적거린다. 들락거리는 사람도 많고 오는 전화도 많아 산만하니 자꾸 분당 집이 생각난다.

〈사랑, 가르쳐 주면 안 돼? 난 어떻게 하는지 모르겠으니까 해본 네가 나 가르쳐 주면 안 돼?〉

탁자에서 드르륵 떨리는 휴대전화를 보니 또 남편의 문자다. 아직도 술 마시는지 정신을 못 차리는 것 같다. 쩝, 양치질도 했는데 입 안이 왜 이리 텁텁한 걸까.

〈놓아야 하는 거 아는데 놓고 싶지 않아. 나 이제 아무것도 가진 게 없어서 널 붙잡을 수도 없는데 늦은 욕심이 발목 잡는다.〉

계속 들어오는 문자를 외면하기엔 아직 내 신경이 남편에게 무디지 않아 휴대전화 전원을 끄려다 말았다. 어디 해볼 테면 해봐라.

〈잘못했고 용서 안 해줘도 되는데 나 데리고 살아주면 안 돼? 네 옆에서 그냥 있기만 하면 안 돼? 그리워.〉

간만에 정말 가벼운 느낌이었는데 왜 괴롭히기로 작정한 거야! 이제 와 미련스럽게 붙들고 늘어진다고 내가 예전같이 은근슬쩍 넘어갈 줄 알아! 성질나서 못 살겠다. 괴롭혀 지치게 만들 작정도 아니고 웬 안 어울리는 짓인지 남편에게 전화를 건다. 죽었어!

"왜 자꾸 문자 보내? 보내지 마. 지겨워 죽겠어. 술 취했으면 집에 가서 자! 내가 그깟 문자 받고 좋다고 할 줄 알아?"

화가 나 전화기에 대고 버럭 소리 질렀다. 남편도 힘들겠지만 난 더 이상 안식처가 아니다. 더 이상 기대 위로받고 싶을때 찾을 수 있는 아내가 아니라는 걸 남편은 인정 못하는 것 같다.

[나 어디 있게?]

술이 많이 취했는지 제대로 된 발음도 못하는 남편, 오죽 속상하면 저럴까 싶다가도 내가 동네북이야!

"몰라. 술 그만 마시고 집에 들어가."

[왜 몰라?]

말 꼬리 잡고 늘어지는 주정뱅이들의 특징. 아주 그냥 남들 하는 건 다 하는구나!

"집에 가. 이기지도 못하는 술 왜 먹어?"

[쪽팔려서. 사는 게 왜 이리 창피한 일 투성이냐?]

"이제 나 붙잡고 늘어지지 마."

[나 여기 장인어른 댁인데 집에 불이 안 켜져 있어. 아무도 없나 봐.]

헉, 장인어른 댁이면 내가 지금 전화 받고 있는 이 집이란 소리잖아.

"한남동?"

[그럴걸.]

전화를 팍 끊고 두근거리는 마음으로 창밖을 보았다. 담벼락이 높아 남편의 차가 보이지 않는다. 대문을 봐도 닫힌 문밖에 보이지 않아 남편이 진짜 있는지 모르겠다.

가만가만 나가면서 혹시라는 기대를 버리고 대문을 살짝 열었다. 남편이 그 좁은 데 웅크리고 앉아서 또 문자를 보내는지 전화기를 연방 누르고 있다. 이정철 경이롭다. 놀라워!

"어라, 강경희네."

남편이 입을 열자 술 냄새가 진하게 코를 찌른다. 얼마나 퍼 마셨기에 몸이 절로 뒤로 물러나게 냄새가 나는 걸까. 술독에 빠진 사람 같다.

"왜 왔어?"

"여기 앉아봐."

"어디?"

"내 옆에."

내 참, 여기가 거실바닥이니. 나보고 땅바닥에서 앉아서 같이 뒹굴자고!

"여기 문 앞이야. 지나가는 사람들이 다 봐. 얼른 일어나. 차 는 어디에 뒀어?"

"아, 여기 장인어른 댁이지. 나 술 마셨어."

"알아. 취한 것도 알고 다 알아. 내가 모르는 게 있는 줄 알 아?"

"너 모르는 거 있어."

"뭔데?"

"나."

아, 그렇구나. 난 남편을 모르지. 그래, 너 똑똑하다!

"여기 앉아봐."

남편은 바닥을 손으로 툭툭 치며 재촉한다. 그래, 까짓것 앉 아준다. 근데 오늘이 정말 마지막이란 걸 알고 이러니.

"왜 왔어?"

"궁금해서."

"뭐가?"

당신이 정말 궁금해하는 게 있다면 그건 중요한 걸까.

"왜 난 사랑을 하지 않는 걸까? 왜 난 이혼해야 하는 걸까? 왜 난 뒤늦게 모든 걸 알았을까?"

"그걸 내가 어찌 알아?"

"넌 다 안다면서. 거짓말쟁이."

억지, 술 마신 사람은 약해진다. 술이 사람을 지탱하는 이성을 녹여 가장 약한 아이의 존재로 변신시킨다. 잘난 남편도 술엔 예외가 아니었다.

"오늘 친구들이 위로해 준다고 술 사줬는데 우울했어. 흠, 왜 걔들은 내 앞에서 아이 자랑을 할까? 고 조몰락거리는 애가 아빠라고 했다고 자랑하는데 확 술 취한 것 같아. 아이들 참 예쁘지. 그치? 나도 아이들 무지 좋아했었어."

"그랬어?"

난 남편 천성이 아이를 싫어하는 줄 알았다. 하도 치를 떨며 가까이 오지 못하게 하기에 성질 더러운 남편답다고 생각했는데, 정말 나 남편을 몰랐나 보다.

"지나가는 애기들 보면 예뻐해 주고 싶지. 사람이란 참 이상한 존재야."

"그만 집에 가."

"참, 도장 가져왔어. 이거로 집 팔고 이혼서류 정리해 줘. 월

요일부터 경찰서 가야 할 것 같아서 내가 직접 못할 것 같아. 나중에 법원 날짜 잡히면 연락해 주고."

남편이 주머니에서 도장을 꺼낸다. 그 손이 떨리고 있는데 손을 잡아줄 수가 없다. 남편은 또 뒤적거리더니 통장도 하나 꺼내서 준다.

"응. 잘 가."

"경희야, 나 또 할 말 있어."

남편의 눈동자가 풀렸다. 말도 제대로 못하고 이젠 벽에 기대 있을 뿐 몸도 가눌 수 없어 보인다.

"술 취했잖아. 나중에 맨정신일 때 이야기해."

"맨정신에 말 못해."

"왜?"

"나 회사 정리 다 되면 당분간 서울 떠나 있을 거야."

"어디 가게?"

"저번에 만났다는 의사 기억해?"

의사, 누구…….

"그 정신과 의사?"

"너무 답답해서 그분 만났었지. 아니, 아버지가 하도 만나보라고 해서 만났어. 너한테도 못하던 말이 왜 그분 앞에서는 술술 나오는지. 치료가 필요하다고 하더라. 피해망상증에 복합적으로 이것저것 얽혀 있대."

"피해망상증?"

"일종의 미친놈이라는 건데 그나마 고칠 수 있다고 하더라. 회사 정리되고 당분간은 치료 받아보려고. 언제까지 날 학대하면서 남에게 피해 주며 살 수는 없잖아."

내 남편, 멀쩡해 보이던 사람이 가진 병이라니 나도 모르게 긴 숨이 뱉어진다. 내 가까이 있는 사람이 정신적 문제를 가지고 있었다는 게 쉽게 받아들여지지 않는다.

"고칠 수 있는 거래?"

"내가 노력하기에 따른 거지 뭐. 그래도 심각하게 틀어지지 않았으니 난 잘 버틴 거래. 고칠 수는 있다는데 아, 창피하다."

"그럴 수도 있지 뭐."

"있잖아. 돌아보면 참 행복했어. 네가 있어서 근 이 년 동안 많이 행복했어. 매일 밥을 차려 받고 같이 잠을 자고 텔레비전을 보고 산책을 하던 아주 일상적인 것들이 특별했기에 깨뜨리고 싶지 않았던 내 욕심이 널 속였어. 인정해. 속였어. 네가 괴로워하는 걸 알면서도 남들이 누리는 걸 다 누려보고 싶은 욕심에 널 아프게 했어. 사랑, 아직도 나는 모르겠다. 하지만 너와 함께한 그 시간들이 그리워. 숨이 끊어지기 직전까지 그립다가 아니구나 하고 돌아와."

술 취한 남편, 우리는 이렇게 오래토록 진실하게 대화를 한 적이 없었다. 이제야 솔직해진 남편을 보는 난 가슴이 찡하다. 조금만 더 일찍 남편이 이렇게 진실했다면 우린 정말 달랐을 거다.

"만약 정말 만약에 내가 서울 다시 돌아오면 만나줄 거니?"

“아니. 예전으로 돌아가고 싶지 않아.”

“내가 변해도?”

“어, 끝났거든. 미안하지만 난 돌아갈 수 없을 만큼 당신이 미워.”

“그래. 언젠가 지나가다 우연히 만나면 아는 척하지 않을게. 모르는 사람인 듯 그렇게 스쳐 갈게. 나 만나서 고생 많았어. 몸도, 마음도 많이 상처받았을 텐데 다 잊어버리고 잘살아.”

“대리 운전기사 불러줄까?”

“아냐. 저기 차 있어.”

“그래? 그럼 가. 법원 날짜 잡히면 연락할게. 혹시 회사 그렇게 돼서 나 원망해?”

남편은 자리에서 일어났다. 내 말이 들리지 않았는지 보는 사람 조마하게 비틀비틀거리며 차로 걸어가 뒷문을 연다. 그리고 남편을 보고 있는 나를 향해 돌아선다.

“모든 게 다 고마울 뿐이야. 한 번쯤 나와 산 시간이 너무 아프지 않기를 네 가슴을 날카롭게 찌르지 않기를 바랄게.”

“어, 기사 아저씨 화내겠다. 어서 가.”

“경희야.”

“왜?”

“경희야.”

“왜?”

멀리서 울고 있는 남편이 보인다. 눈물이 주르륵 흐른 그 얼굴을 손으로 닦는 남편을 보고 있자니 가슴이 너무 먹먹해진다.

"나 건강해지면 다 네 덕이야. 네가 아픈 시간이 날 치료한 거라 믿고 열심히 살게. 고맙고 미안해."

남편은 손을 흔들며 차를 타곤 떠났다. 내 손엔 도장뿐이 아니라 통장도 하나 쥐어져 있다. 가로등 불빛 아래 통장을 여니 내 이름으로 되어 있다. 최근 입금한 금액과 남편이 손으로 쓴 필체.

〈위자료 많이 못 줘서 미안해.〉

금액만 봐도 그 돈이 지금 남편 사정에 가진 전부인 것을 알 수 있다. 이젠 우리 정말 끝났다. 너무 길게 느껴졌던 시간들이 다 끝이 났고 한참이나 남편의 차가 사라진 거리에 서 있다.

눈물이 흐르던 그 잘생긴 얼굴, 날 흔들어놓았던 그 희미한 미소, 어금니를 꽉 깨물고 덜덜 떨리는 입술로 말하던 남편. 여보, 진짜 안녕!

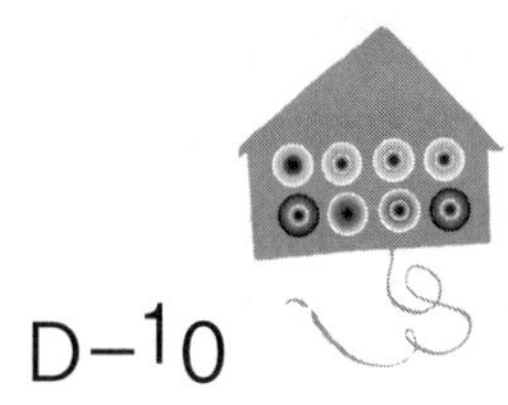

D-10

〈지난 18일 최종부도 처리된 취공(翠空)테크는 서울중앙지방
법원에 법정관리를 신청할 것으로 알려졌으나 화의개시를 신청한 것
으로 밝혀졌다. 화의란 파산 우려의 채무자가 조건을 제시하고 채권
자들이 동의하면 파산을 면제해 주는 제도이다. ……(중략)……취공테
크의 이정철 대표이사는 왜 회생재건 가능성을 배제하고 정리 하는지
여전히 의문이며 많은 투자자들의 반발이 예상된다.〉

오늘 분당 집을 팔았다. 급매로 내놓아서 사겠다는 사람이 많
아 쉽게 처리됐다. 계약금과 중도금 모두 받았으니 이제 집은
나머지 절차에 따라 끝난다. 아직 잔금을 받지 않았지만 집 가

구들은 오늘 중고가게에서 가져간다. 내 손때 묻은 가구들, 우리가 유일하게 행복해하던 짧은 시간을 준 침대, 남편을 기다리는 시간을 지루하지 않게 하던 주방 가전제품들이 말끔하게 우리에게서 사라져 버린다.

남편은 시댁에서 머물고 있다는 소식만 들었다. 시아버님은 퇴원하셨고, 시어머니는 더 이상 나에게 전화도 원망도 하지 않는다.

모든 건 순조롭게 끝나가고 있다. 정말 기다리고 있었다는 듯이 순조롭게…….

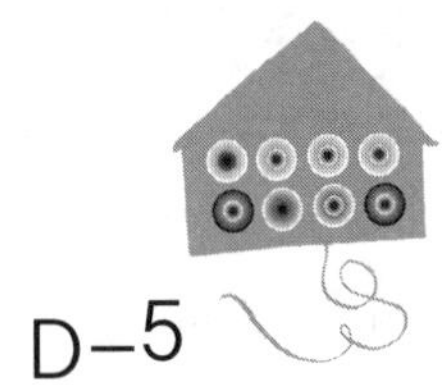

D-5

이혼서류에 내가 남편의 도장을 찍었다. 남편과 가정법원에서 만날 날짜를 문자로 보내고 초조한 날들을 보낸다.

가게는 예상대로 잘되고 누구도 날 막지 않는다. 이혼서류들을 볼 때마다 가슴이 아리다.

내가 선택한 길을 위한 것인데 왜 이리도 가슴이 아릴까.

D-0

난 가정법원 앞에서 남편을 기다린다. 남편은 늦기 않게 나타나 날 보고 슬쩍 웃으며 손을 먼저 잡는다. 땀이 가득 밴 손이 내 손을 감싼다. 촉촉하게 젖어드는 손이 왜 내 마음 같을까.

"잘 지냈어?"

"당신은 회사일로 바쁘지? 신문에 나오는 거 짬짬이 봤어."

"그럭저럭. 하루빨리 떠나고 싶어서인지 정리가 더디니까 조급해지네."

"꼭 건강해져. 건강하게 서울 와서 더 멋진 회사 차려."

"그래. 이제 들어가자."

오히려 우린 판사 앞에 편한 마음으로 섰다. 우리의 신분증을 확인한 판사는 질문한다.

"이혼하시겠습니까?"

판사의 질문엔 우리 둘 다 '네' 라는 대답을 했다.

"위자료와 재산 분할은 합의되셨습니까?"

"네."

"네."

남편의 대답과 나의 대답.

판사는 우리에게 이혼 숙려 기간이라고 결정을 다시 한 번 심사숙고 할 수 있도록 삼 주간의 기간을 부여했다.

우리가 법원을 나와 마지막으로 차를 마신 찻집에서 남편은 얼마 전에 읽고 눈물을 흘렸다는 시를 알려줬다.

한 사람을 사랑하는 일이

죄짓는 일이 되지 않게 하소서.

나로 하여 그이가 눈물짓지 않게 하소서.

사랑으로 하여 못 견딜 두려움으로

스스로 가슴을 쥐어뜯지 않게 하소서.

사랑으로 하여 내가 쓰러져 죽는 날에도

그이를 진정 사랑했었노라 말하지 않게 하소서.

내 무덤에는 그리움만

소금처럼 하얗게 남게 하소서.

우리의 끝은 아름답지 않다. 서로 상처만 가득 남아 피폐해졌지만 내 사랑을 후회하지 않는다. 그리고 언젠가 남편의 마음의 병도 싹 고쳐져 다시 건강해지길 바랄 뿐이다.

우린 찻집을 나와 눈물 가득한 눈을 마주하고 악수하며 삼 주 후에 다시 만나기로 했다. 그리고 우린 그때의 대답을 이미 알고 있다.

"이혼하겠습니다."

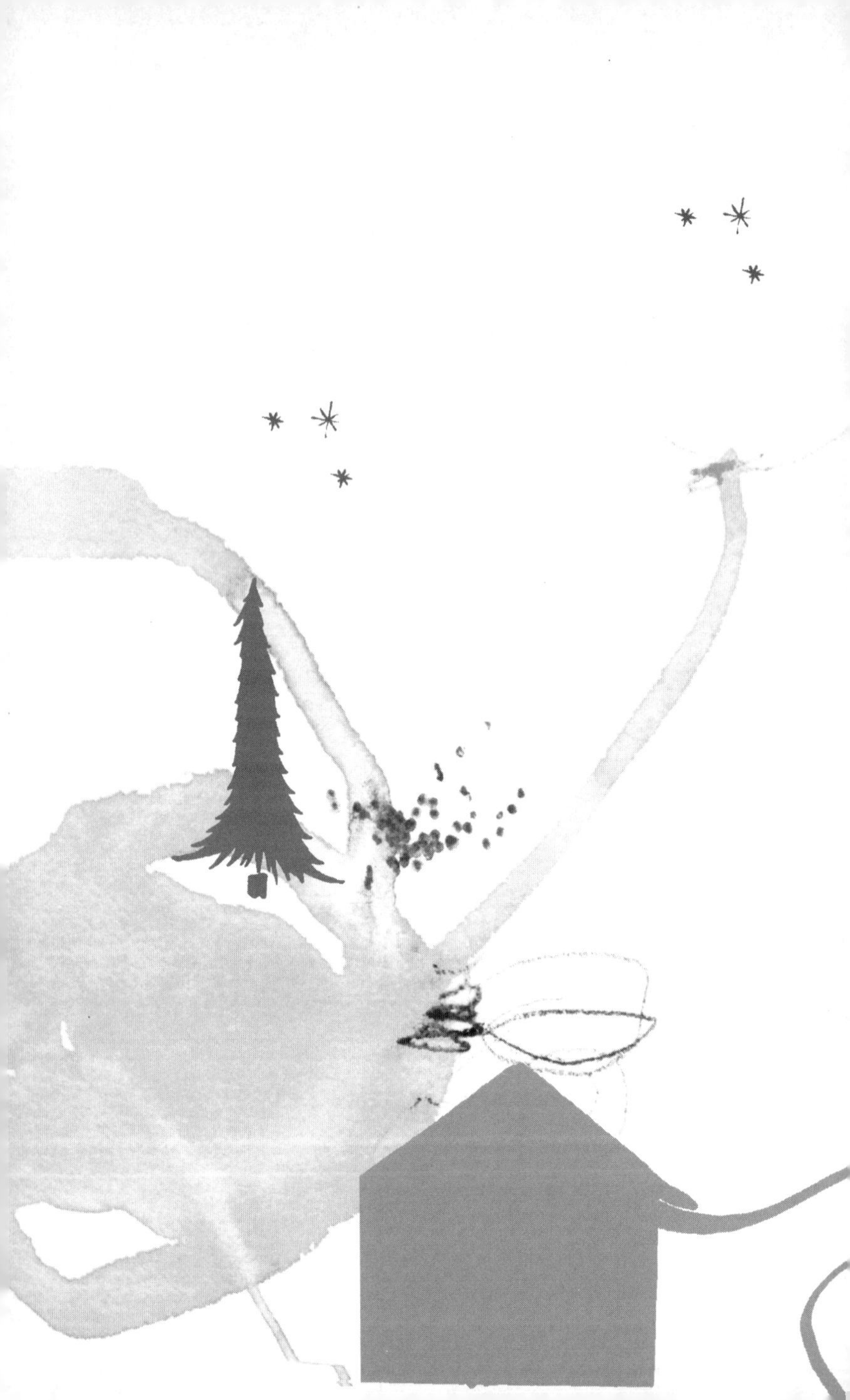

1-5 뺄셈보다 어려운
덧셈

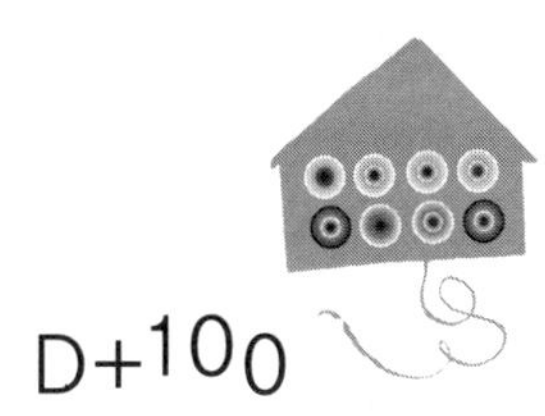

D+100

　　리병원 이정훈 원장이 환자를 속이고 불법 난자 척출시술을 벌여 피해를 입힌 데 대해 법원이 거액 배상 판결을 내렸다. 서울중앙지법은 나리병원 이정훈 원장이 불임시술 환자인 원고 강 모 씨에게 불법 의료 행위로 피해를 입힌 데 대해 일억 원을 배상하라는 요지로 판결했다.

　　이 원장이 강 씨를 상대로 행한 불법적인 의료행위를 한 때는 대략 삼 년 전이다. 당시 가정주부였던 강 씨는 불임진단을 받은 후, 무리한 시술계획 제의에 망설였으나 확신에 찬 이 원장을 믿었다. 그 결과 정상 기능에 가까웠던 하나 남은 난소마저 기능 상실을 불러왔고 완전한 불임이 되었다. ……(중략)……재판부는 판결문에 '피고는 진료

이외의 다른 목적을 위해 원고의 난자를 추출하면서 시술 목적과 필
요성에 관해 원고를 적극적으로 속인 것으로 보이고, 이는 부당한 목
적 아래 이뤄진 잔혹한 불법행위를 구성한다'라고 밝혔다.

결국 법원 판결로 이정훈 원장은 자기의 이익과 또 다른 목적을 위
해 한 여성을 속이고 무리한 시술을 한 뒤 무책임하게 방치해 왔다는
사실이 드러난 셈이다. 사실상 실험용 모르모트 처지가 된 여성으로
서 큰 상처를 입은 강 씨는 법원 판결 이후 '아직 내 분노는 가시지
않았다. 의사의 양심을 저버린 이정훈을 형사 고소하겠다'라는 의지
를 표명했다.〉

전문변호사 삼인방의 활약으로 드디어 개놈의 의사랑 길고
긴 끝을 봤다. 이젠 전남편과 연결되었던 고리가 싹둑 잘려져
명확하게 끝났다.

고소 건으로 인해 한동안 불임 치료가 이슈화되어 인터뷰 요
청 전화가 걸려오기도 하고, 가게로 찾아오는 기자들도 있었다.
그 탓에 휴대전화 번호를 바꾸고 가게도 드문드문 나갔었다. 이
젠 다 해결되었는데도 긴 한숨만 뱉어질 뿐 어떤 감정도 없다.
난 근래 메마른 샘을 가진 가슴 같다.

"사장님, 오늘 일찍 안 들어가세요?"

직원이 사장을 쫓아내는 경우도 있나. 만날 이 직원은 내가
가게만 나오면 못 보내서 안달이다.

"왜요? 나랑 있는 거 불편해요?"

“사장님이 만날 죽상 짓고 있으니 매상에 지장 있어서 그렇
죠.”

헉, 이 아가씨 봐라. 내가 언제! 장사 잘한다고 치켜세워 줬더
니 웃긴다!

“어머, 나 화사한 인상이라고들 하던데요.”

“그거야, 그렇게들 말하지만 제가 볼 때는 영~”

“영~ 뭐요? 뭐요?”

“사장님, 흥분하면 주름 생긴다던데요.”

내가 아가씨보다 다섯 살이나 젊거든요! 주름은 누가 걱정을
해야 하는지 모르겠네. 강경희, 참사. 이만큼 가게 혼자 잘 꾸려
주는 직원 만나기도 힘든데 필요한 내가 비위 맞춰야지. 아, 서
러운 인생이로다.

“이제 사장님 찾는 전화 안 오네요.”

“다 끝났거든요. 그동안 고생 많았죠?”

“네. 안 계신다 해도 안 믿을 정도였죠. 기자들이란, 하여간
질렸어요. 전 이제 방송국, 기자 이런 말 나오면 쳐다도 안 볼
거예요.”

직원이 치를 떠는 걸 보니 그동안 걸려오던 전화를 다 받아주
느냐고 단단히 고생한 것 같다. 나는 여전히 민폐를 끼치고 살
지만 이젠 점점 혼자라는 게 익숙해지고 있다. 단번에 혼자 우
뚝 설 수는 없는 거다. 무릎으로 기던 아이가 두 발로 서기 위해
온갖 것을 붙잡으며 갖은 힘을 쓰듯 난 그렇게 살고 있다. 어느

순간 아무것도 붙잡지 않고 정말 혼자 설 수 있을 때가 올 거라 믿으며 오늘도 난 억지로 웃는다.

"어서 오…… 오빠?"

가게로 들어오는 둘째 오빠, 진료 시간에 뭔 일이래. 뜬금없이 식구들이 나타나면 불안하다.

"뭘 그리 놀라? 오빠가 오면 안 돼?"

"아니. 병원은 어쩌고?"

"다른 의사 있잖아. 네 가게 한번 들러야지 했는데 마침 이쪽에 일이 있어서 온 김에 들렀어."

"응. 이리 들어와."

가게 매대 안쪽에 작게 마련한 응접실, 둘째 오빠의 방문이 마냥 반갑지만은 않다. 식구들을 피해 분당에 집을 구해 나와서 가뜩이나 미운털 박혔는데 오빠가 무슨 일로 왔을지 궁금하기만 하다.

"가게는 잘돼?"

"그럭저럭 자리 잡은 것 같아."

"빨리 잡았네."

"직원이 잘 들어와서 그렇지 뭐."

많은 나이 차를 가진 남매, 남들은 오빠들이 무지 예뻐할 거라고 생각하지만 세대를 넘는 나이 차 때문에 공감대가 별로 없다. 피로 맺어졌다는 것 외에는 크게 가깝게 느껴지지 않는다. 아, 가끔 물주가 되어줄 때는 심하게 와 닿지만.

"오늘 의사협회에서 이 원장 제명됐어. 조만간 의사면허 정지 처분이 내려질 거야."

"그래? 오빠가 힘 좀 썼나 봐?"

"그럼, 누구 일인데. 형 때문에 상처받았다면서."

다정한 둘째 오빠, 엄마 성격을 제일 많이 닮았다고들 한다. 가끔은 오빠가 따뜻하다고 느껴지다가도 먼 나이 차이에 주저하게 된다. 그래도 이럴 땐 내 핏줄밖에 없는 듯 나서서 도와주니 아니 고마울 수 없다.

"상처는 무슨, 원래 큰오빠 고지식하잖아."

"경희야, 이 서방. 아니, 이 사장. 아니, 이정철. 휴~ 뭐라 불러야 할지 모르겠네."

이젠 사위도 아니고 사장도 아닌 이정철, 오빠가 당황한 모습이 꽤 재밌다. 이젠 이렇게 우리에게 불편한 사람이 된 전남편이다.

"그냥 이 서방이라고 해. 입에 밴 대로 하는 거지 뭐."

"이 서방은 이 일에 대해 전혀 몰랐던 것 같아. 그쪽에 알아보니 이 원장이 이 서방에게 기대를 크게 갖게 한 것 같더라. 뭐, 자기가 세계적인 연구를 하는데 시키는 대로만 하면 아이를 갖는 걸 반드시 성공시켜 주겠다면서 바람을 집어넣었더라고. 정말 악질도 그런 악질이 없지. 그 일에 관해선 너나 이 서방이나 같은 피해자야. 그러니 이 서방 오해하지 말라는 말 해주려고 왔어."

우린 한 부도덕한 의사에게 불임이라는 약점을 잡혀 속았을 뿐이다. 그래, 전남편도 불쌍한 피해자였다. 나만이 아닌 전남편도 그 작은 희망을 가까스로 붙들어 매고 있었다는 게 새삼 놀라울 뿐이다. 치료에 방관자가 아닌 참여자였다던 전남편. 하지만 이젠 왜라는 말이 필요없다.

"근데 왜 이 서방네는 고소 안 한대?"

"친척이니까 쉽지 않겠지. 그쪽도 나름대로 방법을 찾고 있는 것 같던데 자세한 건 여간 듣기 어렵네."

"그렇구나. 오빠가 나 때문에 고생 많았네. 고마워."

"고맙긴. 이제 다 끝났으니 한결 홀가분하겠다."

홀가분하다라, 그래야지. 하지만 아직 어떤 게 홀가분한 건지 모르겠다. 그냥 난 특별한 이유도 없이 그냥 물기 가득 먹은 이불빨래 같다.

거추장스럽지도, 가뿐하지도 않은 이 축 처진 기분이 홀가분한 것일까. 아무것도 흥이 나지 않은 채 가라앉은 지금 내 생활엔 어쩌면 전남편의 부재가 커서일 수도 있다.

"응. 오빠들 덕분에 빠르게 된 것 같아. 이래서 오빠가 좋은가 봐. 근데 온 김에 매상 좀 올려줘."

"오빠 돈 없다."

어허, 정형외과 의사가 돈 없다고 하면 나는 밥도 못 먹고 산다!

"카드 있지? 서현 씨, 삼십대 후반 여성이 가장 좋아하는 핸드백으로 하나 포장해 줘요. 계산은 카드로 할 거예요.”

“강매를 해라, 강매를.”

“에이, 돈 잘 버는 의사가 이 정도쯤이야 가뿐하지. 안 그래?”

오빠가 웃으며 지갑에서 카드를 내놓는다. 받아서 계산하고 돌려주면서 전남편의 얼굴을 떠올렸다. 일주일 전에 서울을 떠났다고 들었다. 사는 게 참 좋다고 한두 입 건너 넘어오는 소식은 귀를 막고 있어도 들린다.

혹 가는 길목에서 주저하지 않았을까. 가서 치료는 잘 받고 있겠지. 입맛 까다로운 사람인데 밥은 잘 나오려나.

내가 왜 쓸데없는 걱정들을 하는지 모르겠다. 갑자기 어디다 대고 소리라도 한번 마구 지르고 싶다.

“그 머리 흔드는 버릇 안 좋다고 했지. 언제 고칠래?”

나 또 머리 흔들었구나. 이래서 머리가 나쁜가. 영 안 고쳐지네.

“핸드백이나 가져가. 그리고 언니한테 한번 놀라오고 전해줘. 언니가 만든 양념게장 진짜 맛나는데 꼭 먹고 싶다고도 말하고.”

“그 양념게장 만들어 들르라고 할게. 아버지 집에도 자주 들러. 혼자 산다고 부실하게 먹지 말고 몸조심해.”

“알았어. 오빠들은 입만 열면 잔소리야. 내가 아직도 애야? 다들 나만 보면 왜 그리 걱정만 하는지 모르겠어. 어서 가.”

등 떠밀려 나가는 오빠의 표정엔 한가득 걸쳐진 걱정이 사라지지 않는다. 이젠 혼자라는 것, 세상에 홀로 서야 한다는 것, 다시 가족에게 돌아가 기대지 않을 거라고 내가 결정한 것이다. 이제 난 누구에게도 내 인생을 맡기지 않을 거다. 강경희의 멋진 인생을 기대하라!

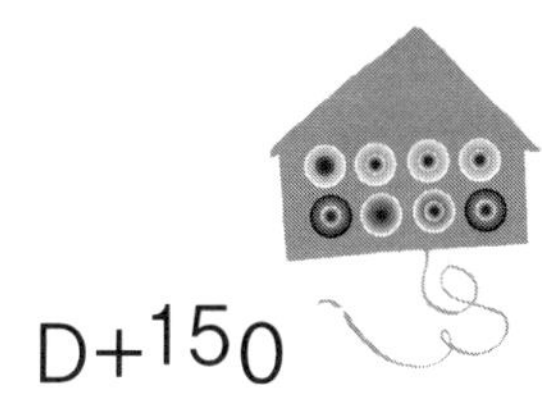

D+150

시간은 단 한 번도 멈추지 않고 차가운 겨울의 막바지에 도착했다. 그리고 계속 흘러가고 있다. 난 하루하루 평안하게 손님을 대하고 새로운 물건을 익히고 감각을 늘려가는 일에 치중하고 있다.

때론 거창할 것만 같았던 이혼 후의 생활이 너무 밋밋한 게 아닌가 싶다가도 사는 것이 어찌 매일 정점 위에 놓일 수 있겠냐고 생각하며 그저 주어진 대로 열심히 살고 있다. 그러면서도 매일 소소한 웃음 가득 지을 수 있음에 감사한다. 이렇게 살다 보면 어느 날은 화려한 정점을 찍기도 하겠고 또 아니려면 어떠랴, 삶이란 열심히 살아가는 것 외엔 도리가 없다

하는데.

시리기만 한 차가운 겨울, 집 안에 훈기가 넉넉히 돌게 했는데도 왜 이리 몸이 추운지 모르겠다. 혼자 있는 것도 쓸쓸해 죽겠는데 추워 달달 떨고 있는 모양새가 처량해 보인다. 에이, 성질나!

〈메일 보냈으니 당장 확인해.〉

정우의 문자. 이놈이 내 집에 컴퓨터가 없는 걸 모르나. 이 야심한 밤에 혼자 PC방에 갈 수도 없고 왜 뜬금없이 메일 보내고 난리야.

〈왜? 나 지금 메일 확인 못해. 내일 아침에 확인하겠음.〉
〈내일 국세청 신고할 거야. 네 가게니 네가 가서 신고해. 아침 일찍 가라. 내일이 마감이다.〉

이 대책없는 놈. 내가 이 늦은 밤 그걸 어찌 확인하라고 무턱대고 보냈다니. 어쩔 수 없이 PC방에 가야겠다. 아니, 생각해 보니 작은방에 노트북이 하나 있다. 예전에 짐 정리하면서 처박아뒀는데 한번 뒤져 보고 없으면 PC방으로 가야겠다.

전남편이 미처 챙기지 못해 버려두고 간 짐들이 박스째로 작은방에 쌓여 있다. 시댁으로 보내려다가 연락하기 찜찜해 처치 못하고 남겨두었다.

작은방에 놓여 있는 박스들을 몇 개 풀어내니 전남편이 쓰던 노트북, 배터리에 프린터까지 완벽하게 들어 있는 박스를 찾을 수 있었다. 무선 노트북답게 전원을 놓고 조금만 손을 대니 바로 연결된다. 사실 이 아파트에 누군가 쓰고 있는 눈먼 라인을 운 좋게 잡았을 뿐이지만 나도 이제 전문가다!

오랜만에 집에서 편안히 누워 노트북을 가지고 이리저리 돌아다니는데 마우스가 제멋대로 즐겨찾기 부분에 가져다 댄다.

〈이정철님의 블로그.〉

문득문득 시도 때도 없이 떠오르던 전남편의 기억은 이제 가끔 스치듯 생각나게 되었다. 그러나 드러난 흔적은 그 추억을 깊게 베이게 한다.

〈이혼, 석 달.〉

제목 옆에 비밀표시 자물쇠가 떡하니 그려져 있지만 나는 보인다. 이거 자동로그인이 되어 있는 듯한데 고민할 새도 없이 마우스가 저절로 스크롤을 내린다. 거참, 요새 기계들은 휴먼센

스를 가지고 있나 제멋대로다.

〈의사의 처방은 결혼에 대해 생각나는 대로 내 감정을 숨김없이 적어보라고 한다. 노트에 연필로 적을까 하다 키보드가 편한 현대인이기에 예전에 만들어놓은 블로그에 들어와 봤다. 한글 프로그램보다 덜 부담되는 이 글쓰기 창이 날 편하게 한다.

의사의 말에 의하면 피해망상증이지만 정신분열을 동반하지 않은 경미한 증상을 가지고 있다고 한다. 내 정신은 성숙되지 않은 상태에서 강한 충격에 깨지고 균열이 이루어졌는데, 그 균열을 메우지 못한 채로 점점 더 벌어져서는 올바르지 못한 방법으로 감정을 조절하려다 이혼을 초래했다고 한다.

아내가 자주 생각난다. 아니, 생각나는 게 아니라 숨을 쉬는 것만큼 머릿속에 붙어 있다. 이젠 돌아갈 수 없는 시간이 흘러 버렸음에도 불구하고 아직도 분당으로 가 벨을 누르면 아내가 나올 것 같다.

막 결혼하고 얼마 안 됐을 때다. 장모님이 해온 반찬으로 저녁을 잔뜩 먹고 텔레비전을 보고 있는데 아내가 갑자기 소파에서 벌떡 일어났다. 그러고 막 뛰어가려는데 뿡! 소리가 났다. 소리도 컸지만 냄새가 어찌나 나던지 나도 당황해 아무 말 못하자 아내는 자리에 주저앉아 울기 시작했다. 창피해 못 살겠다고 발을 동동 구르며 친정 가겠다는 어린 아내, 너무도 귀여웠다.

아기자기한 아내를 품에 안을 때면 그렇게 행복할 수가 없었다. 그

조그마한 몸으로 내 손길 따라 파득파득거리는 아내. 날 양껏 품어서는 간드러지는 목소리를 내는 아내. 가끔 적극적으로 날 탐하려고 시도하는 아내가 그렇게 좋을 수가 없었다. 섹스가 그리 사람을 들뜨게 만드는 건지 몰랐다. 내 동정을 아내에게 줄 수 있었다는 게 때론 잘된 일이라며 기뻐했었다.

그러면서도 아내에게 내 마음을 숨기는 데 급급했다. 착각이었지만 내 곁에서 언제 떠날지 모르는 아내였다. 가끔은 자다 악몽에 깨 옆에 있는 아내를 손으로 더듬어보기도 했다.

아이를 참 좋아하는 아내, 아이만 보면 예뻐서 한번 만져 보고 싶어 안달인 모습이었다. 그럴 때마다 난 불임을 들킬까 봐 불안감에 시달리고 아이 때문에 떠나게 될 아내가 두려웠다.

내 불임을 알면 떠날 아내, 경희는 날 불안하게 했고 날 더욱 내 안으로 숨게 만들었다. 아내를 내 옆에 붙들어둘 어떠한 자신도 없었다. 자신감이 없는 결혼 생활에서 아내가 내 안으로 더 들어와 흔들지 않길 바라며, 아내가 분명 상처받는 걸 알면서도 난 내가 상처받지 않기 위해 차갑게 대했다. 언제든 떠난다면 쉽게 놓아줄 수 있도록 난 준비하고 있었다.

내 기억으론 결혼하고 일 년이 채 안 됐을 때 같다. 아내가 컴컴한 침실에서 무릎을 두 손으로 끌어안아 웅크리곤 혼자 울고 있었다. 왜냐고 묻는 나에게 빨간 코를 하고는 대성통곡하는 아내를 보며 뜨끔했다. 드디어 내가 불임인 걸 알았구나 싶은 게 당장 도망가고 싶었다. 아내가 내 손을 잡으며 안아달라고 할 때만 해도 불안해 심장이 밖으로 튀어나오는 줄 알았다.

아내의 불임.

난 어떻게 받아들여야 할지 몰라서 헤맸었다. 연이은 악몽, 왜 이
토록 젊고 예쁜 내 아내가 비참한 짐을 짊어지어야 하는지 너무 불쌍
했다. 눈물로 지새우는 아내를 위해 뭐든 다 해주고 싶었다. 그러나
아내는 나와 달랐다. 절망하지 않은 채 혼자 눈을 부릅뜨고 맞서려는
의지가 보였다. 그게 난 더 겁났다. 같으나 너무 다른 아내.

사촌에게 달려가 모든 상황을 듣고는 오히려 잘되었다 생각했다.
이제 아내에게 내 상황에 대해 고백할 수 있을 것 같았다. 하지만 사
촌은 나에게 희망을 주었다. 거짓 희망, 아직도 난 그 새끼를 용서할
수 없다. 찢어발겨 씹어 먹어도 부족한 개새끼. 내가 같은 피가 섞였
다는 게 너무 싫어 피를 다 빼내고 싶을 지경이다.

사촌에게 내 불임에 대해 자세히 설명해 주었다. 오히려 사촌은 자
신이 연구해 성공했던 시술이 있으니 동의만 한다면 아이를 가질 수
있게 만들어준다며 날 속였다. 아내가 아니면 발기되지 않는 난 고환
에 주사기를 넣어 정자를 빼내는 고통을 감수하며 아내가 시술을 받
을 때마다 거는 그 부푼 기대에 몰래 내 희망을 덧붙였다.

차라리 그때 아내에게 말했어야 했다. 그랬다면 아내까지 그 독한
거짓 시술 속에 가능성마저 잃지 않았을 텐데. 내가 죽일 놈이다. 미
친 정신병자였다. 십여 년 전에 불임을 선고 받고선 무슨 자격으로 아
이를 가져볼 생각을 했는지 돼먹지 못한 내가 미친놈이다. 아내를 닮
은 딸을 그토록 원했던 내 죄가 아내를 병들게 했다.

이혼을 하고 달라진 게 뭐 있을까.

아내 소식은 종종 듣는다. 가게는 잘되고 건강하다고 한다. 분당에 작은 아파트를 얻어 혼자 살고 있다는데 밥은 잘 챙겨 먹는지 모르겠다. 음식을 정말 먹지 못할 만큼 못하는데, 혼자 살면서 어찌 챙겨 먹을지 걱정을 해보지만 소용없다.

더 이상 우린 부부가 아니기에…….

왜 난 사랑을 어렵게만 생각한 채 아내를 사랑한다고 여기지 못했을까.

아내를 떠나 이곳에서 찬찬히 돌이켜 생각해 보니 이제 알겠다. 아내를 사랑한다고 느끼지 못했던 건 이슬비가 촉촉이 내려앉아 젖어들 때까지 모르는 것과 비슷했다.

난 아내를 사랑한다. 아내의 웃음 한자락이 그리운 건 아내를 사랑하기 때문이다. 아내를 사랑하기 때문에 떠날 걸 두려워했다. 아내를 사랑하기 때문에 괴로워하며 날 떠나고 싶어해 놓아줬다. 하지만 더 이상 난 강경희를 아내라고 부르지 못한다.

난 아내를 사랑한다. 난 강경희를 사랑한다. 사랑한다! 사랑한다! 사랑한다!

내 사랑은 갈 길을 잃었다. 늦게 깨달은 내 사랑은 도착지도 없이 방황한다. 눈물과 회한은 부질없는 감정일 뿐이다.

아, 이래서 다들 사랑엔 때가 있다는구나.〉

이래서 훔쳐보는 건 죄라고 혼나는가 보다. 온몸이 부르르 떨

리며 눈가에 눈물이 고인다. 난 보지 않았다. 절대 이걸 본 적이
없다. 난 안 본 거다. 본 적 없다. 그러니까 울지 마! 제발 울지
마!

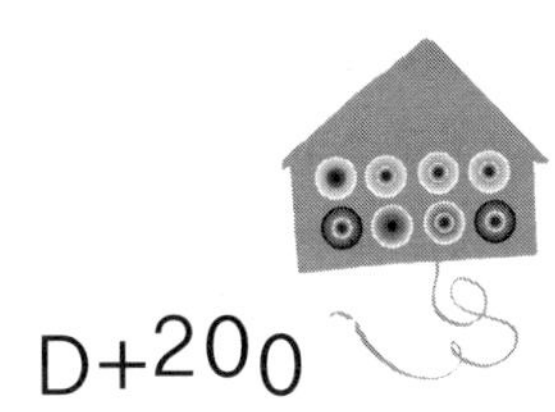

D+200

직원이 쉬는 주말, 온종일 어찌나 손님이 많았던지 앉아 있을 틈도 없이 너무 바빴다. 하이힐을 신었더니 다리가 퉁퉁 부어 예쁜 내 종아리가 코끼리 다리 같다. 돈 버는 거 너무 힘들다.

고요한 집에 들어와 편히 늘어져 쉬다 물 한 잔 마시려고 일어났다가 슬그머니 작은방으로 들어간다. 발걸음을 막지만 내 말을 듣지 않는다. 코끼리 다리가 되더니 의지가 생긴 듯 혼자 막 걸어간다. 다리야, 멈춰! 라고 주문을 걸자 다리는 멈추는데 이번에 손이 스스로 박스 속에서 노트북을 꺼낸다. 이런, 개념을 안드로메다로 보낸 팔다리들 같으니라고! 내 너희들의 정성이 갸륵해 모른 척 따라주마.

노트북을 연결해 이전과 같이 인터넷을 연결했다.

〈숨을 쉰다.〉

오, 업데이트가 되어 있다. 보지 말아야 한다는 걸 알면서도
멈출 수 없다. 고민하는 때마침 휴대전화가 울린다. 그래, 받으
면서 마우스로 엑스를 누르는 거다. 난 충분히 할 수 있어.

"넌 왜 밤만 되면 나한테 전화하는 거야?"

정우, 일생에 도움될 때도 있는 놈. 하지만 밤만 되면 술 처먹
은 사람도 아니고 왜 전화를 해대는지 모르겠다.

[인터넷에서 봤는데 헤어진 애인이 하는 미련한 짓 중에 하나
가 뭔 줄 알아?]

"그걸 내가 어찌 알아?"

[헤어진 애인의 싸이월드 가서 방명록과 사진첩을 확인하는
일.]

컥, 숨이 확 막힌다. 이놈아, 내가 지금 그 짓 중인데 어째 넌
이렇게 날 찌르는 순간도 잘 간파하냐.

"끊어. 나 잘 거야."

[밤에 살아 있나 걱정돼서 전화하는 거야. 술 필요하면 콜 해.
난 콜은 다 받아.]

"그러다 올인 하지 말고 잠이나 자라."

휴대전화를 내려놓고 모니터를 봤다. 그래, 더 이상 난 미련한 짓 하지 말아야 해. 그러나 손은 또 제 의지대로 움직인다.

〈요새 부쩍 기분이 좋다. 땅을 파듯 한없이 푹 꺼졌던 기분이 좀 나아진다. 역시 약물치료가 기대만큼 효과가 있는 것 같다.

의사 말로는 차도가 보인다고 하는데, 내 스스로도 좀 변화가 있다고 느낀다.

더 이상 내 아이를 낳지 못한다고 날 자학할 필요가 없는 것 같다. 사람에게 주어진 운명이 있다면 내 운명이 그만큼인 것뿐이다. 그것은 내 잘못이 아니다. 내가 잘못해서 주어진 벌이 아니고 숨길 일도 아니다. 창피할 일도 아니고 난 아직 남자다. 아이를 낳으려고만 태어난 것이 아니기에 아이를 낳지 못한다고 해서 내가 없어지는 건 아니었다.

이런 날 사랑할 사람을 만나면 되고 그 사람이 경희라면 더 좋겠지만 아니라도 어쩔 수 없다. 여전히 난 살아가야 한다.

아버지가 왔다 가셨다. 총장을 사퇴하시고 주변을 정리 중이시라면서 날 보곤 눈물 지으셨다.

내가 아픈 만큼 남도 아프다는 걸, 그리고 그 아픔을 보지 못했다는 건 돌이켜 볼수록 안타깝다.

오늘따라 쓰고 싶던 말이 많았는데 잘 써지지 않는다.

그립다는 말, 아주 가끔이라도 보고 싶다는 말을 하고 싶다.

경희 없이 앞으로 잘살 수 있을까 싶다가도 숨이 붙어 있는 한은 살 수 있다는 걸 안다.

경희 소식을 알 길이 없다. 알고 싶지만 마땅히 연락해서 물어볼 곳도 없고 그러하기엔 경희에게 부담 될까 봐 주저하게 된다.

경희야, 잘 지내?

나 아직 용서 못했지?

그립고 많이 사랑하지만 아직은 네 앞에 설 자신이 없어. 언제 또 내가 날 숨겨 버릴지 모르는 상태에서 널 만나는 건 꿈도 못 꾸지. 그래서 내 꿈에 네가 나타나지 않는가 봐.

다 끝난 우리 사이인데도 뒤늦게 왜 이러는지 나도 모르겠어. 하지만 사랑해. 많이 사랑해. 미안하지만 나 너 사랑해. 하지만 이 사랑이 너에게 당도할 일이 없어 다행이야. 더 이상 널 상처 입히지 않을 테니까.

사랑해. 사랑해. 사랑해. 수백 번 써도 소용없는 단어가 이리 소중할 줄이야.

왜 자꾸 눈물이 나는지 모르겠다. 이곳 공기가 그리 좋지 않은 것 같다. 아니면 내 그리움이 짙은 걸지도……〉

미련한 짓인 줄 알면서도 이리 볼 수밖에 없던 마음, 이제 내 손은 내 의지대로 움직인다. 노트북을 정리하고 작은방을 나왔다.

내 전남편의 사랑, 난 그의 사랑. 미련한 사람들끼리 참 미련한 짓 하고 산다. 그러니까 우리는 지금 어떻게 사는 게 정답인지 모르고 있는 거다.

아직 난 용서라는 단어 자체가 무얼 의미하는지 모르겠다. 남편의 변화를 글자로 보면서도 그 변화가 진실일지 분간이 안 간다. 아직 남편을 믿을 수 없다. 아니, 다 끝났으니 믿을 필요도 없는 걸. 신경 끄자.

결국 이혼으로 이렇게 끝이 난 걸까? 우린 이렇게 서로 모른 척 외면하며 사는 것이 현명한 걸까? 이혼, 그 후엔 마음이 더 엉클어진다.

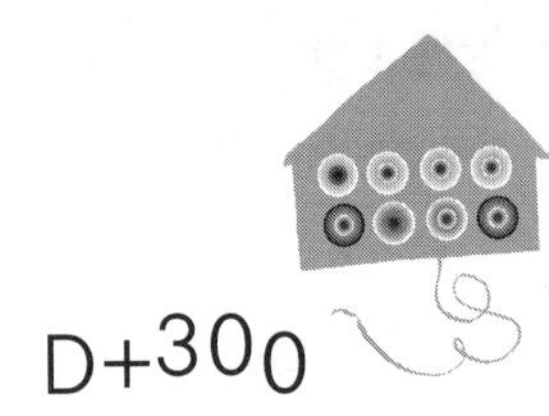

D+300

가게가 자리 잡고 한가하다는 말이 내 입에서 사라진 지 얼추 일 년. 내 가게는 정우네 서울 가게와 동일한 수준으로 매상이 올라갔다. 내 감이 맞았던지 가벼운 마음으로 지나가다 한두 번씩 본 사람들의 발걸음이 계속 이어진 것이다. 세상에! 살다 보니 이리 좋을 수가 없다.

기분 좋은 날을 그냥 보낼 수 없어 정우를 끌고 포장마차에 왔다. 처음엔 허름한 게 정이 안 가더니 자주 와 소록소록 쌓인 정에 이젠 발길을 끊을 수 없다.

"쳇, 겨우 포장마차야? 돈 벌어서 뭐 하려고?"

이놈아, 피땀 흘려 번 내 돈을 술값으로 날리라고 부채질하는 것이 아니라면 포장마차가 어때서! 넌 아직 멀었어. 쯧쯧.

"먹기 싫으면 가. 너 아니라도 오늘 같이 기분 내줄 사람 줄 섰거든!"

"거참 까칠하게 굴기는. 누가 안 먹는데? 만날 오돌뼈만 시키니까 그렇지. 오늘은 나 닭발볶음하고 꼼장어 먹고 싶어."

저 입맛도 빈곤한 놈, 주는 대로 안 먹고 개기기는!

"먹어, 먹어! 남들이 들으면 내가 너 굶기는 줄 알겠다."

"사실 너 요새 입맛 없다고 우동 쪼가리나 사먹고 그랬잖아! 분당에 맛집이 얼마나 많은데, 난 분당 와서 우동에 질렸어. 우동 너무 싫어. 난 누가 우동 먹자고 하면 이젠 인간관계 절교야."

"우동이 어때서? 웃긴다. 너 먹고 싶으면 네 돈 주고 사먹어. 난 돈 없어서 우동밖에 못 먹어."

"됐어, 그놈의 돈타령은. 술이나 따라. 너랑 노는 내 우정이 오늘따라 너무 안쓰럽다."

우린 주거니 받거니 좋은 기분에 시시덕거리며 술이 취하도록 마셨다.

돈도 왕창 벌고 만사형통이라고 웃는 내가 웃기다. 그냥 막 웃음이 나온다. 가슴 한쪽 아린 웃음이 왜 이리도 멈추지 않는지 모르겠다.

"왜 웃어?"

이놈아, 네가 이 인생의 쓴맛을 본 내 마음을 알겠냐.

"그냥 사는 게 웃겨서."

"이혼하니까 행복해?"

헉, 저게 미쳤나. 왜 하필 이렇게 좋은 날 그런 걸 묻는지. 개념 상실이다. 개념은 안드로메다 가서 찾아야 한다는데 저놈의 개념은 어디 가서 찾아 넣어줘야 하나.

"이혼하니까 행복하냐고. 왜 말을 못해?"

저놈의 직선 화살표. 가만히 딱지 지고 있는 상처를 꽉 찔러 피나게 만드는 저 화살표를 어찌해야 하나. 대답 대신 가슴속 깊은 곳에서 숨죽이고 있던 숨까지 길게 내뱉어진다.

"이혼하면 행복해야 하는 거야?"

"이혼했으면 행복하고 새 출발해야지, 왜 버벅거리며 살아?"

사람들은 왜 이혼하면 행복해고 새 출발해야 한다고 생각할까.

이혼했다고 행복하고 반드시 새로운 사람을 만나서 다시 결혼해야 한다는 고정관념들이 날 옭아맨다.

난 그 어느 것도 바라지 않았다. 난 그래서 이혼한 게 아니었다. 단지 전남편과 더는 함께할 수 없는 넘지 말아야 할 선을 넘었기에 우린 같은 호적에 있을 수 없었을 뿐이다. 도저히 내 전남편과 살 수 없고 더 이상 그 사람 옆에 있으면 괴로워 미칠 것 같아 이혼했다. 이혼은 그 당시 우리에게 최선의 방법이었고 지금도 마찬가지다. 후회를 아예 하지 않는 건 아니지만 이혼을 보는 그 시각, 반드시 이혼은 행복을 위한 방법이 아니라는 걸 좀 알아줬으면 한다. 아, 나 무슨 연사 같다.

"술이나 마셔."

"왜 아직도 그 사람 못 잊니?"

속이 확 까발려지는 정우의 말에 술이 너무 써 인상 확 찌푸려졌다.

"지나고 나서 후회 안 하는 일이 어디 있을까? 그때 왜 내가 남편에게 좀 더 솔직하지 못했나 싶을 때가 있어. 차라리 시어머니가 날 힘들게 하면 힘들다고 말해서 덜 원망하고 풀어버렸으면 어떨까 싶고 남편에게 숨기지 말고 나도 좀 더 솔직했다면 어땠을까 싶기도 해. 그랬다면 좀 달라졌겠지. 남편이 나에게 더 신경 썼을 거고 그러다 보면 뭐, 이런 생각들을 하지. 무조건 숨기려고만 했던 그 우둔함이 가끔은 후회스러워."

"하지만 네 전남편이 더 나빠."

술 취한 놈의 표현 하고는. 나빠, 애도 아니고 혀 짧은 말에 피식 웃음이 난다.

"나빴지. 하지만 이젠 이해해. 그 사람을 이해할 수 있을 것 같아."

"어떻게?"

"나나 그 사람이나 같은 불임으로 아파했을 뿐이야."

"하지만 넌 그렇게 나쁜 사람이 안 됐잖아."

이놈이 술 취하니 유치원생 말투를 쓰고 그러네. 우리도 나이 먹었는데 듣기 간지러워 말 못하겠다.

"사람마다 다르겠지. 감기도 증상이 다 다르게 나타나듯 다르게 아픈 거지 뭐. 난 날 안아주고 보듬어주면서 내 곁을 지켜준 사람들이 많았던 반면 내 남편은 혼자 다 감당해야 했잖아. 그 아픔 이제 이해할 수 있는 거 같아."

"이해해서?"

"이해해서 뭘?"

"이해했다면서, 그럼 뭐가 나와야 할 거 아냐?"

오늘 술은 그냥 술이 아니라 쓰린 마음을 적신다. 내일이면 적셔진 마음을 소독시켜 맘이 덜 아프겠지. 그래서 술이 이렇게 나에게 사랑받는 거다.

"이젠 밉지도, 원망스럽지도 않아. 그냥 편해졌어. 예전에 떠올리기만 해도 가슴이 화끈거리고 쑤셔서 힘들었는데 이젠 편해. 내가 받았다고 여겼던 그 상처들 이젠 서서히 낫는 거 같아."

"그럼 잊은 거야?"

"잊은 걸까? 혹 길 가다가 다시 만나면 인사는 하고 싶어. 잘 지내냐고 그냥 물어보고 싶기도 하고, 나는 잘 지낸다고 인사하고 싶어. 전화라도 오면 건강하냐고 묻고 싶고, 난 건강하다고 말하고 싶어. 그냥 그래. 잊은 건지는 모르겠지만 나도 인정하고 싶지 않지만 그냥 보고 싶어. 가끔 얼굴이 생각 안 날 때는 속상해. 그저 막연하게만 잘생겼었지, 라고 생각나서 너무너무 슬퍼. 이렇게 잊는가 봐. 이렇게 느낌만 남고 서서히 옅어지면서 그렇게 잊는 건가 봐."

오랜만에 눈에서 눈물이 흐른다. 취한 술김에 눈물이 얼굴을 타고 흐르는 걸 그대로 둔다. 입 안에 도는 짭조름한 눈물을 삼키니 목구멍이 뜨겁게 아프다. 밍밍한 술 한 잔을 위로 삼아 마신다.

"어라?"

이놈이 내 명언을 듣더니 놀랐나. 갑자기 눈이 동그랗게 뜬다.

"왜?"

"나 술 취했나 봐."

이놈아, 진즉에 취했다.

"경희야, 앞이 흐릿한 게 헛것이 보여."

정우가 쿵하고 간이 탁자에 빠른 속도로 이마를 박았다. 취하려면 곱게 취할 것이지 이 덩치를 누가 감당하라고 쓰러지고 난리야. 그리고 보니 앞에 놓인 초록 병이 몇 개야. 하나, 둘, 셋…… 열. 둘이 마신 것치고 지나치게 많이 마셨다. 수학을 싫어하는데 숫자를 세고 나니 나도 어질하다. 근데 방금 정우는 뭐가 보인다고 했는지 궁금해 뒤 돌아보았다.

신기루같이 흐릿한 남자가 서 있다. 키가 큰 남자는 눈물을 흘리며 나와 마주친 눈을 피하지 않는다. 왠지 내가 아는 사람 같다. 점점 더 선명하게 보이는 남자를 바라보다 순간 내 심장이 멈추었다.

“여보?”

설마 남편일 리는 없겠지. 놀란 나는 벌떡 일어나 서 있는 남자에게 가까이 가보았다. 그리고 부딪쳤다. 기둥이다. 딱딱한 쇠기둥에 이마가 아프다. 착각은 이제 그만 하고 집에 가야겠다. 내 집, 강경희 혼자 사는 내 집으로 가자.

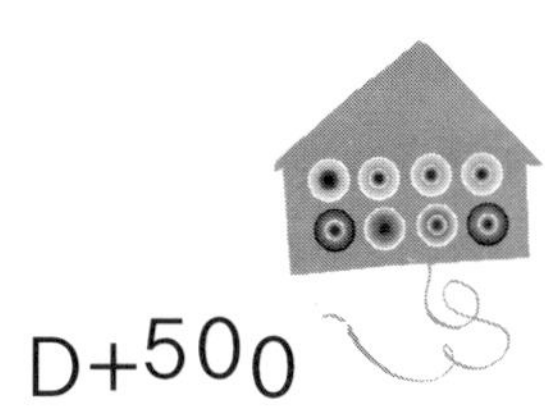

D+500

눈을 떠 일상을 보내고 다시 잠을 이루는 반복되는 날 속에서 특별함이란 찾을 수 없다. 다만 시간은 묵묵히 흘러가고 나도 그에 따라 삶이 더해지고 있다. 그리고 하루하루 그렇게 살면서 세상을 배워가는 재미가 쏠쏠하다.

가게를 하다 보면 다양한 사람들을 만나고 제각기 살아가는 모습에 때론 놀라기도 하고 감탄하기도 한다. 더 많이 볼수록 더 많이 이해할 수 있다는 말이 정답이다. 좁은 시야가 트이면서 난 점점 커가고 있다. 하지만 얼마나 더 커야 세상 안에서 상흔을 누그러뜨리는 법까지 배울 수 있을지 모르겠다. 아직은 다 흡수해 쑥쑥 크기만 하는 것 같다.

"어머, 오셨어요?"

지난 장부와 영수증을 맞춰보고 있는데 직원이 너무나 반가운 목소리로 손님을 맞아 나도 반사적으로 고개를 들었다.

"아, 인식 씨."

근래 너무 자주 오는 건물 주인, 부담되긴 해도 친구들을 데려와 종종 매상을 올려주니 거부할 수 없다. 하지만 오늘은 혼자인데 왜 왔을까.

"맞아요. 나예요."

오, 저 나이도 안 먹는 꽃미소. 무진장 친절한 꽃돌이는 나이도 비켜가나 어째 만날 그런 환한 미소를 뿌릴 수 있는지 궁금하다.

"바빠요?"

손님도 없이 휑한 가게를 보면 모르나, 뭘 그렇게 캐묻고 그러실까.

"그럭저럭. 웬일이에요?"

"커피 한 잔 할래요? 옆집 바리스타 바뀌었다고 하던데, 혼자 커피 마시긴 싫어서요."

거참, 옆집 커피 만드는 사람 바뀐 것까지 알고 있다니 회사 운영한다는 사장이 진짜 맞는지 왠지 의심이 든다.

"서현 씨, 나 잠시 자리 비울게요. 미안해요."

"아니에요. 오래오래 비우셔도 돼요."

　가게 옆 커피숍의 테라스는 해를 넘겨도 여전한 모습이다. 사람들은 제각기 짝을 이뤄 여유롭게 거리를 거닐고 테라스에선 간간이 그들을 보며 각자의 이야기에 심취해 있다.

　"커피 맛있어요?"

　주인 아저씨가 바리스타를 잘못 고른 듯한 맛이다.

　"마실 만해요. 근데 왜 커피 마시자고 했어요?"

　이렇게 날 찾아와 불러내는 인식이 부담스럽지만 밀어내기도 애매한 존재다. 선뜻 선을 그어 여기까지라고 말하기에는 뭔가 잡히지 않는 그런 사이다.

　"커피 마시자는데 이유 있나요?"

　"난 있어요. 참, 미나 씨 미국으로 돌아갔다면서요?"

　"좀 됐어요. 자기가 원하는 걸 가지러 왔는데 이미 썩어서 처리하기 곤란하다고 하던데, 그 뜻 아세요? 도통 뭔 말인지 모르겠더라고요."

　썩어 처리하기 곤란한 내 전남편이라, 미나 입장에서야 틀린 말은 아니겠지. 문득 그 여자가 떠오를 때가 있다. 전남편의 불임을 안 순간 돌아섰던 날카로운 칼 같은 여자, 진짜 사랑을 몰라 옆에 자신을 빛내줄 사람만 찾는 그 여자가 대단하다는 생각이 머릿속에서 지워지지 않는다. 어쩌면 모든 여자들의 숨겨둔 마음이기에 현명한 걸 수도 있지만 왠지 씁쓸하다.

　"모르죠. 근데 정말 왜 왔어요?"

“보고 싶어서요.”

윽, 느끼하다. 커피에 미원을 잔뜩 탔나, 왜 이리 느끼할까.

“왜 보고 싶었어요?”

“그냥요. 그냥 보고 싶었어요.”

한동안 우리 사이엔 침묵이 흐를 수밖에 없었다. 그냥 보고 싶다는 말, 내가 모르는 말이 아니다. 나도 그냥 보고 싶은 사람이 있다. 정말 그냥 보고만 싶은 사람 말이다. 인식이 언제부터 이랬을까. 갑자기 물벼락 맞은 듯 기분 좋지 않은 게 선을 그어야 할 그것이 잡힌 것 같다.

“보고 싶어하지 마세요.”

냉랭한 내 말투에 인식의 꽃미소가 사라진다.

“왜요?”

“그냥요. 난 누가 나 보고 싶어하는 거 싫어요.”

“그럼 말하지 말고 보고 싶어하면 돼요?”

“고맙지만 나 이혼녀예요.”

입 밖에 잘 내지 않는 말을 인식 때문에 해야 하는 게 별로 탐탁지 않다. 아, 인기인은 괴로워.

“그게 무슨 상관이에요?”

“가끔 사람들은 저 젊은 여자가 왜 이혼녀가 됐을까 궁금해하죠. 남들 결혼할 나이에 이혼녀라는 딱지가 붙은 날 보는 눈이 그리 달갑지 않고요. 게다가 괜히 인식 씨까지 덧붙이고 싶지 않아요.”

“내가 부담돼요?”

아니, 지금 그걸 말이라고 하는 거야. 그럼 총각이, 것도 돈 많은 총각이 옆에서 알짱거리면 당연히 부담이 되지!

“괜히 사람들한테 오해 사고 싶지 않아요. 가뜩이나 이혼녀의 사생활은 호기심 대상이 되는 경향이 있는데 난 깔끔하게 살고 싶어요.”

“하지만 난.”

“인식 씨, 고마워요. 근데 여기까지만 해주세요. 내 가슴에 내가 놓지 못한 뭉텅이가 있어요. 그 마음 진작 알지 못해 깊어졌다면 내 둔함을 사과할게요. 미안해요.”

내가 몰랐다고 하면 돌 맞겠지만 약간의 의심은 들었어도 날 마음에 둔 정도인 줄은 생각도 안 해봤었다. 총각이 뭐 하러 결혼에 실패한 여자를 좋아하겠나라는 무심했던 내 마음이 인식을 상처 준 것 같다. 조금 더 타인의 마음을 보아야 하고 친절을 의심했어야 했는데 내 잘못인 거 같다. 아, 진즉 눈치 챘다면 조금 더 내가 조심해 이렇게 만들지 않았을 텐데 이럴 때 머리 나쁜 게 티난다.

“사과하지 마요.”

“난 한 번으로 족해요. 남자도 결혼도 이혼도 앞으로 없다는 말 정말 하고 싶어요. 그리고 일방통행은 너무 아프잖아요. 인식 씨라면 마주할 화살표를 충분히 찾을 수 있을 거라고 믿어요.”

"너무 냉정해서 경희 씨 같지 않네요."

산전수전 다 겪고 살면 이렇게 되지. 쩝, 나도 이렇게 맺고 끊을 때를 확실히 알게 되었구나. 강경희 발전하긴 했다.

"내가 경희 씨의 아픔을 아우를 순 없는 건가요?"

"내가 가진 아픔을 사랑할 수 있는 사람은 한 사람밖에 없어요."

순간 튀어나온 말에 내가 말해놓고도 놀랐다. 아직도 난 내 아픔을 전남편에게 부여하고 있다. 그리고 그 아픔을 아우를 손도 전남편에게만 맡기고 있었다. 불현듯 날 아우르고 있는 모든 것들이 아직도 전남편에게 얽매어 있다는 게 당황스럽다. 무의식중에도 내가 놓지 못한 한 사람, 이혼이 끝은 아니었나 보다.

"역시 그 사람인가요?"

"먼저 일어날게요. 혼자 가실 수 있죠?"

난 대답도 듣지 않고 커피숍을 나왔다. 그래, 잘한 거다. 난 잘한 거라고 믿는다.

그 몇 발자국 걸어오면서 머리에 아찔한 통증이 밀려온다. 하필 저 사람은 왜 나에게 그런 감정을 품어서는 이런 말을 할 수밖에 없게 만든 걸까. 미안하지만 아깝지 않으니 난 아직도 정신 못 차린 것 같다.

"나 먼저 들어갈게요."

"사장님, 왜?"

의아하게 쳐다보는 직원, 왜 일찍 들어가는지 궁금한 건가.

"그냥 머리가 좀 아프네요."

"건물 주인이랑 데이트 안 가세요?"

"쓸데없는 말 하지 마요. 거듭 부탁하지만 저에 관해선 특히 입조심해 주세요."

머리가 아픈 건 잠시였다. 아주 잠시 소중한 타인의 감정을 짓누른 죄책감 같은 통증이 싹 사라졌다. 집 안에 홀로 앉아 있으니 또 전남편의 노트북을 만지작거린다. 이 노트북만 아니면 남편을 아예 털어낼 수 있었을 텐데 난 놓지 않고 있다.

노트북에 전원을 연결하곤 또 인터넷을 통해 블로그를 찾는다. 어쩌다 한번 찾는 블로그라 접속할 때마다 비밀번호가 바뀔 수 있다는 두려움을 안고 클릭한다. 치료가 다 끝났는지 한동안 업데이트가 안 되어 자연히 잊고 있다가 오늘에야 괜히 들어와 봤다.

〈서울, 그리고 삶.〉

어머나, 업데이트가 됐네. 간만에 올라온 새 글, 가끔 이리 흔적을 찾는 날 전남편은 알기나 할까. 아니, 이걸 보는 걸 알면 아마 기겁하겠지. 하지만 살다가 생각나는 건 어찌 막을 방법이 없다.

〈의사의 퇴원 통보에 약간 겁을 먹었다. 이젠 정말 정상이라며 내가 하기에 따라 달라질 뿐 의학적으로는 완치라는 의사의 말이 더 부담스러웠다. 내가 하기 따름이라는 말에 왠지 지난날이 스쳐 가슴팍을 쳤다.

과연 내가 이곳을 벗어났을 때 이전과 다른 모습으로 살아갈 큰 자신감이 없다. 그러나 나간다면 난 경희에게 갈 수 있을지 아니라면 어디로 가야 하는지 숱한 고민을 뒤로하고 서울로 올라왔다.

난 아무래도 도시형인가 보다. 그 드넓은 자연 속에 파묻혀 있던 요양소는 갑갑했는데 서울에 올라오니 빠른 흐름이 익숙하고 숨이 확 트인다. 이전에 회사가 있던 양재동에 오피스텔을 얻어 혼자 생활하고 있다. 혼자 밥 먹는 것도 익숙해졌다. 역시 시간이 지나면 다 익숙해지나 보다.

이젠 버릇이 되어선지 혼자 있으려니 자꾸 끼적거리게 된다. 아무도 보지 않을 날 감정을 적는다는 게 쑥스럽지만 적고 나면 한결 가벼워진다. 글이 이럴진대 말로 하고 살았다면 얼마나 편했을까 하는 후회가 많이 든다.

삼 개월 동안 열심히 이력서를 넣었지만 번번이 면접에서 떨어졌다. 사장으로 있던 내 경력이 부담스러운 뉘앙스에 뭘 해야 할지 걱정이다. 열심히 한다고만 되는 세상이 아닌 걸 알기에 더욱 밤잠을 설친다.

사실 내가 진짜 밤잠을 이루지 못하는 이유는 경희를 보았기 때문이다. 포장마차에서 고개를 숙이고 울고 있던 경희를 본 순간 죽고 싶었다. 일 년이 넘도록 나 때문에 저렇게 울고 있다니, 내가 어찌해야 경희의 눈물을 멈추게 할 수 있을지 모르겠다. 어떻게 사죄해야 경희의 마음에 썩고 있는 부분을 도려낼 수 있을지 막막하다.

날 기다리지 않는다는 걸 알고 다른 좋은 사람을 만날 기회가 더 많은 걸 알지만 한 번쯤 날 반가워하지 않을까라는 착각은 산산이 깨졌다. 하지만 가까이 가고 싶다. 아직 난 미친놈인가?

딜레마, 진퇴양난이라고 할 수 있는 지금의 나.

친구들을 만나 술 한잔하면서 으레 아이 이야기가 나왔다. 이전같이 가슴을 찌르는 통증이 확 줄었다. 부럽긴 하지만 가질 수 없는 난 그냥 웃었다. 친구들은 내 인상이 이전보다 훨씬 편해 보인다고 했다. 어디 가서 뭘 하고 왔냐고 묻기에 또 웃어주었다. 웃음이 헤퍼졌다며 놀리는 친구들 때문에 한결 마음이 안정된다.

어젯밤엔 꿈을 꾸었다. 사춘기 소년이 된 듯 때늦은 몽정을 해보았다. 경희를 맘껏 안고 입 안이 바짝바짝 마르도록 곳곳을 탐하다가 눈을 떴다. 젖어버린 팬티를 벗고 찬물에 샤워하면서 아직 발기되어 있는 내 것을 보니 웃음이 나왔다. 마음은 주저해도 몸은 더 솔직하다.

얼마 전에 장인어른에게서 전화가 왔었다. 서울에 올라와 먼저 연락드리려 했지만 아무것도 하지 않는 주제에 선뜩 나서기 어려웠는데 반가웠다.

약속 장소에서 초조하게 기다리니 인자한 장인어른 그 모습 그대로 나오셨다. 그리고 장인어른은 내가 경희 곁에 나타나지 않았으면 좋겠다고 하셨다. 이제 겨우 자리 잡고 사는 경희가 나로 인해 흔들린다면 누구보다 장인어른이 견디기 힘들 거라는 말에 나도 모르게 눈물이 쏟아졌다. 내 눈물에 당황하셨는지 손을 잡아주시는 장인어른에게 용기를 내 용서해 달라는 말을 했다. 죽을죄를 지었지만 한 번만 용서해 주면 다시는 이런 죄를 짓지 않고 살겠다고 빌었다.

장인어른은 용서는 이미 이혼서류에 도장 찍었을 때 했다고 하셨다. 하지만 이미 끊어진 연이 독을 품고 서로에게 해가 될 테니 다시 만나지 말라는 간곡한 부탁 앞에 난 앞이 하얗게 변할 뿐이었다.

나는 그런 존재인가. 나는 정녕 내가 사랑하는 여자에게 독이 되는 그런 존재뿐이 될 수 없는 걸까.

경희를 만나고 싶다. 다시 같이 살지 않더라도 길에서 스쳐 가듯 그렇게 지나쳐 어깨라도 한번 부딪쳤으면 좋겠다. 두 다리가 온전한데 가지 못한다. 가고 싶다. 가서 만나고 싶다.

속이 미치게 부글거린다. 나는 이제 어디로 가야 하는지 내 온전한 두 다리가 너무 서글프다. 갈 방향을 잃고 동동거리고 있는 내 두 다리를 어쩌면 좋을까.

경희야, 잘 지내고 있다는 말을 들어서 다행이야. 찾아가고 싶은 내 이 그리움이 널 힘들게 한다면 깨끗이 버릴게. 사랑, 그 어렵게 돌아온 내 사랑을 널 위해 맨바닥에 패대기치듯 던져 버릴게. 사랑해.〉

나한테 언급 한 번 없이 아버지가 전남편을 만났다니 왠지 배신당한 기분이다. 나도 보고 싶다. 그냥 어깨 한번 부딪쳐 미안하다고 웃으며 스쳐 지나가듯 전남편을 만나고 싶다. 이젠 용서

라는 말을 알 것 같다. 전혀 감이 잡히지 않던 단어, 용서. 이젠
지난날을 그만 덮어버릴 만큼 큰 것 같다. 시간과 나이, 그냥 보
내고 더해지는 건 아니었다.

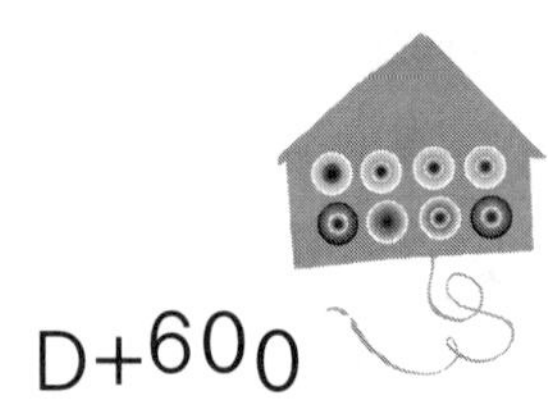

D+600

온종일 지긋하게 주룩주룩 비가 온다. 비 오는 거리엔 우산을 든 사람들이 간간이 지나가지만 가게 안으로 들어오는 사람은 눈에 띄게 적다. 오늘 장사 공쳤다. 쳇, 날씨 미워!

비가 오면 지나간 추억에 젖어버리는 기분이 든다. 한가한 시간, 문득 전남편이 떠오른다. 이상하게도 떠오르는 전남편의 생각을 예전처럼 억지로 지우려고 하지 않는다. 난 이제 가끔 남편을 떠올리기도 한다. 간혹 그때의 행복했던 기분에 미소가 지어지기도 한다. 슬프기도 하지만 행복했던 기억을 이젠 굳이 무시하지 않는다.

비가 오던 날, 아파트 현관에서 남편을 기다리던 그날의 설레고도 초조했던 기분에 슬쩍 눈물이 감돈다. 아, 그런 행복을 언제 다시 맛볼 수 있을까. 지금의 삶이 불행하거나 싫진 않지만 그때의 사랑 가득했던 그 마음이 그립다. 하지만 생각은 가끔 멀리 간다. 비가 오는 오늘처럼 혹시 전남편이 돌아온다면 우리는 어떤 변한 얼굴로 마주할까 하는 생각이 든다. 그러다가 푹 꺼져 버린다. 이미 끝난 사이, 돌이킬 자신은 그다지 없다. 더이상 새로 할 시간이 행복만 할 거라는 착각하지 않는 난 그래서 자신이 없다. 그래도 이 비와 같이 마음대로 추억에 젖어버리게 내버려 둔다.

한참을 고개 기울여 빛나는 조명을 보면서 이런저런 생각을 하다가 밖을 보았다. 큰 창밖에 다닥다닥 붙은 빗방울들, 그 밖의 한산한 거리, 그리고 장미꽃 한 다발을 들고 우산 밑에 서 있는 한 남자.

……엥, 뭐야? 설마 아니겠지. 비 오는 날의 환영이겠지. 내 눈이 진정 해태가 됐나?

"서현 씨, 저기 창밖에 남자 보여요? 나만 보이는 거 아니지요?"

"와, 누군지 몰라도 되게 로맨틱하겠다. 무지 잘생겼네요. 핸드백을 선물해 주려고 그러나, 가서 말 걸어볼까요?"

쿵! 오랜만에 제대로 붙어 있던 심장이 바닥에 떨어졌다. 그래서인지 어색하다. 창밖의 남자는 내 환영이라고 믿고 싶지만 내 눈은 지극히 정상인 거다.

"서현 씨도 보여요? 정말 보여요?"

"네. 왜 그러세요?"

난 홀린 듯 덜덜 떨리는 몸으로 자리에 일어나 천천히 창가로 다가갔다. 빗방울 사이로 보이는 남편, 보고 싶었다. 정말 보고 싶었다.

시선을 붙잡는 남편은 웃으며 내게 손을 흔든다. 희미한 미소가 아닌 환한 웃음을 가진 남편을 보니 나도 웃음이 지어진다.

당신, 건강해졌구나. 이렇게 웃을 수 있을 정도로 건강해졌구나.

찰랑, 문 열리는 소리가 나고 난 비가 오는 밖으로 나갔다. 있을 거야. 정말 있을 거야. 아직 믿을 수 없는 남편의 모습에게 두근거리며 다가갔다.

"오랜만이야."

아, 내 남편 목소리 맞다. 눈물이 핑 돈다. 반가운 목소리인데 왜 눈물이 도는지 청승맞다.

"응. 오랜만이야."

비를 맞는 날 남편이 손을 쑥 뻗어 우산 속으로 끌어들였다. 가까이에서 보니 내 남편 맞다. 맞는데 왜 난 자꾸 이렇게 믿어지지 않는지 더 눈을 크게 뜨고 본다.

"장미꽃을 보니 예전에 한 번도 사준 적 없다는 게 생각나서 왔어."

나에게 우산을 씌워주느냐고 비를 맞고 있는 남편, 생생한 장미꽃들이 머금은 빗방울이 빛나 보인다.

"고마워."

"보고 싶었어."

"응."

"미안해. 오지 말아야 했는데 너무 보고 싶어서 참을 수가 없었어."

"응."

남편을 볼 수 없어 고개를 숙이고 내 손에 들려 있는 장미꽃들만 쳐다봤다. 하나하나 시든 꽃 없이 너무나 맑고 산뜻한 빨간 장미 다발이다.

"여보, 잘 지내는 거야? 이젠 안 아파?"

"아직까지 여보라고 부르면 어떡하니."

그렇구나, 남편을 뭐라고 불러야 할지 딱히 생각나지 않는다.

"이제 건강해졌어."

난 고개를 천천히 들어 남편을 봤다. 남편의 눈가에 맺혀 있는 눈물 한 줄기가 볼을 타고 흘러내린다.

"나 보기 힘들지? 한 번, 딱 한 번 보고 싶었어. 다신 찾아오지 않을게."

"응."

사람이 없는 한산한 거리에서 남편은 비를 맞고 난 우산을 쓰곤 한참을 서 있었다. 남편의 발은 움직이려고 들렸다 멈추고 난 굳은 사람처럼 미동도 하지 않았다.

"여보, 나도 보고 싶었어."

그동안의 그리움이 봇물같이 넘쳐 버려 날 울려 버렸다. 그리고 터지는 울음을 남편의 품에 기대 울었다.

"그래, 울지 마. 경희야, 제발 울지 마."

등을 토닥거리는 남편의 손에서 안절부절못하는 걸 느낄 수 있다. 이 남자, 여전하다.

"다신 안 올게. 울지 마. 미안해."

연방 미안하다고만 하는 남편, 뭐가 미안한 줄 알기나 하고 하는지.

"오지 마. 다신 오지 마."

남편에게 받은 꽃을 도로 떠안겨 주고 가게로 들어와 문을 잠가 버렸다. 그러고도 성에 안 차선 가게 안의 불도 끄고 뒤도 돌아보지 않았다.

"사장님?"

"내버려 둬요. 잠시만 놔둬요. 나 지금 너무 보고 싶었던 사람을 만나 반가운데 자꾸 울음만 나서 도저히 견딜 수가 없어요. 그러니 나 놔둬요."

결코 슬픈 것만은 아니지만 터져 나오는 울음을 막을 수가 없다. 정말 오랜만에 소리 내 울어본다. 눈물이 마른 줄 알았는데 마르지 않는 샘을 가졌다. 바보같이 그깟 이혼한 남편이 왔다고 이렇게까지 울다니 그 세월 헛산 것 같다.

어두컴컴한 가게에 혼자 창을 등지고 앉아 있다. 직원은 퇴근하고 빛이라고는 밖의 네온 불빛들 외에는 찾을 수 없는 어두운 가게 안에서 남편을 떠올린다.

왜 찾아와서는 다신 오지 않겠다는 말 따위를 하는 거야! 내가 언제 꽃다발 사다 달라고 했어! 왜 이제 와서 그딴 거 사들고 와서는 달콤한 말을 내뱉고 그래. 왜! 왜!

똑똑, 가게 창 두드리는 소리가 난다. 이 컴컴한 가게를 누가 두드리는지, 신경질적으로 고개를 돌리자 남편이 보인다. 잔뜩 비를 맞으며 내가 돌려준 장미 꽃다발을 가슴에 품고 서 있다.

미련한 인간, 그깟 꽃이 비 좀 맞으면 어떻다고 그걸 옷 속에 품고 있니! 우산은 어디다 버려두고 비를 다 맞고 있는 거야! 하여간 속을 썩이는 건 예나 지금이나 마찬가지다.

수건을 들고 한참 망설이다 가게 문을 열었다. 문 앞에 서서 이 비를 맞고 속도 없는지 남편은 또 웃는다.

"집에 가지 왜 이러고 있어! 비까지 다 맞으면서. 그러다 감기 들면 어쩌려고!"

"너 주려고 샀다고 했잖아."

비를 너무 맞아 꽃봉오리가 꺾여 버린 장미 꽃다발을 남편은 가슴에서 꺼내 내 손에 쥐어준다.

"이제 가. 꽃 줬으니까 가."

"보고 싶었어. 너무 보고 싶어 미쳐 버릴 것 같아서 나도 모르게 온 거야. 미안해."

"왜 와서 날 흔들어? 왜 와서 이런 꽃을 주며 날 설레게 해? 왜? 우린 끝났잖아. 이제 서로 모르는 사람인데 왜!"

"그래, 알아. 하지만 우리 서로 모르는 사람처럼 새로 시작할 수 없을까?"

새 시작을 헤어졌던 남편과 함께라니, 다리에 힘이 빠져 서 있기가 힘들다.

"모르겠어. 그리웠고 보고 싶었지만 당신과 새로 시작할 수 있을지는 모르겠어."

"그럼 가끔이라도 볼 수 없을까? 숨을 쉴 수가 없어. 정말 널 보지 않으니까 그리워, 숨이 막혀."

이제 와 이렇게 솔직하게 말하는 남편에게 나는 뭐라고 해야 할까. 난 정말 뭐라고 해야 하는 걸까. 생각할 틈 없이 꽉 막혀 있는 것 같다. 숨 좀 돌려야지, 지금 사방에서 날 누르는 것 같다.

"들어와. 비 맞지 말고."

가게 안으로 들어오는 남편을 따라 길게 물웅덩이가 생긴다. 순간 저걸 언제 다 치우나 하는 생각이 든다. 정말 나도 분위기 파악 못한다.

"코트라도 벗어. 감기 들겠어."

남편은 내가 하라는 대로 코트를 벗어 바닥에 두고 소파에 앉을까 말까 쳐다만 보며 고민한다.

"그냥 앉아. 이미 다 젖은 걸 어째."

남편은 수건으로 머리카락의 물기를 털어내고 얼굴을 닦는다. 하얗게 질린 얼굴이 추위에 무지하게 떨었음을 짐작케 한다. 애고, 그러게 왜 고생을 사서 해.

"나 당신 말 안 믿어. 알지?"

"응."

남편에게 뜨거운 녹차 한 잔 주고는 마주 앉았다. 컴컴한 가게 안에선 남편의 반짝이는 눈만 보일 뿐이다.

"나처럼 울고 싶은지, 왜 자꾸만 후회되는지. 나의 잘못했던 일과 너의 따뜻한 마음만 더 생각나. 그대여, 나와 같다면. 내 마음과 같다면 내 마음과 똑같다면 그냥 나에게 오면 돼. 널 위해 비워둔 내 맘 그 자리."

남편이 소리 내 부르는 노래를 처음 들어본다. 고개를 숙여 따뜻한 컵을 손으로 감싸 흥얼거리는 남편, 변했다. 난 그 미묘한 변화를 알아챘다. 이젠 더 이상 남편은 속에 숨어 있지 않다. 정말 건강해져 더 이상 아픈 남편이 아니다.

"경희야, 시간이 흐르면 잊혀진다는 말 가끔은 안 통하는 사람이 있나 봐. 그동안 여러 번 생각해 봤는데, 다시 시작할 수 있었으면 좋겠어. 우리 처음 만났던 그때로 돌아가 하나하나 처음부터 새로 해보면 어떨까? 그래서 아니면 그때 헤어지면 좋겠어. 지금은 이렇게 널 보낼 수가 없을 것 같아."

어렵게 꺼내는 남편의 말, 난 이해할 수 있지만 공감하기 힘들다.

"첫 단추가 잘못 끼워지면 소용없는 거야."

"다시 풀어서 첫 단추를 제대로 끼면 되지 않을까? 그리고 우린 이미 이혼으로 엉킨 단추를 풀었잖아."

난 대답하지 않는다. 할 말이 없다. 혼란스러운 틈을 타 무슨 말이 튀어나갈지 몰라 입을 앙다물었다.

"경희야, 너에게 비록 이전과 같은 정신적 문제가 말끔히 나았다 해도 지워지지 않는 기억들이 있을 거야. 여전히 난 불임이고 지난 잘못을 너에게 제대로 용서 빌지도 못했어. 하지만 기회를 줘. 제대로 된 내가 너와 사랑할 수 있는 기회마저 잃어버리고 싶지 않아."

기회, 누구를 위한 기회일까. 숨이 가빠지는 걸 막을 수 없다. 흥분은 아니지만 피들이 들떠 있다.

"날 사랑해 달라고 너에게 매달리지 않을게. 그냥 만나만 줘. 나머지는 내가 알아서 할게. 기다리지 않았다고 해도 좋고 내가 아직도 보기 싫을 정도라고 해도 괜찮아. 그냥 얼굴만이라도 볼 수 있게 해줘."

휴, 왜 이렇게 어려울까. 정말 어렵다. 어려워. 하지만 난 그동안 기다리고 있었던 내 마음을 인정했다.

"첫째, 절대 날 구속하거나 간섭하지 말 것. 둘째, 각자의 집에 절대 우리가 만난다는 사실을 알리지 말 것. 셋째, 한쪽에서 그만이라고 하면 깨끗하게 물러설 것. 지킬 수 있어?"

급하게 생각나는 대로 말했지만 남편은 고개를 끄덕인다. 그래, 잘난 강경희가 한번 만나나 주련다.

"나도 한 가지 말해도 돼?"

흠, 지금 내가 우위에 있는 거 같은데 관용을 베푼다.

"말해."

"지난날에 얽매이지 말고 서로에게 최선을 다할 것."

흥, 자기가 잘못한 게 많은 건 아나 보네.

"좋아."

남편은 환하게 웃으며 연방 재채기를 한다. 오랜만에 나도 정말 가슴이 따뜻이 퍼지는 웃음을 지어 보았다. 섣부른 결정이라지만 이혼 그 후 우린 새로운 시작을 위해 서로 참고 노력하며 기다려 온 게 아닐까 싶다.

우린 이제 시작이다. 앞을 위한 새로운 시작. 아자, 아자! 강경희, 힘내보자.

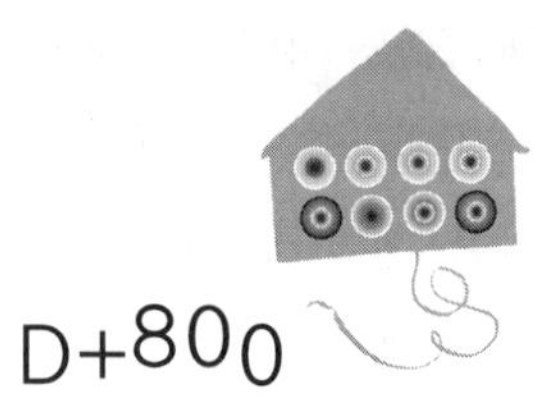

D+800

행복, 요새 들어 행복하다는 말이 입 밖으로 튀어나오려고 해 참느라 죽겠다. 간간이 집에 들르면 아버진 왜 내가 들떠 있는지 의심의 눈초리를 보내고 정우는 거센 반대를 하면서도 남편을 만나 술을 얻어먹는다. 치사한 놈! 월급쟁이한테 얻어먹는 친구를 그래도 좋다고 만나서 비위 맞춰주는 남편을 보자니 기분이 좋아진다. 이젠 내 주변을 샅샅이 살피며 나와 같은 눈으로 보려고 노력한다. 날 위해서라기보다 우릴 위해서 노력하는 남편이 반갑기만 하다.

"사장님, 요새 너무하시는 거 아니에요?"

작은 공간에 온종일 붙어 있으니 직원이랑 너무 가까워 언니 같은 기분이 들 때가 있다. 그래도 그렇지 별소리를 하고 그래!

"내가 뭐요?"

"왜 그리 히죽대요? 꽃 꽂으면 딱 광년이 소리 듣겠어요. 너무 티내신다."

내 참, 이래서 노처녀 질투가 무서운 거지. 광년이라니! 남편한테 확 일러 버릴까 보다.

"뭘 티내요? 서현 씨, 웃긴다."

"됐어요. 그렇게 시계만 보고 있을 거면 뭐 하러 가게 문 열어요? 아주 이 시간에 손님 들어오면 잡아먹겠어요."

아, 이 음모론자들! 그저 시계가 보이기에 봤을 뿐인데 연애한다고 이렇게 구박하다니 내가 억울해서 못살겠다. 내가 보통 연애하냐고! 이 거룩한 연애사의 획을 그을 연애를 하는데, 이해는 못해줄망정 정말 억울하다.

"누가 들으면 정말 내가 그러는 줄 알겠네요. 나야 돈 버는 게 더 좋죠."

"흥. 전 요새 장사할 맛 안 나요."

"그러면 가게 문 닫을까요? 굳이 장사할 맛 안 나는데 여는 것도 괴롭잖아요."

"어머, 사장님. 그렇게 말씀하시면 서운하죠. 그냥 하는 말에 직장까지 빼앗다니 너무 과격하신 거 아니에요? 정말 사장님 변했어요."

거참, 누가 보면 내가 악덕주인인 줄 알겠네. 에라, 모르겠다.
삐지든지 말든지 마음대로 하고 난 이만 가게 문 닫고 가야겠
다.

"오셨어요?"

저 직원의 뾰루퉁한 말투, 뻔히 남편한테 하는 인사인 걸 보
지 않아도 안다. 아주 내 남편 요새 어디 가나 이리 홀대당하니
불쌍하네.

"여보, 서현 씨가 나 막 구박해."

쪼르륵 남편 옆에 서자 남편은 내 어깨를 잡아 가까이 끌어당
긴다. 오, 이 놀라운 발전의 스킨십! 남들 앞에서 거리낌없이 날
끌어안고 애정을 표현하는 남편이 볼수록 놀랍다. 이렇게 건강
한 사람이라니 너무 좋다!

"여보라고 부르지 말라니까."

"그럼 뭐라고 부를까?"

"음…… 오빠라고 불러."

"싫어. 오빠들도 많아 벅차 죽겠는데 무슨 오빠. 그냥 자기라
고 할까?"

아, 직원 표정 죽어간다. 미안해서 어쩌나, 대패라도 사다 줘
야 하는데 내가 요새 연애 하느냐고 돈이 없네.

"부러우면 지는 거다! 사장님, 제가 뒷정리할 테니 들어가세
요."

웃음이 나오려는 걸 간신히 참는 남편의 표정이 너무 좋아 남

편의 팔에 팔짱 꼈다.

"자기야, 가자. 이거 너무 웃기다. 그냥 편하게 부를래. 입에 배서 그런지 다른 말은 왠지 어색해."

"영화 시간 늦겠다. 네가 보자고 한 거니까 재미없어도 나한 테 뭐라고 하지 마."

난 남편과 함께 걷는다. 남편은 천천히 한발한발 나에게 맞추어 이전같이 빠르게 걷지 않아도 된다. 우린 이제 서로를 본다. 그리고 행복한 웃음을 짓는다.

아파트 지하 주차장에 차가 멈춰 섰다. 헤어져야 할 시간이 왜 이리 아쉬운지 모르겠다. 같이 살 때는 몰랐는데 막상 데이트라고 짧게 만나 밥 먹고 영화 보고 산책 한 후에 헤어지는 건 애간장이 탄다. 거참, 연애하는 것도 힘들다.

"여보, 영화 진짜 재미없었어."

"내가 재미없어도 뭐라고 하지 말라고 했지. 네가 골랐잖아."

"그럼 말렸어야지. 재미없는 거 알면서도 왜 그냥 봐?"

"네가 원하는 거니까. 네가 원하는 난 뭐든지 할 거야."

으으, 온몸이 부르르 떨린다. 느끼한 남편, 점점 치즈 세 덩어리를 입에 잔뜩 문 사람 같은 말들만 골라 한다.

"내일 출근하려면 빨리 서울 올라가야겠다."

남편이 힐끔힐끔 시계를 보며 말하는 게 영 거슬린다. 서울과 분당, 이 밤에 길게 잡아 한 시간이면 넉넉하다지만 운전하는 것도 곤욕일 테다. 그래도 일 분이라도 더 같이 있고 싶고 나만 생각하길 바라는 내 심정을 모르나. 흥!

"나 언제쯤 키스할 수 있을까? 아직도 안 돼?"

헉, 너무 건강해진 거 아닐까.

"그렇게 하고 싶어?"

"아니, 그냥 물어봤어. 어서 내려. 나 올라가야 해."

쳇, 은근 삐칠 줄도 알고 이제 쑥, 마늘과 안녕한 사람 다 됐네.

"내일 또 올 거야?"

"상황 봐서. 요새 일이 많아서 야근해야 하는데 너 때문에 입사하자마자 농땡이다."

"알았어. 여보, 나한테 키스해 봐."

"어?"

"뭘 놀라? 키스하고 싶다면서, 해봐."

난 눈을 꽉 감고 남편을 기다린다. 왜 이리 긴장되는지 손에 든 핸드백을 꽉 쥐었다. 몇 년 만에 남자 입술이 몸에 닿는 건지, 두근두근 뛰지 않던 심장이 다시 뛴다. 아, 진짜 이렇게 시작하는구나.

"안 해. 그냥 가."

내 눈이 번쩍 떠졌다. 기대하게 해놓고 왜 빼고 난리야. 괜히 입맛만 다셨네.

"왜?"

"나 요새 널 품에 안아보고 싶어 죽겠어. 그래서인지 꿈에서도 그렇고 가끔 너무 널 간절히 원해서 힘들어. 나 좀 살려주라."

머리를 두 손으로 감싸며 운전대에 쓰러지듯 기대는 남편, 하하하. 안 웃을 수가 없다. 왜 이렇게 귀여워졌니.

"그래? 그럼 혼자 잘 해결해. 나 갈게."

운전석에서 내려 엘리베이터까지 뛰어갔다. 아, 행복하다. 이대로 이렇게 산다면 덧없이 행복할 것 같다.

남편은 아직 내가 사신의 블로그를 보는지 모른다. 간간이 업데이트 되는 걸 즐기는 재미가 좋다. 이 새벽, 혹시나 해서 노트북을 켰다.

〈행복.〉

집에 가서 바로 안 자고 또 썼구나.

〈요사이 경희 얼굴을 보면 화사하다는 단어가 떠오른다. 처음 결혼했을 때의 밝고 어린 경희는 어느새 화사한 꽃이 핀 여인이 되었다.

경희의 손을 잡고 사람들 사이를 거닐고 은근슬쩍 몸에 손을 댈 때마다 내가 느끼는 쾌감은 정말 짜릿하다.

이젠 내 아내가 아니라 연인이다. 아내가 되어달라는 청을 하지 않을 것이다. 그건 내 몫이 아니다.

이렇게 연인으로라도 곁에 있을 수 있음이 감사하고 또 감사할 따름이다.

경희가 날 위해 산 시간이 있었으니 난 이제 경희를 위해 사는 시간이다. 경희를 사랑한다! 사랑한다!

행복, 내가 사랑하는 경희와 함께 웃을 수 있는 그것이 행복이다.

아, 정말 행복하다. 나 정말 행복한 놈이다!

* 경고 - 강경희, 내 블로그 접속하는 거 안다. 빨리 끄고 자라. 그리고 언제든 원한다면 난 널 위해 모든 다 할 준비가 돼 있어. 특히 침실에서는 만반의 준비가 되어 있다는 걸 잊지 말고 얼렁 자.〉

뭐야, 다 알고 있었어. 에이, 재미없어. 몰래 훔쳐볼 때가 좋은 거지. 이정철, 정말 많이 변했다.

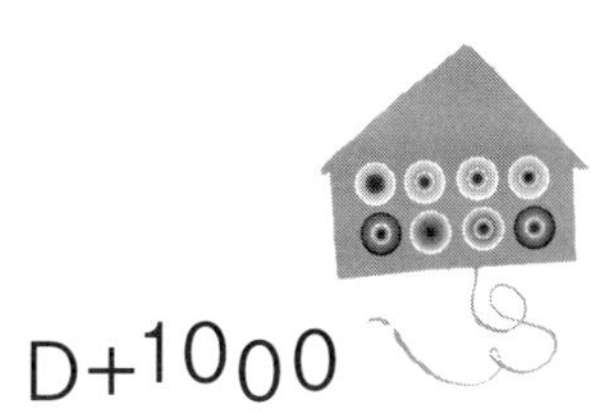

D+1000

난 여전히 남편의 연인으로 살아간다. 우린 미래에 대한 어떤 약속도 않고 서로를 향해 뛰는 심장만을 느낄 뿐이다.

내가 행복하고 내 사랑하는 남편이 행복하지만 모두가 행복할 수 있는 그날, 그날이 온다면 아마 남편은 내 집에 발을 들여놓을 수 있을 거다. 하지만 그건 멀고도 먼 이야기이다.

우린 이대로도 행복하며 더 많은 것을 바라지 않는다. 나와 남편만을 원한다. 더는 욕심이라 여기며 우린 편안한 연인이다.

결혼과 이혼을 동시에 겪게 만든 내 남자, 이정철. 나도 사랑해!

에필로그

내가 어떻게 서른이 되었는지 모르겠다. 그냥 연애질 좀 찐하게 하고 일 좀 하다 보니, 내 나이를 말하려면 벌써 계란 한 판에 몇 개 더해야 한다. 억울해, 억울해! 좀 더 팍팍 즐겼어야 하는데 너무도 아쉽다.

요새는 정우가 하도 잘나가서 얼굴 보기도 힘들다. 명품가방 장사를 왜 하나 했더니 브랜드 개발을 위해서 그동안 안목을 높인 거라고 한다. 짜식, 학교 때부터 머리가 좋더니 이젠 방송에도 종종 나온다. 잘난 친구를 둔 덕에 난 정우네 회사에서 일한다. 체인 사업부 담당을 겁도 없이 맡긴 정우를 위해 이 한 몸 바쳐 일해주고 있다. 이놈의 우정, 의리 빼면 시체다!

참, 우린 끝내 양가에 들켜서 무지막지하게 혼이 나고, 재결합을 반대하는 친정과 환영하는 시댁 사이에서 미적지근하게 즐기며 살고 있다. 시악마가 다시는 그때의 실수를 되풀이하지 않겠다고 달콤한 유혹을 해오면 흔들리다가도, 아버지를 생각하면 또 제자리다. 아, 나는 언제쯤 이 바람 부는 갈대숲에서 빠져나가려나.

지방 출장 후 본사까지 들르느냐고 파김치가 된 몸으로 겨우 운전해 아파트의 엘리베이터를 탔다. 엘리베이터 안에 남편의 향이 싹 퍼져 있다고 느끼는 건 벌써 이 주일이나 보지 못한 후유증 때문일까. 남편은 지금 이 주째 출장 중이다. 출장을 가도 왜 이리 길게 가는지 기다리는 나만 애탄다. 그래도 전화는 자주 해오니 아예 못 견딜 건 아니지만 어쨌든 기다리는 건 힘들다.

"여보?"

뭐야, 엘리베이터에서 내리자 남편이 현관문 앞에서 보라색 크로커스 꽃다발을 들고 있다.

"안에서 기다릴까 하다가 그냥 기분 좋아 서 있는데 맞춰 왔네."

"그거 뭐야?"

손가락으로 꽃다발을 가리키니 남편은 슬쩍 흔들며 나에게 건넨다. 활짝 웃는 남편의 웃음이 꽃보다 더 싱그럽다. 이 밤에 환한 광채가 우리 주변을 흐르는 것 같다. 이놈의 자뻑증은 나이 먹어도 사라지지가 않네.

"공항을 막 나오는데 문득 보라색 꽃을 사준 기억이 없기에 오다가 샀어."

아, 무슨 색색깔 색동놀이도 아니고 이 남자 왜 이리 색 맞추기 좋아하니. 주면 좋긴 하지만 또 한 번 튕겨줘야 맛이지.

"꽃만 사 왔어? 다른 건 없어?"

"보고 싶었어."

"에이, 약한데."

"사랑해."

"좋아. 아주 좋아. 우리 남편 갈수록 달달해지네."

내가 남편 엉덩이를 토닥거려 주니 좋다고 웃는다. 어째 점점 우리 연애질은 나이를 거꾸로 먹는 것 같다.

"왜 이리 늦게 퇴근한 거야?"

"내일 울산 점포 개장이거든. 최종확인하고 본사 들렀다 오느라 늦었어."

남편의 다정한 눈길과 꽉 잡아주는 손이 너무 포근하다. 더구나 간만에 큰 손에 손이 갇히니 간질간질한 게 벌써부터 들뜬다. 출장에서 체력을 다 소진해 왔으면 코피 쏟을 텐데 각오는 하고 온 건지 궁금하다. 각오 안 했어도 오늘은 별수없다. 사실 내가 무지 고프다. 이러다가 남편이 나한테 기 딸리는 거 아닌지 걱정되지만 은근 나이 먹으면서 원숙해지는 성욕을 어찌 못하겠다.

남편이 익숙하게 여행 가방에서 세탁물을 꺼내 다용도실에 가져다 놓고 잠옷과 속옷을 챙기는 걸 난 그저 침대에 앉아서 쳐다만 본다. 제법 집안 살림에 익숙해진 남편이 볼수록 뿌듯하다. 참 잘났다, 내 남편! 보고만 있어도 이리 배부르니 어찌 사랑의 눈발이 안 생기겠는가!

"정우 그 친구 너무 혹사시키는 것 같아. 다음에 불러다가 한 소리 해야지 안 되겠어."

"내가 좋아서 하는 일이야. 여보, 나 온몸이 땀에 절어서 끈적거린다. 근데 씻을 힘이 하나도 없는 게 누가 대신 해줬으면 좋겠어."

내가 씩 웃으며 윙크하자 남편은 알았다는 듯 날 두 팔로 안아 들고 욕실로 들어간다. 힘은 좋아서 번쩍 들고 가니 절로 웃음이 끊이지 않는다.

"너무 웃으면 부담된다. 그만 웃어."

"여보, 부담은 팍팍 느껴줘."

욕실은 곧이어 물이 출렁되는 소리와 살이 맞닿는 소리, 그리고 우리의 달뜬 소리가 요란히 퍼진다. 몸에 닿는 차가운 물마저 열기를 내뿜을 정도로 몸은 점점 격렬해진다. 이젠 욕실이 좁아져 침실로 가 마음껏 몸을 엉키며 기묘한 웃음소리가 퍼진다. 그리고 몸은 지칠 줄 모른다. 마음이 지치지 않는 한 그저 힘이 들 뿐 소진되진 않는다.

옅은 담배 냄새에 스르륵 눈이 떠졌다. 남편은 보이지 않고 여명이 밝아 방 안을 비춘다. 남편의 탄탄한 가슴에 기대 자던 머리는 베개로 옮겨져 있다. 방문이 반쯤 열려 있는 걸 보니 남편이 또 거실에서 담배를 태우는 것 같다. 뭔 고민이 있어 자다 말고 나간 건지, 가운을 입고 부리나케 일어나 거실로 나갔다.

"여보, 시차적응 안 돼?"

난 남편의 무릎에 올라타 실실거리며 입을 맞추었다. 내 손이 남편의 목을 감자 다리를 허리에 편하게 감으라는 듯 남편은 살짝 앞으로 몸을 당겨 앉는다.

"조금. 자지 뭐 하러 나와."

"없으면 허전해. 근데 담배 안 끊을 거야?"

"어쩌다 한 번인데 봐줘."

이 남자, 확실히 고민이 있다. 그 어쩌다 한 번이 매번 이 남자에겐 고비였다.

"여보, 사랑해."

"나도. 걱정 말고 들어가 자."

자라면서 허리를 손으로 꼭 껴안는 심사는 뭔데!

"여보, 고민 있어?"

남편의 표정이 약간 어두워 보인다. 새로 시작한 사업체에 해외투자를 받기 위해 안간힘을 쓰고 다니는 남편, 그를 위해 내가 해준 건 하나도 없었다. 그리고 남편은 받으려 하지도 않는다. 각자 깔끔하게 얽히지 않도록 선을 긋는 모습도 이전과 다르지만 간혹 우린 너무 경계하는 게 아닐까 두려움도 든다. 저 어두운 안색이 홀로 가는 어려움이라면 오늘만은 내가 어깨를 내줘야 할 것 같다.

"기대봐. 내 어깨가 좀 작아도 당신 머리 정도는 얹을 수 있어."

남편에게 떨어져 상체를 쫙 펴곤 내가 어깨를 툭툭 치자 남편은 피식거리며 담배 한 대를 다시 집어 불을 붙인다.

"앉은키가 안 맞아서 안 돼. 그냥 편히 앉아."

그놈의 키, 다른 때는 좋다고 하더만 일상생활에서는 무지 거치적거리네. 흥!

"왜 그래? 일이 잘 안 풀려?"

남편의 어깨에 비스듬히 얼굴을 기대고 남편을 본다. 내게 연기가 올까 봐 멀리 내뿜는 남편. 이렇게 밑에서 쳐다보고 있노라면 표정 하나 놓치지 않는다.

"아니, 잘됐어. 생각보다 투자 금액도 넉넉하게 받았고 기술 개발팀도 지원 받기로 했어."

"그런데 왜 표정이 안 좋아?"

"경희야…… 우리 그만둘까?"

"뭐?"

"예전에 우리 약속했었잖아. 한쪽에서 그만이라고 하면 깨끗이 물러나기로. 기억해?"

헉! 이게 웬 개풀 뜯어먹는 소리야! 이제 살 만해졌다고 나 버리겠다는 거야? 이제 나 소문 다 나서 재혼도 못하는데 당황을 넘어 진짜 오랜만에 심장 격하게 운동한다.

난 발딱 일어나 두 손으로 남편의 어깨를 짚고 매섭게 노려봤다.

"뭐야? 다른 여자 생겼어? 그래서 그만두자는 거야? 그런 거야?"

"아니."

"나 장난치는 거 싫어."

"경희야, 우리 다시 합치자. 이렇게 지내는 거 더는 못하겠다. 양가에 허락 받고 법적으로도 다시 시작하자."

헉, 콧구멍으로 나오는 숨이 뜨겁다 못해 인중까지 화끈거리게 만든다. 아니, 쉽게 말할 것이지, 왜 '그만'이라는 단어를 써서 사람 심장까지 철렁하게 만드냐.

"여보, 나 진짜 농담하는 거 싫어."

"아무리 생각해도 널 위해선 이게 최선이야."

"누가 최선이래?"

"아이 원하잖아. 아냐?"

근 몇 년간 우리 사이에 언급되지 않았던 단어, 언젠가 막연히 아이에 대한 욕심을 이루게 될 날이 있을 거라 믿었었다. 그런데 남편은 눈치 채고 있었다. 아이라, 남편과 마주 보고 있는 내 눈에 화끈거리는 물기가 고인다. 내 숨은 욕심이 남편을 상처 주고 있던 게 아닐까 걱정이 들었다.

"여보, 당신은 원하지 않잖아. 당신이 원하지 않는 건 나도 원하지 않아. 오해하지 마."

"경희야, 알아보니 우선 우리가 법적으로 가정을 먼저 이루어야 입양이 가능하대. 준비하자."

"왜 이래?"

"뭐가?"

"당신은 원하지 않잖아!"

"넌 어떤데? 너부터 솔직히 말해봐."

당혹스러운 기분에 잠시 할 말을 잃었다. 우리 관계를 유지하기 위해 그동안 서로 금기처럼 여겼던 아이라는 존재다. 둘 다 이미 의학적으로 가망이 없는 불임임을 알고 있고, 아이에 대한 갈망을 채우기엔 입양 외에는 대안이 없다. 하지만 나와 남편의 생물학적 아이가 아니라면 우리가 굳이 아이를 원할 필요가 있을까 하는 의문이 들었다. 우리 사랑의 결실을 원했지, 어디서 데려와 사랑을 덧칠해 주고 싶지 않다.

반면 어딘가 생물학적 면만이 아니라 정신적으로 우리와 연결된 아이가 숨어 있는데 우리가 외면하는 건 아닌지 고민 들 때도 있다. 아직도 지나가는 아이만 봐도 탐이 나고 한번 일렁거리는 마음은 쉬이 가라앉지 않는다. 그러나 이건 아이 하나만 입양하는 게 아니라 하나의 인생을 우리가 생성해 주어야 하며 같이 책임을 가지고 꾸려가야 한다. 결코 부모라는 입장이 쉽지 않은 건 우리들의 부모만 보아도 자명한 사실이다.

"여보, 왜 갑자기 아이에 대해 묻는 거야?"

"사실 나 웃기게도 내 핏줄에 대한 욕심이 아예 없어진 건 아
냐. 슬쩍 기적이라는 것에 대한 기대를 하는 걸 보면 어쩔 수 없
는 것 같기도 하고 뭔가 복잡해. 하지만 나도 아이들에게 가는
손길을 이젠 인정해야 할 것 같아. 너와 날 닮은 아이가 꼭 어딘
가 있을 것 같기도 해. 꼭 내 정자와 네 난자가 아니라 우리의
운명을 이어주는 그 연결고리가 어딘가로 뻗어져 작은 아이에
게 걸쳐져 있을 것 같아."

"있지. 책에서 봤는데 아무리 기억하지 못한다고 해도 어릴
때 한번 버림받으면 정신적으로 문제가 있을 수 있대. 크게 병
이 아니더라도 인간관계나 그런 부분에서 삐거덕거릴 수 있다
더라. 아이에게는 막 태어났을 때 엄마가 주는 사랑이 평생을
좌우한대."

"그 부분까지 메워줘야 부모가 될 수 있는 거 아냐? 솔직히
자식 가지고 싶은 마음, 어떻게 표현하지 못한다는 거 너도 잘
알잖아. 난 가지고 싶어, 내 아이들을."

남편은 단호히 마음의 결정을 내린 것 같다.

"내가 만약 싫다고 하면?"

"그럼 정말 너와 난 그만두고 여기서 깨끗이 물러나야지."

야, 인간 치사하다. 시시때때로 내 아이에 대한 열망을 버린
적이 없다. 입양도 곱씹어 수천 번 넘게 생각해 보지만 쉽게 결

론 내려지지 않는다.

"여보, 나 이제야 내 인생을 살고 있는데 입양을 하게 되면 모든 걸 아이 입장에서 생각해야 돼. 나 그거 자신없어."

거짓말, 때때로 입양을 생각했으면서도 뭔가 잔뜩 비틀린 속은 인정하려 하지 않는다.

"맞벌이 부부들도 많잖아. 우리도 일반적인 가정으로 살면 돼."

"그게 아니라고! 난 예전에 내 아이가 생기면 울 엄마처럼 아이만 키우면서 아이만을 위한 엄마로 살고 싶었어. 그리고 내 피가 섞이고 낭신 살이 섞인 아이를 원했다고! 이디서 데려와서 우리의 아이로 포장하기 겁난단 말이야! 그 포장들 벗겨지고 나면 어떡할 건데? 친부모 찾겠다고 하면 어떻게 막을 건데? 사람들이 입양아라고 차별하면 당신이 일일이 막아줄 거야? 우리 인생을 아이에게 나눠 준 만큼 그 아이가 우리가 원하는 대로 커 준다고 장담할 수 있어? 겁이 나. 나의 아이가 세상으로부터 차별당해 상처받으면 난 어떡해야 할지 대책이 안 서."

"비밀로 입양하면 되잖아."

"싫어. 세상에 비밀은 없어. 당신도 알잖아. 그렇게 숨긴 불임도 나랑 살면서 이 년 만에 탄로났는데 아이는 얼마나 갈 것 같아? 그럴 거면 만천하에 알리고 시작해야지."

"미치겠다. 어쩌자는 거야? 아이를 원하는 마음이 있으면 그 마음으로 어려움을 헤쳐 가야지, 겁먹고 이렇게 원하기만 하고 끝낼 거야? 나는 이렇게 못 살아. 나도 내 아이를 가지고 싶어. 강경희, 이젠 선택해.”

남편의 매몰찬 말에 대답 대신 울음이 밀려 나온다. 잔뜩 인상을 쓰는 날 남편은 날 꽉 끌어안고 등을 토닥거려 준다. 우리 사이의 미적대던 틈은 아이었다. 그걸 인정하기도 하고 가끔 부정하기도 했다. 가정, 우리가 다시 이루는 가정에 새로 올 아이. 너무 멀게만 느껴진다.

그날 후론 남편은 몇 주째 집에 들르지 않는다. 아예 내 곁에 없었다는 듯 연락조차 하지 않고 되레 내 연락도 피한다. 눈을 떠 잠이 들기 직전까지 고민한다. 소위 입양이란 가슴으로 낳는다고 한다. 근데 당신들은 가슴으로 낳아보고 그런 소리 하는 거냐고 물어보고 싶다. 가슴으로 낳는 것이 어떤 거냐고 따져보고 싶다. 내 가슴은 입양만 생각하면 아리고 뜯기는 기분이다. 충분히 기쁨 마음으로 입양을 고려한다는데 나는 그렇지 않다. 입양만 생각하면 나쁜 상황까지 생각하게 돼 괴롭다. 사회적 선입견에 따른 최악의 상황들까지 생각하고 생각하면서 아이에 대한 내 열망을 점검해 본다. 아, 결코 평탄하지 않은 게 삶일까.

남편은 내가 없을 때 집에 들러 혼인 신고서를 놓고 갔다. 그리고 입양기관에서 배포한 입양에 관한 자료들과 사례들이 적힌 책자도 같이 놓아뒀다. 우린 각자 떨어져서 심사숙고 하고 있다. 난 남편에게 연락하지 않았다. 연락하는 그 순간 난 엄마가 될 준비를 마쳤을 때일 것이다. 그것이 아니라면 우린 진정한 마침표를 찍을 거다.

남편이 또 내가 없을 때 집에 들러 사진 몇 장을 놓고 갔다. 입양기관에 가 자기 멋대로 찍어온 갓난아이의 사진을 보니 눈물이 주르륵 흐른다. 아, 이 아이들이 무슨 죄가 있어서 태어나는 순간 환영받지 못한 채 버림을 받게 된 걸까. 난 이 아이들의 사연까지 아우를 수 있는 마음의 크기를 가졌을까. 아이들의 사진을 놓지 못하고 그저 흐르는 눈물을 닦으며 눈을 떼지 못했다.

남편이 두고 간 사진 중 가냘파 보이는 여자 아이가 몇 달째 시시때때로 떠오른다. 사진을 보지 않아도 밤마다 꿈속에 나타나고 낮에는 환영처럼 생각난다. 아이의 눈은 내게 말하는 것 같다. 엄마가 되어달라고, 엄마가 필요하다고, 엄마가 되고 싶지 않냐고 간절한 소망을 보낸다. 주저하기엔 너무 깊이 내 마음에 담겨 버렸다. 오랫동안 갈망하던 아이, 내 안에 품었다. 그래서 남편이 두고 간 혼인 신고서에 도장을 찍었다. 그리고 혼자 입양기관에 찾아갔다.

난 한 아이의 엄마가 되었고 다시 남편의 아내가 되었다. 아이를 처음 데려와 같이 자던 날 밤, 밤새 우는 지혜를 바라보며 나와 남편도 같이 울었다. 그러나 이젠 지혜는 우리를 보면 웃기만 한다. 난 '엄마' 라는 말을 매일같이 가르치지만 아직 육 개월인 지혜는 내 입모양에 까르르 웃기만 한다. 남편은 지혜를 씻기기 위해 퇴근 시간을 칼같이 지키고 모임이 있을 때마다 데리고 나간다.

우린 입양을 했다고 말하고 사람들은 여전히 가슴으로 낳은 아이라고 부른다. 그러나 내 가슴은 지혜를 낳은 적이 없다. 지혜가 우리 가슴으로 들어왔다. 지혜가 원래 있어야 했던 자리, 나와 남편 가슴의 빈 부분에 들어와 우리를 완벽하게 만들었다.

지혜와 남편, 그리고 훗날 우리 곁에 올 아이들, 강경희 인생은 여전히 고고싱!

이정철, 세 아이의 아빠가 되다

아내는 두 아들의 옷을 홀딱 벗겨 문밖에 내놓고는 씩씩거리며 문가를 서성댄다. 쌍둥이 아들이 유치원에서 친구를 때려서 팔을 부러뜨렸는데 끝까지 잘못했다는 소리를 안 해 아내가 단단히 화가 났다. 사내 녀석들이란 원래 치고받고 크는 것을 아내는 절대 용납 못한다.

"지혜 엄마, 그만 하고 애들 들어오라고 하지? 창피하게 그게 뭔 짓이야?"

"당신이 몰라서 그래! 때렸으면 왜 때렸는지 말을 해야 할 거 아냐. 애들이 입 꾹 다물고 잘못했다는 말도 안 하고 버티는데 내 속이 얼마나 뭉그러지는 줄 알아? 남편이 이제 속 안 썩인다

고 이젠 자식들이 대신 이러니 내가 못 살아. 이게 다 당신 닮아
서 그래!"

아내는 애들이 잘못하면 무조건 날 닮아서라고 한다. 그러나
저러나 애들한테 나가봐야겠다. 아무리 훈육이라지만 마음 불
편해 못 앉아 있겠다.

"소리치면서 닦달하니 그렇지. 내가 말해볼 테니까 당신은 가
서 지혜 숙제나 봐줘."

"숙제는 당신이 봐줘야지! 내가 본다고 뭘 알아. 그리고 요새
지혜가 당신만 찾아서 짜증나 죽겠어. 엄마는 왜 만날 찬밥인
거야."

"원래 딸은 아빠 사랑이라더라. 그럼 가서 지혜 준비물이라도
봐줘."

아내는 팩 토라져 지혜 방으로 쿵쿵거리며 간다. 저 사람은
나이도 안 먹는지 여전히 철없다.

"지성이, 지욱이 빨리 입어."

아내가 문간에 걸어놓은 잠옷을 가지고 나가 아들들에게 건
네줬다. 훌쩍거리며 옷을 껴입는 애들을 보니 안쓰러워 죽겠다.
애들이 아무리 잘못해도 그렇지 이리 험하게 굴리다니. 쩝, 내
새끼들. 유별난 엄마 만나 고생한다.

"아빠는 우리 아들들이 친구를 왜 때렸는지 정말 궁금해. 그
런데 우리 아들들이 아빠한테 비밀을 만든다면 모른 척해줄게.
다만 아빠는 무지 섭섭할 거야."

무릎 굽혀 눈을 맞추며 이야기하자 두 아들은 머리 굴리는 게 티난다. 내 품으로 성큼 들어와 안겨서는 서로 눈치를 보며 눈 굴리는 게 마냥 귀엽기만 하다.

"아빠, 엄마한테는 절대 말하면 안 돼요."

"왜?"

"엄마가 또 울지도 몰라요."

"그래, 남자들끼리만 아는 비밀."

내가 새끼손가락을 내밀자 두 아들의 작은 손가락이 걸린다. 비장한 표정의 아들들을 보니 괜한 걱정이 든다. 유치원을 벌써 세 번이나 옮겼는데 또 그럴까.

"우리보고 다리 밑에서 주워온 거지들이라잖아. 가짜 엄마, 아빠가 버리면 우린 또 거지가 될 거라고 놀려서 살짝 밀었는데 시소에 부딪쳐서 팔이 부러진 거예요."

담담히 말하는 아이들 때문에 울컥 치밀어 나도 모르게 눈물이 고여 버렸다. 공개입양의 후유증을 앓는 아이들에게 너무나 미안하고 내 새끼들에게 왜들 그리 세상은 고약하기만 한 건지 억울하다. 내 품을 파고들어 와 꽉 안기는 아이들을 힘껏 껴안았다.

"이지성과 이지욱은 누구 아들?"

"아빠 이정철 하고, 엄마 강경희 아들."

"그렇지. 우리는 가짜가 아니라 진짜 아들이야. 아들들, 아빠 사랑해? 마음으로 사랑해?"

"응. 아빠 마음으로 사랑해."

훌쩍이며 목덜미에 얼굴을 비비는 두 아들의 사랑한다는 말에 눈에서 따가운 눈물이 고이지만 입가엔 웃음이 가득 지어진다. 그래, 마음으로 사랑하면 내 자식이야.

"엄마한테 비밀로 하자. 꼭."

내 아이들은 조금 일찍 세상을 보고 있다. 그리고 우리는 그 세상이 밝고 아름답기를 바라지만 벌써부터 음지도 알고 있다. 그러나 괜찮다. 나와 아내가 든든히 뒤에서 버텨주는 가족이다. 밖에서 받은 상처들은 가족 품 안에서 말끔히 치료되고 있다. 우리의 사랑은 내 아이들에게 치료제이다.

어느새 중학교를 다니는 내 딸과 초등학교를 다니는 쌍둥이 아들을 둔 아버지로서 책임감이 막중하다. 장인어른같이 다정한 아버지이고 싶고, 때론 내 아버지같이 엄격한 아버지고 싶어 헤맨다. 중학생이 된 지혜는 여전히 아빠가 최고라며 치켜세우지만 두 아들들은 이제 엄마만 졸졸 쫓아다닌다.

아내는 여전히 세 아이들 뒷바라지에 분주하게 지내고 아이들 교육엔 치맛바람 거센 아줌마 역할을 톡톡히 한다. 두 아들들은 벌써부터 영어학원을 다니고 아내 말로는 일주일 만에 알파벳을 외웠다면서 자기를 닮아 천재란다. 거참, 난 삼 일 만에 다 외웠었다. 누굴 닮았겠어?

그리고 보면 아이들은 내 머리와 성격을 닮은 것 같다. 커가면서 개구지던 사내애들도 차분해지고 학교 성적에서도 두각을 나타내고 있다. 아내는 자꾸 자기 학창 시절을 보는 것 같다지만 장인어른 말로는 이 서방 안 닮았으면 꽤나 고생했을 거라며 내 편을 들어주신다.

내 아내는 가끔 세 아이들과 다투면 이렇게 말한다.
"내가 너희들 낳고 미역국 먹은 게 억울하다, 억울해! 야, 엄마가 너희들 낳느냐고 얼마나 고생했는지 알아? 이렇게 말썽 부리고 속 썩이려면 엄마 뱃속으로 다시 들어와!"
우린 이렇게 아이들과의 첫 만남이란 것 자체를 의도하지 않아도 잊어버리고 살고 있다. 그저 세 아이들이 우리를 쏙 빼닮은 우리의 아이들이란 것만 기억한다. 그리고 그 누구도 부정할 수 없는 부모의 연을 끈끈이 맺고 있다. 감히 입양을 언급할 수 없을 정도로……

어느 날 큰딸이 엄마와 자기 사이에서 누굴 더 사랑하느냐고 난감한 질문을 했다. 제 남자친구가 아직 없는 지혜는 아직도 파파걸같이 아빠를 유달리 따라서 아내를 섭섭하게 한다.
"지혜야, 아빠는 네 엄마를 더 사랑해, 네 엄마를 사랑하지 않으면 너희들을 사랑할 수 없어. 그건 네 엄마에게서 너희들이 태어났으니까, 너희들이 네 엄마의 일부분이기 때문이야."
아내는 만세를 외치고 지혜는 뽀로통해졌다. 아들들은 느끼하다고 웩웩거리고 서로 시선이 부딪치는 다섯 식구 얼굴엔 웃음이 양껏 걸쳐져 있다. 우린 이러고 산다. 앞으로도 이렇게 살아가겠지. 그리고 이만큼만 살아갈 수 있기를 바란다.

언제나 우리 다섯 식구가 행복하게…….

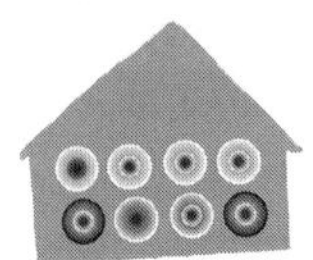

작가후기

　작가로 처음 책임감을 느꼈을 때 타인의 상처를 가볍게 다루지 말자고 스스로 다짐했었습니다. 그 다짐이 지켜졌기를 바라며 『D-100, 그 후?』 후기를 시작합니다.

　어느 날 잠이 들려는데 불현듯 눈이 떠져 뭐에 홀린 듯 컴퓨터를 켜고 주르르 쓰기 시작한 글이 『D-100, 그 후?』입니다. 그리고 쓰는 내내 일상생활을 할 수 없을 정도로 감정이 몰입돼 페인을 제대로 겪고 온라인 독자들에게 긍정의 관심도 받아 본 저에겐 조금 더 특별한 글이었습니다.

　『D-100, 그 후?』는 주변에서 그동안 써왔던 글과 사뭇 다른 분위기라는 평과 막힘없이 술술 써지는 새로운 경험을 하게 하겠습니다. 경희와 정철의 감정으로 키보드를 통해 모니터에 한자한자 적힐 때마다 너무 많이 울어 두통을 달고 살고 침대에 누우면 이야기가 머릿속에 떠나지 않아 불면증에 걸렸던 날이 더 많았는데 이렇게 세상에 나온다니 너무 떨리고 괜스레 겁도 같이 공감해 주는 독자님들 덕분에 키보드에서 손가락을 떼지 못하는 것 같습니다.

한때 대중소설 작가로서 대중들과 교감하지 못하는 작가가 아닌가 하는 자괴감에 시달리며 힘들었고 지금도 마찬가지지만, 다시 제 글을 세상에 보일 수 있어 한없이 행복합니다. 앞으로 더 많이 노력하고 노력해 발전 된 모습으로 다시 찾아뵐 기회가 있기를 간절히 바라봅니다.

『D-100, 그 후?』를 읽어주신 독자님들께 머리 숙여 진심으로 감사드립니다.

2006년 가을, 연노아 작가의 완결작 『프러포즈』를 동일한 구조로 각자의 개성에 맞게 써보기로 했었습니다. 그 당시 몇 편 연재하다 개인사정으로 인해 전면 중단되었었습니다. 그리고 2007년 『D-100, 그 후?』를 쓰면서 불임이라는 소재를 전면에 둔 작품을 연재했고 출간하게 됐습니다. 비록 지금의 『D-100, 그 후?』와 『프러포즈』는 불임이라는 소재를 제외하곤 전혀 다른 작품이지만 연노아 작가의 작품을 접한 후 불임이란 소재를 택한 점을 선뜻 양해해 준 연노아 작가에게 이 자리를 빌려 깊은 감사드립니다. 앞으로 연노아 작가의 활발한 창작활동을 기대하며 좋은 작품으로, 그리고 『프러포즈』 또한 출간되기를 기원합니다.

『퍼펙트 매치』

두 사람이 확신하지 못하는 단어, 그것은 사랑.

가장 불완전한, 가장 믿지 못하는 감정에 빠진 두 사람.

그 두 사람의 사랑이 시작된다.

그것은 축복일까, 불행일까?

● 박미연 지음 값 9,000원

『필연』

우연 같은 인연으로 만난 두 남녀는 곧바로 사랑에 빠졌다.

그러나 이들은 선대와 얽힌 깊고 슬픈 인연이었다.

사랑으로 사람 사이에 묵혀져 있는 원한을 덜어낼 수 있을까

과거의 상혼, 그 아픔을 넘어서는 사랑… 필연.

● 박미연 지음 값 9,000원

『유리심장』 1, 2

열네 살의 첫 만남, 열일곱 살의 이별.

그러나 16년이 지나도 변치 않은 그들의 우정.

16년 후, 소녀와 소년이 여자와 남자가 되어 재회했다.

과연 이들이 친구를 넘어 연인이 될 수 있을까?

● 조례진 지음 값 각 9,000원

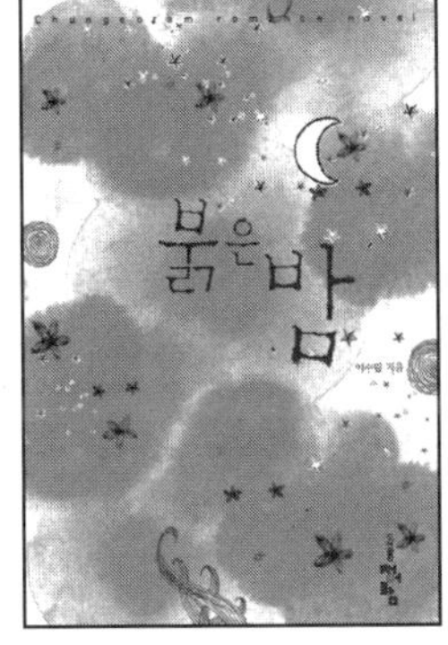

『붉은 밤』

엘리트 중의 엘리트, 이대경이 두려워하는 건 오직 하나.

그녀를…… 잃는다는 것.

최강 중의 최강, 박승리가 두려워하는 건 오직 하나.

그에게…… 그대로의 사랑이 될 수 없는 것.

● 이수림 지음 값 9,000원

도서출판 **청어람**　chungeoram@chungeoram.com
☎ 032-656-4452　FAX 032-656-4453

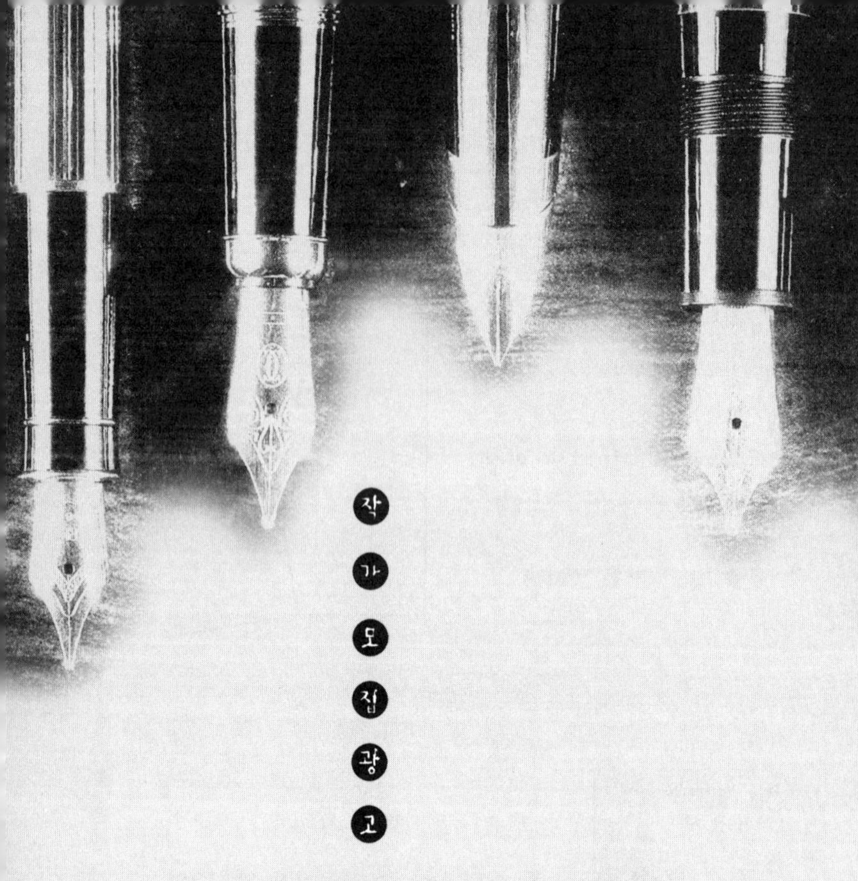